ちくま文庫

疾走! 日本尖端文學撰集

新感覚派+新興藝術派+α

小山力也 編

筑摩書房

はじめに

二〇一七年晩秋、東京・五反田の南部古書会館で開催されていた古本市『五反田遊古会』を覗いた時のことである。市は一階のガレージと二階フロアで開かれ、一階は安売雑本が犇めく半屋外空間である。そこで必死に出物はないかと、背文字の薄れた茶色い古書群を懸命に漁っていると、心の琴線を震わせる一冊に、ふいに出会ってしまった。駿南社 漫談定期増刊 シークレットライブラリー第三巻「尖端獵奇集 三等列車中の唄／高橋邦太郎」という、大衆雑誌増刊の、粗悪な紙質のソフトカバー本である。表紙絵はアール・デコタッチの疾走する機関車で、〝尖端獵奇集〟のサブタイトルが、刊行時の昭和五年に吹き荒れ始めた、〈エロ・グロ・ナンセンス〉の俗っぽい風潮を匂わせている。この時代のこのような風俗関連本は、いつだって高値なのである。それがたった二百円で手に入るとは！ などと喜び、パラパラと茶色く変色したページを繰る。興味本位な魔窟の探訪記や、刺激的に堕落した夜の世界の見聞記などを単純に予想していたが、そこには、予想の斜め遥か上を行く文章が連続しており、その小気味良い裏切りに、愕然としてしまったのである。確かに書かれている内容は、予想に近い随筆やコントや見聞記なのだが、それらがまるで、新感覚派や新興藝術派に匹敵するような、表現が尖りまくった、モダン過ぎる文章で書かれていたのである。途端に、あくまで大衆的な外装と、尖鋭的な文章のギャップに眩惑され、寡聞にして知らなかった高橋邦太郎という作家の筆力に、感嘆を覚える。と同時に、このような新感覚派的文章は、横光利一や川端康成の作品では知っていたが、名も知らぬ作家までもが、同様なスタイルで文章をものしていたとは……この瞬間、〝新感覚派〟や〝新興藝術派〟が、当時、いかに文壇にブームを巻き起こしていたかということを、大衆雑誌の増刊本から感じ取ったのであった。そしてさらに同時に、ぼんやりと夢想したのである。このように様々なピンからキリまでの作家たちが、熱に浮かされたように、似たような最尖端スタイルで、物語を紡いでいたなら、それらを蒐集したアンソロジーが出来るのではないかと……。

私は本が好きである。物としても好きだが、もちろん文章を読むのが大好きだ。今まで多くの本を読んで来たが、新しい本を手にするというのは、読むことで手に入る、感動であったり刺激であったり知識であったり教養であったり共感であったり、などを求めての行為と言えよう。私の場合、その中の一つに、〝素晴らしい文章や表現を読みたい〟という欲望が含まれている。端的な、名言や至言や惹句や警句や詩歌なども良いのだが、何故か言葉の海たる小説内に含まれ、突然世界の見方を一変させる、胸を突く一文と出会う瞬間に、堪えられないものを感じるのだ。こういう瞬間をもっと味わいたい。物語性のある小説という形態で、感動する表現と出会いたい。まるで詩のように独創的な表現のレベルで紡がれた小説は、この世に存在しないのであろうか……。様々なものを読み漁り、中でも新感覚派や新興藝術派の作品は、その欲望を叶えてくれる、かなり理想に近い肌触りであった。そこで見つけた鉱脈を掘り進めるように、現代では、絶滅したに等しい二派を古本で探して読み続けた末に、ついに出会った理想の感覚的文章が、藤澤桓夫の「首」であった。ここに集めた大正末期〜昭和初期にかけての尖端的短編小説は、その「首」に至るまでの道標となった作品たちである。だからこの撰集は、文学史や研究的視点から捉えたものではなく、個人的な読書体験に基づくもので、主眼の新感覚派や新興藝術派の作品だけではなく、その周辺で滲み合った作品やプロレタリア文学までにも手を伸ばしている。つまり派閥やスタイルに厳密に基準を求めたわけではなく、ただ、物語に引きずり込まれるよりまず文章の力に囚われることにより、背中に電気が走り、その疾走感に酔い痴れてしまうものかどうか、というのが基準になっているのである。徹底的に感覚的な撰集なのである。

一度に読めば、疾走する言葉の洪水に、悪酔いするかもしれない。だがここには、複数の作家が同時に求めた、新しい表現と、尖端を突っ走る自信と自惚れが、それぞれのやり方で、思う存分記されているのだ。針のような尖端、人差し指のような尖端、剣のような尖端、嘴のような尖端。全力疾走の速度、自働車の速度、汽車の速度、落下の速度。例え古くて絶滅した文学でも、新しい小説を創ろうとした、その尋常ならざるパワーは、成功か失敗かにかかわらず、その文章が存在する限り、決して消えることはないだろう。

九十年余の時を経て、文学の墓場から甦った、一瞬の栄光を摑み取った異様な作品たちを、現代の視点からお楽しみいただければ幸いである。

疾走！　日本尖端文學撰集　目次

首

藤澤桓夫

藤澤桓夫
（1904〜1989）
学生時代に武田麟太郎や神崎清らと同人誌「辻馬車」を創刊。新感覚派として作家キャリアをスタートさせるが、次第にスタンスを大衆小説に移し、人気の流行作家となる。将棋にも造詣が深く、関連の著作も多数ある。

首

初出：『辻馬車』波屋書房　1925年

底本：『新鋭文學叢書 辻馬車時代』改造社　1930年

パトリック・クェンティンの推理小説「わが子は殺人者」に、出版社重役の、殺人容疑をかけられる息子の恋人として、詩で長編小説を書いたという女性が登場する。だがそれは、出版社には「ホイットマンばりの、だらだらと果てしもなく長たらしい原稿」と一蹴されてしまっている。詩で小説を書く……実現したらどんなに素晴らしいことかと思うが、その奇跡がここに厳然と存在している（短編小説だが）。すべてが、息をもつかせぬ一定のスピードで、連結している。運動と場面が、隙間なく短い文節に区切られながらも、繋がっている。それはまるで、前衛的なモノクロサイレント映画のようだ。このテンションで、さらに別の作品を書くことは不可能なのではあるまいか。比喩のすべてをぶつけて出し尽くしているようなこの作品がある限り、後に続くものにどんなに技巧を凝らそうとも、必然的に自己模倣となってしまうからだ。

もしもそれが莫迦げていないなら、それは何の魅力も持たないであろう。

——アナトオル・フランス

まるで疾風だ。骨張った建物が、ヘッドライトの寝不足な視角のなかに、蒼ざめ、盛り上っては地の底へ沈んで行く。行く。行く。電柱が、突如、現われ、腰を屈め、消えた。運転手がハンドルをひねると、街路樹の大通りがL字形にひん曲った。教会堂の尖塔が、痙攣しながら、自働車に倒れかかって来た。大きな大理石《マアブル》の橋のかかりで、自働車は、老婆の幻覚を轢き殺した。頑丈な欄干が、アカデミックな遠近法で、両側から、私に肉迫して来た。

冬の都会は、午前二時の、暗闇だ。悶絶した隧道《トンネル》だ。雪雪雪雪雪雪雪雪雪の交錯舞踏を縫い、自働車は、機械の匂いを撒きながら、ひたすら、驀進した。……

これが、今夜の、私の気紛れだった。

——工場も、銀行も、株式市場も、劇場も、——都会はすっかり寝鎮まっているのだ。

……この考えに絶えず私は微笑んだ。活動を停止し切った都会のなか、この自働車のみが、爆発の持続に耽っているのだ。力動的な生活に興奮しているのだ。私はこの自働車を都会の胃袋だと感じた。この自覚が私を幸福にするのだ。――私の魂は、乾いた白紙のように、炎上した。

或る街角で、私は、腰掛から滑り落ちた。鼻血だ。冷淡な運転手は、軽率な私を尻眼にかけると、なおも速力に縋りついた。私は、手巾《ハンカチ》で鼻を押えながら、起き直って、背後の小さなセルロイドの窓から、遁走して行く覆面の風景を追った。

無数の建物を追い散らしながら、しかもなお、この自働車は、雪の一団に追われていた。突然前方に現れた警官の停車命令《ストップ》を、自働車は宙天に跳ね上げた。

街路樹を踏み潰しては進んだ。電柱をへし折った。風流な建物に突き当ると、私の上に、ヴェニス風の露台が墜落して来た。自働車は踵を傷めた。

街幅が瘦せて来た。赤いポストに衝突すると、自働車はついにパンクした。

仕方なしに、私は、運転手のポケットに銀貨をいくつか抛げつけると、車扉《ドア》を押し開いて、凍てついたアスファルトの上へよろめいた。

場末だ。濃霧に中毒した暗闇のなかに、血色のよくない、発育不完全な建物が、凭れ合って、悶絶だ。

寒さ。耳と手とが私から逃げた。雪は私の全身を夜の豹にした。私は、外套に溺れ、歯を鳴らしながら、あたりを見廻した。

すぐ近くに、一軒の家が起きていた。その家の仄赤い窓の瞳が、私に歩みよった。鉛の看板の字を私の眼は右へ流れた。ペリカンの酒場。雪を振り落すと、私は、その家に跳びこんだ。

炙り肉の匂いだ。煙草の濃霧が、螺旋状に、私を捲き入れた。熾烈な燈火の音楽だ。その表面に円卓《まるテーブル》がいくつも抱き合っていた。暖炉が火事を。野蛮なそれでいて抒情的なジャズバンドに合わせて、好意の持てる二人の無頼漢が格闘していた。酔っぱらった五人の大学生が、ブランデイの壜を齧りながら、猛獣賦を怒鳴っていた。老いたる楽師が弦なきヴァイオリンと眠りに落ちていた。若い金細工職人のたくましい両腕が、踊り子の二つの乳房を抱いていた。屠犬師と泥棒の一団は賭博に燃えていた。一人の掏摸の胸もとには匕首がささって血が滴っていた。その男は、笑いながら、動くフライを喰べていた。

部屋の隅に、一人の化石が突っ立っていた。女の乳房を具えた、たくましい男の裸体だった。その化石の首は時計になっていた。針は午前三時を指していた。その下で、二人の化学者が、嵐を起す相談に耽っていた。一人の衒学的《ペダンテイク》な踊り子が、相槌を打っていた。が、話しが往々形而上学《メタフイチックス》へ乗り上げるので、彼女はむしろ欠伸に憧れていた。私はその隣りの円卓《まるテーブル》へ陣取った。

酒場の亭主はまさしく猶太人《ジュウ》である。彼は、禿げた小男で、ひどい近眼で、ひどい跛だ。私はアブサンを註文した。今まで夢想によってのみ満足していた生活の思いがけない実在に、私は、大きなグラスで立てつづけに煽った。血管がふざけ出す。私は声帯を爆発させたくなって来た。

踊り子が四人、染色された裸体、華奢な弾丸の夢を織っていた。チョコリット色の縮れ毛。青い梨の瞳。背の高い娘が、微笑を、送って来た。アルコオルの月だ。が、私の瞳は、ひたすら、マンドラのような彼女の腰に、秋波を通わせた。

彼女は、踊りからすり抜けると、近づいて来た。

——今晩は。あなたは画描きさんね。……

彼女は私の円卓《まるテーブル》へ腰かけた。彼女の直覚力が私を嬉しがらせた。

——君はミランダと言うんだろう。

私の当て推量を彼女は好遇した。私は、この柔かな楽器を膝の上に抱き上げて、殉情の即興曲《アンプロンプチュ》を奏しはじめた。

——あなたの祖先は駝鳥でしょう。まるで野蛮だわ。……

この従順な牝猫は、ひりひりと歯痛のように笑って、私の耳朶を噛んだ。

すさまじい咆哮が、突然、快く私達を揺った。格闘をしていた無頼漢の一人が、他の一人の心臓を引きずり出して、オレンジの壁に抛げつけ、フォオクでぐさりとそこへぶら下げたのだ。みんなが拍手した。彼等は、一瞬前の敵味方は、火山の哄笑をしながら、男女のように、抱擁し合った。

彼女に私の長い頭髪を捞らせながら、彼女の心臓を覗いていることに、私は深い快楽を感じた。……

跛の亭主は梟である。性急に、円卓《まるテーブル》から円卓《まるテーブル》へ酒を注いで廻りながら、絶えず、躓いた。それが私を面白がらせた。

――スインコペイションだね、あの歩き方は。

そう言ううちにも、躓いて、彼は、泥棒の一人の右掌に繁殖していたカアドの一枚、スペイドの女王《クイン》に接吻した。大学教授の髯を生やしたその泥棒は、亭主の禿げ頭で燐寸《マッチ》をすって、唇で気絶していたパイプを蘇生させると、振り向きもしないで、勝負に潜入して行った。

――もっとアンダンテに歩くといいのだわね。……彼女は、いかにも可笑しそうに、掌を打って、亭主の後姿を見送りながら言った。――あたしの父よ。……

明るい朝だ。

ミランダは、私の画室に臥そべっていた。裸体。これが彼女の最も高価な服装であった。私は、彼女の腰を焦点として、ブラッシュを使っていた。

カンヴァスの上で、私は、彼女の美の分析的研究に没頭していた。私は彼女に、頭髪長き太古の夕暮れと、蘆間の繁茂と、蒼ざめたギリシャの水瓶と、好戦的なサラセン人の幻想と、麝香鹿の狡猾と、東洋の機織り娘の牧歌的な情慾と、そして都会の空に無数に憔悴する工場の触角とを感じた。彼女の腰に、私は、懐中時計の心臓に似た、メカニズムの美学を発見した。

彼女は一瞬間もじっとしていなかった。いられないのだ。生活力が潑溂と彼女から滴っていた。彼女は、繊細な力動的な美の、永遠の変化をつづけていた。この変化の追及に、私のブラッシュは、ともすれば疲れた。

最初、彼女は、私の画室に来ることをいさぎよしとしなかった。私は彼女の偏見を哂った。

——でも、あたしの父は、浮華の大理石浴場で腐敗して行くブルジョワをやっつけねばならないって言ってるわ。彼等は生活の樹を枯らせる菌類ですって。人生の腸結核ですって。

——それは賛成だね。……と私は言った。——ブルジョワは確かに嘔吐を孕んでいる。確かだ。しかし、彼等を除いた人間——いや、人生それ自身が、存在価値を持っているかどうか、第一、それが疑問だ。君達は、この賢明なるものには倦怠の、愚かなるものには妥協の人生の、一体、どこに生き甲斐を見出すのだ？　駄目だよ、この行きづまった世の中で、飛行機乗りのみがわずかに救われる。とイタリイの或る天才が叫んだよ。

——では、どうしたらいいの？

——みじめな理想論だが、この地球を爆発させるのさ。……ブルジョワもペリカンの酒場も一緒くたに。……私の瞳は燃え出した。

——私達も？

——ああ、私達も。

——ほっほほほ。あなたは莫迦ね。

彼女は考え深く笑って、少し間を置くと、また口を開いた。

——快楽は一体どうなるの、あなた?

瞬間、喜ばしい悲哀が私をかすめた。

——快楽は人生の忘却だ。人生への華やかな反抗だ。その力だ。この瞬間に、私達は永遠の滅亡を夢見るのだ。快楽はみじめな人間に悲愴な精神を創造する。この瞬間に、私達の全感覚が、燃焼し、化学変化し、永遠の滅亡と渾然融合するのだよ。

——でも、私達はそれがどんなにはかない捉えどころのないものであるかを知っているわ。

私達は抱き合った。二枚の落葉。私達の唇が、縺れながら、舞い上った。


春が近い。地下鉄道の停車場。公園。寄席。オペラ。絵葉書屋。橋。色んな所で私はミランダと密会した。彼女の心臓を覗くにつれ、私は彼女により深い魅力と讃嘆と執着とを覚えた。

私はペリカンの酒場へも出かけて行った。そこで私は彼女に情夫のあることを発見した。が、私はひしゃげた鼻を持ったその男に決闘を申し込む勇気を持たなかった。彼は、重量拳闘の選手で、力瘤で出来上っていた。

私は彼女に二人きりでどこかへ行ってしまおうと言った。彼女は取り合わなかった。彼女は私の哀訴が世話染みているのを面白がった。

——心配しなくったっていいわ。あたし、ほんとうはあなたを愛しているのよ。ほんとうよ。あの男は魂を持っていないんだわ。でもね……

彼女は、ちょっと切って、気の毒そうに、痩せた私の手足を眺めた。

——でもね、あの男と言ったら握力計を壊してしまうんですわ。

私は自分の肉体を省みて赤くなった。

私は彼女の言葉を信じようとした。が、やがてはかない恋に終るであろうことは呑みこめた。

私には婚約した女があった。宝石と、化粧液と、香水の匂いと、衣ずれと、手入れした捲毛《ロック》と、飾りのついた手袋と、自尊心と、道徳堅固な情慾と。彼女はいつもこれだけを身につけていた。

私は、ミランダと恋に落ちたことを、ロオルに対して済まないとは思わなかった。私達の交際《コオトシップ》がどれだけ虚偽と嚙み殺す欠伸に富んでいたことか！　私達はほんとうに愛し合っていたのだろうか？……

私はロオルに手紙を書いた。別れねばならない。午後七時に或る公園の入り口へ来てもらうことにした。

夕暮れ。まだ燈光《あかり》がやって来ない。私はすこし早すぎた。一足家から踏み出すと、建物の歪んだ額が、四方八方から、重くのしかかって来た。血色のよくない、発育不完全な風景よ、灰色よ、お前は依然として悶絶している。

——私のブラッシュよ。明日よ。私は都会を深紅で塗り潰そう。……

だが、無力な空元気だ。私の心臓は萎んで来た。私はみじめな伏し眼である。

——誰か——ああ、そこに死んで突っ立っている馬でいい。私の瞳を瞶めてくれ！

駄目だ。馬は、漆塗りの車体を背負って、化石だ。御者は居眠っている。彼は、褐色の鬣にぶらさがって、水道の栓のように、凍えた生活を捻り出す指だ。

私は、項垂れて、ステッキにすがりつく。私は上を見るのが怖ろしい。夕暮れの都会には空がないからだ。

燈光が、一斉に、街並みに、跳びついた。私の憂鬱がゆっくり嚔をはじめる。私はただ広くなるばかりだ。

或る家の前で躓いた。私は涙を嗅いだのだ。窓。突然、好奇心に明るくなった。私は覗き込んだ。

庖厨だ。好色な二重瞼の、右の二の腕のすてきに太い女。三十六歳が、手鍋を瓦斯炉にかけ、色んな化粧液と香水とで、明日を料理しようとしている。ところが、どの手鍋にも、底がない。それで、女は涙。白いエプロンに塹壕を掘っているのだ。

おせっかいな私よ。窓硝子に視覚を装置した。

——奥さん。一体どうなすったのです？

——余計なお世話ですわ。……と彼女は私を突きさした。が、すぐにまた、塹壕だ。

——明日を料理しようと仰有るのですか？

ひるまないで、私は、白粉を肥料にした顔の皺を数えた。まあ！　と女の瞳が呆れた。

——あたりまえですわ。

危く吹き出しかけた。私は、慌てて、咳《せき》噪でごまかした。そして、更めて、快活に笑って見せた。

——はっはははは。奥さん。何もお嘆きになるには及ばないではありませんか。

——？……野心と希望とで見る見る彼女は膨脹した。

——あなたは明日が唯一つしかないと盲信していらっしゃるんでしょう。……あなたの乳房の上に、そのすてきな右の腕をお載せになれば、それでいいではありませんか。

——それは時間の逆行でしょう？

——そうです。そうです。すべてが蘇生して来るではありませんか。十七歳も。橋の袂の初恋も。青みがかった露台《バルコニー》の夢も。はにかむ太股も。第三の恋も。第四の恋も。……

莫迦な女だ。私の親切に聾を装うのだ。答えない。反感。私はそれを意地悪さに変色させた。

——それとも、奥さん、凋れ切った乳房が腕の太さを拒絶するとでも仰有るのですか？

怒れる手鍋が私目がけて驀進して来た。逃げ出す私は、仄かな微笑を噛みしめた。

私は公園に森林の幻影のないのを悲しむ。公園は、単に、すこし大まかな感傷家《センティメンタリスト》に過ぎない。この意味で、私は、シェイクスピアを公園と聯想する。

月が出た。メロンのような、気稟のない月だ。影を引きずり、口笛でタランテラを散らしながら、私は公園にはいって行った。――樫の大樹。噴泉の嗟嘆。仄白いベンチ。青い夢。衣ずれとともにロオルが現れた。

――やあ。お待たせしましたか?

――お待ちいたしました。

――永いこと?

彼女は二の腕を月光に持ち上げる。神経質なプラチナが瞬いた。

――今、七時三十分でございます。

この調子だ。私は重くなって来た。こんな場所で待たせたことに立腹している横顔よ。ミランダより整った、しかし、魂にまで化粧をしている横顔よ。私は瞳を土に取り落した。

…………

それから一時間、私達は一語も交えずに公園を歩いたのだ。いざとなると、何だか莫迦らしくって、私は用件を切り出す気になれないのだ。仕方なしに、私は黙っている。私が切り出さない限り、彼女は美しい啞だ。私は逃げ出したい衝動に悶えた。

公園を出ると、喪服を着たすばらしく高い建物に突き当った。私はこの塔のような建物の頂上に登ってみたくなった。そこから内気な都会全体に叫びかけたい熱情に駆られた。私はロオルの同意を求めた。私達は昇降機《リフタア》に乗って長い旅行の途についた。

——夜空を支える露台《バルコニー》。誰もいない。下界が小さい。私はピストルを持って来なかったことを悔いた。ずっと距離の近くなったメロンの月に発砲する愉快さを想った。

月光を鍍金しても、都会は、やはり、灰色だ、悶絶だ。唯、場末の、盛り場の方だけが、赤、反逆的な赤、廻転に灼熱している。都会の心臓だ。私はその焦点にペリカンの酒場を描いた。

寒さが刃物だ。静かにロオルが私により添って来た。彼女の呼吸が走っている。私は燃え出して来ている彼女を感じた。と、私は彼女の魂をコンヴェンショナリズムから救いたい衝動に溺れた。私は彼女の肩に手をかけて彼女を抱きよせようとした。すると、意外！　彼女ははっと身を飜して後へさがった。そして、さげすむように、たしなめるように、私を睨みつけた。

訳の解らない感情が音立てて爆発した。私は、いきなり跳びかかると、彼女の脣に噛みついた。彼女は失神した。自尊心の女よ！　失神しても、彼女は突っ立っている。

憤怒と嘔吐と悔恨との混合液。飽和度を突破した私は、両手で、自分の首を、胴体から引き離すと、いきなり、それを、都会の心臓目がけて、抛げ下した。風を切り、首は、加速度の法則に従った。私の身体は、失神して突っ立っているロオルを露台《バルコニー》に残したまま、塔のような建物から逃げ出した。

――ペリカンの酒場へ。ミランダの愛撫へ。…………私の心は駆け足だ。

が、二三町行くと、一匹の犬がけたたましく吠えついた。犬の数は群集のように増加した。吠え立てながら、彼等は私に肉迫して来た。が、或る一定の距離以上は、近づいて来ない。

首。首だ。首がない。ああ！　私は、今、早まった自分の失策に気がついた。

私はミランダを想った。彼女は首のない恋人を棄てるだろう。私は泣き出したくなって来た。私は自殺に傾こうとした。私の足は鈍った。

が、それにも拘らず、不思議な力が、私をペリカンの酒場に吸いよせた。気がつくと、いつか、私はその家の前に来ていた。野蛮なそれでいて抒情的なジャズバンドが、私の身体を引っ張るのだ。

絞めあげる苦痛。永いこと、私はためらった。

――くくくくそっ！

思い切って、私は、扉《ドア》を、ぐいん！　と押した。ミランダの腕に抱かれて、首が、私を待っていた。

高架線

横光利一

横光利一

（1898～1947）菊池寛門下として数々の同人誌に関わり、「蝿」「日輪」で文壇の注目を浴びる。川端康成とともに同人誌「文藝時代」を立ち上げ、新感覚派を誕生させる。「頭ならびに腹」の冒頭文は、文壇に衝撃を与え、賛否両論を巻き起こした。

高架線

初出：「中央公論」1930年2月号　中央公論社

底本：『新興藝術派叢書 高架線』新潮社　1930年

新感覚派の頭目とも言って良い横光は、1924年の短編小説「頭ならびに腹」の冒頭を「真昼である。特別急行列車は満員のまま全速力で駆けてゐた。沿線の小駅は石のやうに黙殺された」と書き出し、衝撃を与えた。それまで文学界に台頭していた、自然主義文学の軛を、この一文で軽々と突き破ってしまったのである。今作はそれより6年の月日を経ているが、その切れ味と鮮度は、まだ充分に保たれている。舞台となる、都会を作り出すために生まれた、都会のエアポケットは、果てしなく暗く、絶望的だ。人が暮らすための街から、弾き出された人が、そこに集まり、虫のように蠢いている。全編に亘《わた》り、奇妙な緊張感と冷徹な視線が蔓延っており、救いのない展開が続く。だが、そんな執拗に続く哀れな人々の蠢きより、間にアクセントのように挿入される、暴力的な工事現場の表現の、なんと生き生きしていることか！

まもなく高架線となって横たわるであろう高い漆喰の平面、――その平面を支える鉄の角柱の集りが地上に長い洞穴を造っていた。夜になると、此の鉄の洞穴は雑鬧した市街の中央に真暗な線を引き始める。市街をうろつく浮浪人らのいくらかは、風に吹き寄せられた塵埃のようにいつの間にか此の洞の中へだんだんと溜り込んだ。

雨が降ると洞の中は満員になった。彼らは柱と柱との間に重なった木材の上へ、濡れた雑巾をぶつけたように倒れていた。肩を擦り合せて寝ている着物が、どちらの着物か分らなかった。泥足の間から、まだ眠らぬ顔がときどき夜警の足音をききつける。下の木材やコンクリートの高低に従ってうねる襤褸の中から、ここには似合しからぬまるまる肥えた太股の皮膚が、芽のように露れていた。彼らの誰も動こうともしなければ話そうともしなかった。ただ深夜になると、それらの団塊の間に挟まれた新聞紙の乾いた部分が、じくじく濡れた部分に食われていくだけだった。

浮浪人達の中には、此の鉄の洞を根拠として動かぬ者が三十人ほども集っていた。町の夜警の高助は洞の中から彼らが動かねば動かぬほど助かるのだ。町会は警察へ浮浪人を追えと迫る。追えば彼らが塊っているより危険である。捨てておけば、町の女や子供の夜遊びも危くなる。そこで町会は紹介所から廻されて来た浮浪人の高助を拾い上げて来て、夜警にした。——彼は傴僂の老人で歩くと今にも羽根の生えそうな恰好である。

高架線の洞穴を挟んで高助の喘息友達の保市がいる。保市はやがて取り払われるであろう旧線の踏切番だ。二人は年が三つ違うがどちらもだんだん子供のようになって来た。高架線が眼の前で出来上れば保市も浮浪人の中へ落ち込むより仕様がないのだ。

高助は洞穴の前を廻って来ると、踏切の保市の箱の中を覗いてみた。ブリキ箱の火鉢の上で、凹んだ薬罐の尻が灰の中へ坐っている。保市は青い旗を持ったまま居眠りの最中だ。

「おい、起きなよ、終列車はまだじゃねえか。」

貨物駅に集った真黒な貨車の中へ、雨に打たれたレールの群が刺さっていた。

「おい起きてなって、危ねえよ。」

保市は眼を醒ますと、いきなり飛び出してウインチを解き出した。

「おい、おい、終列車はまだじゃねえか。」

すると、保市は暫くぼんやり駅の方を見ていてから、急にまたウインチを巻き上げた。朦朧自動車が深夜の泥水を跳ね上げながら、鎖の下をかい潜って疾走した。二人の立っている足の下では、高架線と交錯《クロッス》している地下鉄道の作業場が、大きな穴を開けていた。

——高助は拍子木を叩きながら、ガードの鉄の中へ這入っていった。雨が傴僂の合羽の上で跳ね返る。彼は歩きながら、洞穴の中の浮浪人を嚇しつける恰好ばかり考えるのだ。彼は浮浪人達が汚いと云っては怒る。道へ足が出てると云っては怒る。頭に魚の骨がたかっていると云っては怒る。とにかく、彼には怒ることだけが此の世の何よりの楽しみになっているのだ。

しかし、彼の一番恐れたのは夜中にときどき起る喘息の発作であった。それは長い浮浪生活から成長させた彼の唯一の不動産だ。一度発作が起り出すと、番小屋の床几の上から転がり落ち、庭の上を這い廻り、火鉢の薬鑵を蹴倒してもとまらなかった。それが長く続くと、昔を忍ぶかのようにときには街路の石に抱きついたまま、朝まで咳き続けることが度々あった。保市と友達になったのも実は此の街路の石からだ。

浮浪人の中には一人若い女が混っていた。彼女は男を選ばなかった。触った男が忽ち彼女の餌になった。一人の老人は髯を垂らして娘と孫とを連れていた。胸から肩へ帽子を幾つも連ねたまま、いつも洞穴の口に立っていた。マッチの空箱ばかり集めている男、女の化粧道具を小腋にかかえて柄のついた鏡ばかりを覗いている男、炭で地べたに絵ばかり書いて喜ぶ男、乞食の夫婦、必要以上に着物を身につけ、いつも片手に下駄を持っている老人、五分おきにモルヒネ注射をする大工——洞穴の中は、拾って来た鍋やタオルや残飯や、男達の延びるに任せた頭髪で掃溜のような匂いがした。しかし、この洞穴の汚さは、町の汚物を集めて来た汚さだ。町の裏通りの不潔さは絶えず彼らに洗われているのと同様だった。それにも拘らず、町にとって彼らの集っていると云うことが、一層の不潔となった。町会は高架線を建設した鉄道省に責めつけた。鉄道省は警察に注告した。すると、警察は町を憐れむよりも、此の都会の田虫のような浮浪人を憐れんだ。浮浪人達は、北風が吹けば柱を背にして南を向いた。南の町が雑鬧すると、顔をそ向けて北に廻った。彼らは柱を中心に絶えず生活を移動させながら、日々黙って暮していた。食物がなくなると、浮浪人の中の若者は魚や香物を町から両手に持って来て、老人や子供に分けてくれるのだ。ここでは飢えるものは誰もなかった。働いて食うものは一番馬鹿な人間だと思っているかのように、ただ彼らは動かないだけであった。朝になって、近くに見える職業紹介所に並んだ労働者の群を眺めていても、動き出すものは一人もなかった。夕暮になって、靄のかかった鳥居の下を緋鯉のように泳ぎ出す芸者達の群を見ていても、洞穴の中は静まっていた。しかし彼らは、夜警の傴僂の高助だけは、恐れねばならなかった。彼は用もないのに出て来ると竹で地べたを叩きながら、呶鳴り立てるのだ。浮浪人は高助を恐れるよりも、高助の連れて来る警官が恐いのだ。

昼になると、此の静かな洞穴を中心にして、上と下との世界は最も活動を続け出す。上は高架線の作業場で下は地下線の作業場だ。高架線では、数台のコンクリート混合機が砂利と砂とセメントを食いながら、絶えずねばねばしたコンクリートを吐き出した。一輪車のネコトロが樽と樽との山の間を、縦横に辷っていく。セメント銃《ガン》が漆喰の窪みを狙って、コンクリートを吹きつける。杭打ちの煤烟とセメントの粉が、追っ駈け合って渦を巻く。圧搾機のモーターの爆音と、リベッティングの釘打ちと、投げつけられる鉄材と、——攻め上って来る音響の中で、起重機の翼が悠々と廻転する。

踏切番の保市は踏切の箱の中から、起重機の廻る翼を見る度に、じりじり首を斬られるような思いがした。

「いやな奴じゃ、あ奴は魔物じゃ。」

或る日、保市は高架線を見上げながら高助に云った。

「お前さん、首になったら、どこ行きだ。」

「俺ア、首になんぞならねえや。」

「ならねえたって、お前、あれが出来りゃ、お前も俺もいられめえ。」

「ならねえ、ならねえ。」

亀のように傴僂を張ると急に高助は歩き出した。が、またくるりと廻って戻って来ると、

「ならねえたって、考えて見な。線が出来りゃ、お前も俺もおけらじゃねえか。」

高助は瘤の下から起重機の羽根を見上げたまま、黙り出した。彼は線が出来ればどうして首になるのか、幾ら考えても分らなかった。

「ならねえぞ。」

その夜、彼は一眠りしてから夜警に出た。月が面丁にあたり出すと、ふと、昼間保市に云われた言葉を思い出した。――待てよ、線が出来ると、首になる、と――

彼はまた急いで踏切りへ出かけていって、箱の中へ首を突っ込むと云った。

「おい、首にゃ、ならねえぞ。」

箱の中では、保市は丁度喘息の発作が起って咳き込んでいるときであった。高助はぼんやりしたまま長く延びて慄えている保市の咽喉を眺めていた。すると、急に自分の息も詰って来た。

「おッ、こりゃ。」

と彼は云うと、箱から顔をひっ込めた。が、迫って来る保市の咳が背中へ乗り移って来た。彼は片手で箱の戸を摑んだまま、最初の咳を喰い留めようとして延びたり縮んだりし始めた。彼は周章して湯呑を探した。と、とうとう引き摺り込まれて彼も一緒に咳き出した。二人は暫くお辞儀の稽古をしているように頭を擦り合しては、離れていた。ぜいぜい鳴る咽喉の笛が、一方が停ると、また一方が鳴り出した。保市は高助の背中の瘤を抱きかかえた。高助は、突きかかるように頭を保市の腹へくっつけた。保市は湯呑に湯を注ぐとぶるぶる慄えながら、高助の口の傍へ持っていった。

「飲めよ、飲めよ。」

云っているうちに、波を打ち出した高助の瘤に突き上げられて、湯はこぼれた。高助は保市の胴に抱きついたまま、

「水、水、」とうなり出した。保市はまた湯呑に湯を注ぎかけようとすると、今度は自分がやられて揺れ始めた。彼は横に羽目板へ頭を擦りつけながら、俯伏せになろうとして、腹の上の高助を蹴りつけた。高助は保市の腹の上から辷り出すと、蹲み込んだまま、椅子の足を抱きかかえた。

保市は高助の瘤を踏台のように踏みつけながら、椅子の上へ円くなった。二人は一つの椅子を中心に下と上とでかわるがわる咳き続けた。ぶくぶく二つの背中が波を打った。咽喉が伸縮しながら、絞るように、鳴り続けた。すると、急に高助は激しく襲って来た咳に揺られて、立ち上った。椅子の上の保市の腰が、高助の頭に突き上げられた。保市の身体が、椅子と一緒に床の上に転がった。薬鑵が火鉢の上で顚覆した。灰が箱の天井を突き抜くように、舞い上った。高助と保市はまた同時に灰の中で、咳き出した。二人は箱の入口へもたれかかったまま背中を互に撫で合った。しかし、それでも二人の咳はとまらなかった。二人はいつの間にかまた別々に放れると、地面にへばりついて咳き始めた。

間もなく、保市は鎖の傍まで這い寄って、ウインチを解き出した。貨物列車が真黒な塊のまま頭の上を飛びぬけた。暴風のような音響が遠ざかるに従い、その後から、また保市と高助の咳が、盛り上って来た。

二人の発作が停止したのはそれから二十分もしてからだった。汗に濡れた顔面に灰を浴びたまま、まだかすかに鳴る咽喉の笛を聞いているかのように、どちらも首を垂れて黙っていた。高助はまたこれから夜警に廻らねばならぬのだ――

「俺も、もう直きに死ぬだ。」と彼は云うと、自分の小屋の方へ歩き出した。

高架線が出来上ると浮浪人がいなくなる。浮浪人がいなくなれば、高助に用はない。何ぜ用がなくなるのか。此の簡単なことが高助に分ったのは、それから一週間もしてからだった。

彼は町の酒屋の番頭から説明を訊いたのだ。その夜、高助は夜警小屋の中で毛布を冠ったまま、算術を考えるように考え出した。すると、だんだん浮浪人に養われているのは、「俺」だと云うことになって来た。彼は毛布の中でいきなり唾を吐き出した。が、無闇に悲しくなると飛び起きて保市の所へ出かけていった。

保市は地面にべったり顔をくっつけながら、板の隙間から地下鉄道の作業場を覗いていた。高助は保市の高く尖った今にも咳き出しそうな桃尻を見つけると、何も云うことが出来なくなった。そのまま保市の傍へ蹲み込むと、彼も一緒に穴の底を覗き出した。穴の中では、露出した埋設物の鉄管が、肋骨のように絡まり合ってじいじい音を立てていた。泥水の湧き上って来る下の方では、黒々とした古い土の断面の縞の中で、手足を壊された骸骨の頭が半面を仰向けたまま、静まっていた。

「今日はこれで五つも出た。あれは墓だとさ。」と保市は云った。

「墓か。」

墓なら興味がないと云うように高助は立ち上った、しかし、保市は蹲み込んだまま、

「見ろってよ、お前、あの墓から小判が十三枚飛び出たそうだよ。」

「小判か。」と云うと、高助はまた急いで穴の中を覗き込んだ。彼はよく見える板の隙間を取ろうとして保市の頭をぐんぐん隅へ押しつけた。二人の口から吐き出す息が湯気になって、板の木目の上から跳ね返って来た。

「小判はねえじゃねえか。」と高助は云った。

「ねえさお前、今頃ありゃ、俺だってとっちまァな。」

高助は不平そうに立ち上ると、暫く空の起重機の姿を眺めていた。

「お前は首にならねえのか。」と突然高助は云い出した。

保市はのろのろ起き上って膝の塵を払いながら、

「しょうがねえさ、首にならねえたって、此の年じゃ、知れてらァな。」

保市が箱の中へ這入ろうとすると、高助はそのまま真直ぐに自分の小屋の方へ戻っていった。

彼は歩きながら、雲を呼ぶように小屋から放逐される日の幻想ばかりを呼び集めた。彼は通りかかった町の男を見ると、ひょこりと頭を下げて笑いかけた。洞穴の前まで来ると、その暗い洞は、いつもと違って俄に大きく、新しく見え始めた。

彼は中へ這入ってみた。ぼろぼろに錆びたトタンを立て廻した中で、四五人の浮浪人が首を集めて蹲んでいた。セメントのくっついた古い機械の間で、モルヒネ患者が慄えていた。高助は柱に手をつきながら奥の方へ廻ってみた。草のように茫々と繁った頭髪のより集っている中で、魚の骨を舐めている女の児の唇が、ときどき街路から輝く自動車のヘッドライトに浮き上った。材木だと思って乗ると、古下駄の山が、崩れ出した。高助は洞穴の中の顔が自分を見上げながら、いつものように柔順に警戒している空気を感じると、愉快になった、と、不意に、彼の足へ、ぶくぶく膨れた腕が巻きついた。

「こりゃ、放せ、放せ、」と彼は云った。

膝へ擦りよせて来る顔が生温く鰻のように昇って来た。高助は足をあげながら、柱の間で傾くと、身体がだんだん、低くなった。彼は彼を下へ引き摺り降ろそうとする相手の頭を圧えながらばたばたした。足の間で鞍のように盛り上って来る顔が、しつこく彼の手首を舐め始めた。彼は動きとまると、相手の顔を覗いてみた。が、いつまで待っても射し込まぬヘッドライトにいらいらし出すと、マッチを擦った。明るくなった足の下から、眼脂を溜てにたにた笑っている女の顔が、舌を出したまま、延び上って来た。高助は瘤をぴったり鉄の柱へくっつけると、肩を縮めた。破れた着物の裾から投げ出された女の足が、穢の擦り落た皮膚の部分を鱗のように生白く浮き上らせ、じりじり高助の方へ動いて来た。高助の首は夜警の体面を忘れて女の足と一緒に延び始めたが、指もとまで燃え上って来たマッチの火に手を焼かれると、彼は狼狽えて叫び出した。

「こりゃ、お倉、放せ、放さんか。」

高助は足踏みしながら漸く女から放れると、洞穴の入口まで逃げ出て来た。彼はそこで、苦しそうに息を吐き出しながら、更めて洞の奥の方を覗いてみた。

「あ奴は、蛇じゃ、」と暫くしてから彼は云うと、急ににこにこして小屋の方へ戻っていった。

洞の中では、職業紹介所からあぶれて来た老人連が、だんだん多くなって来た。しかし、浮浪人らは仲間が増しても減っても同じであった。吹き込んで来る煤烟の中で、お洒落は手鏡を持って笑いながら終日自分の顔を覗いていた。画家は馬の画ばかり書いて楽しんだ。モルヒネ注射の大工はふらふらしながら、針で腕を刺しそこねてはひょろけていた。その間に挟まった帽子屋の老人は冷える周囲の漆喰のために、喘息を起し出した。しかし、喘息は帽子屋だけではなかった。後から混って来た老人達は殆ど大半が喘息にかかっていた。夜中になって、柱の隅から誰か一人が咳き始める。すると、急にあちらこちらの闇の中から、風のように喘息が巻き起った。一度起ると、老人達は朝の太陽が昇るまで、下の材木を抱きかかえて咳き続ける。そうして、漸く咳きがとまった頃になると、職業紹介所の前でひしめき合う労働者の逞しい群が、鉄柱の間から見え始める。昨日あぶれた洞の中の老人達は今日こそと思って出かけていく。すると、またはじかれて落とされる。落とされた老人達は作業場の焚火の傍で円陣を作りながら、ぼんやり若者達の売れる姿を眺めていた。こうしてそこで落ち合った老人達は仲間となると洞の中へ日々新しく流れて来た。だんだん洞の中は老人で詰まり出した。

これらの老人達の頭の上では、進行する高架線が一日に六百樽のセメントを、呑み込み出した。五台のコンクリート混合機が、十台になった。巨大な鉄塊の横腹で絞めつけられるリベットが、終日終夜火を噴いた。その下の店々では、こぼれる火屑で店頭の日覆を焼かれて町会へ訴えた。掘り返される道路の悪さのために、商品が売れなくなったと云っては、また町会に膨れて来た。しかし、町会では、進行する高架線と地下線の動力を阻止することは、不可能であった。いつも、町会は鉄道省には負け続けていなければならぬのだ。

或る日、夜警の高助は町会から呼び出されると、突然、そのまま首になった。理由は高架線の下の浮浪人がますます増加して来たからだと云う。高助のごとき老人では、最早彼らを警戒することが出来なくなった――高助は洞の中で増加して来た老人の群のために、投げ出されたのと同様であった。

それにしても高助にはこれはあまりに意外だった。高架線が出来れば首にはなろう。しかし、今頃突然、彼の小屋から投げ出されようとは――

彼は毛布をかかえて外へ出ることだけは、漸く分った。彼は保市のいる箱の前へ来た。が、彼を見ると、急に保市の姿が豪く見え出した。彼は保市には黙って箱の前を通り過ぎると、職業紹介所の前へ来た。しかし、そこには馬が一疋、曇り日の下で静かに首を垂れているだけだった。高助は暫く、馬の尻から落ちる糞の重なりが、盛り上ると崩れる形の面白さに見惚れながら、ぼんやり下を向いて立っていた。彼の後の方から騒ぐ人声が聞えて来た。洞の中から出て来た老人の群が、地下鉄道の作業場の上から底を、重なり合って覗いていた。高助もその方へ歩いていくと、彼らに混って下を覗いた。下では高架線を潜り抜ける地下線いっぱいに拡がって、瓦斯洩れの青い焔が土の中から燃え上って来た。

「火事だ。」と不意に高助は云うと、街の方へ駈け出した。が、また急に立ち停ると、彼は不服そうにのろのろ老人達の間へ戻って来た。

一人の老人は帰って来た高助を見て云った。

「お前、あれは小判だとさ。」

「小判じゃねえ、火事だよ。」と一人が云った。

「火事だ、火事だ。」そう云う声の方が小判を包んで、だんだん大きくなって来た。街路からは群衆が駈けて来た。穴の底では工夫達が土を火の上へぶっつけた。

高助は人が集まれば集まるほど、首を切られた自分を明瞭に感じ出した。彼はひとり群衆から離れてガードを潜ると、いつのまにかまた自分の小屋の前へ戻っていた。彼は障子の破れ目から中を覗いた。中では自分のかけておいた薬罐が、ひとり湯気をたてて鳴っていた。彼は足音を忍ばせて中へ這入ると柱にかかった拍子木を一つ叩いた。常とは変って俄に大きな音を立て出したその拍子木に驚くかのように、彼は周章てそれを柱へかけ直そうとした。すると、その姿勢の中から、彼がいつも夜警を終えてそうするときに思い出す女の顔が——洞の中の女の顔が、足が、手が、彼の首に絡まりつき、彼の手首を舐め始めた。——お倉だ。——彼が、あの洞の闇の中へ這入ったときにいつの間にか斬りつけられていた傷口から、今頃突然血が噴き流れて来たのである。

小屋の中から出て来た高助の顔は、全く前とは変って眉毛を吊り上げながら、生き生きと血をさして笑っていた。

その夜高助は夜が更けると洞の中へ這入っていった。彼は暫く鉄柱の影に身を潜めたまま、お倉の居所を索っていた。密集している柱のために、曲りくねった鍵型の廊下のように見える洞の中では、お倉の姿を一目で探すことは、困難であった。殊に洞の中のお倉の居所は毎夜のように変っているのだ。高助は毛布を被ったまま、手探りながら眠っている人々の胸や手足の群れの間を渡り出した。いつものように街角から襲うヘッドライトが、ときどき見覚えのある鍋の縁や古下駄を浮き上がらせては、消えていった。高く積った板の上に、寝ている瘦せた肋骨があると思うと、急に足もとで古トタンが音を立てた。びしょびしょ濡れた残飯を踏みつけると、足の裏へひっついた紙片が、騒ぎながら彼の後から追って来た。

高助は先夜彼がお倉に足をとられた所まで這入って来ると、マッチを擦った。下では、膏薬をはり廻した老婆の背中が、襤褸の中から傷口の肉を爆かせて覗いていた。その傍に倒れている画家とお洒落の叢がった髪の中から、鏡の面が光っていた。股と股との間を、鼠の背中が流れていった。それらの鼠は前から高助の移動につれて追われて来た鼠の群と一つに塊ると、組み合された膝の垣や老人の胸の間を網のように拡がりながら辷り出した。高助はマッチを擦りかえながら鼠の後を追うように奥の方へ忍んでいった。しかし、彼の行くさきざきからは、いくらぐるぐる廻ってみてもお倉の姿は見えなかった。彼は蹲みこむと、その一夜を寝る自分の場所を捜そうとした。すると、遠くの方から、夜警の拍子木の音が聞えて来た。高助は猟犬のように、首を立てた。彼は自分と代ったその夜警の顔が見たくなった。だが、今頃洞の中でひとりごそごそ動いていては、夜警に疑われるに定っていた。もし疑われて呶鳴り出された所を見つかれば、お倉は何と思うだろう。――しかし、高助はいつの間にか近づいては離れていく拍子木の音に調子を合せながら、自分も頭を動かした。

「うむ、あ奴は、初めてじゃねえ。」

高助は俄に分別くさい顔つきで思案に暮れながら、やがて新しい夜警に飛びつき出すであろうお倉の顔を、考えた。

――こりゃ、今夜でなくちゃ、――お倉の奴はまだ知りゃしめえ。

拍子木の音が消えていくと、高助はまた逆に洞の中を廻り始めた。暫くすると、彼はふとモルヒネ患者の顔を見附けて立ち停った。彼は周章ててマッチを擦り変えた。と、落された鳥の群れのように満ちている襤褸の中から、仰向きかかった乳房が見えた。お倉だ。――彼は顔を近々とお倉の傍へ擦り寄せた。豊かな乳房の間の窪みの中で、飴色の微細な虫が行列を作って動いていた。足は開きかかった裾の垢の中から、毛孔の縮んだこぶらの半面を覗かせながら、重たげに曲っていた。高助は毛布を深く被り直して足で女の腰を踏みつけた。女は眼を開けると、また眠った。彼は女の耳をひっぱった。女は彼の手を払い除けながら、仰向きになると、急に血の込んだ大きな眼を開いて高助を見詰め出した。高助は女の耳に口をよせると小声で云った。

「おい、嫁になれよ、嫁に、毛布をやるぞ。」

女は虫をつけた胴のままで、にやにや下から笑い出した。高助は、地べたが突然笑い出したように感じると、そのまま闇の中へ沈み込んだ。――

しかし、間もなく、高助の喘息の発作が、いつの日よりも激しく襲って来た、彼は……の上へ額を擦りつけながら、うめき出した。鼻のさきが、放れまいとして喰いつく嘴のように、咳く度にだんだん深く皮膚の中へ喰い込んだ。彼の片足は傍のモルヒネ患者の懐の中へ刺さったまま、腹を蹴った。手は投げ出された一本の股を絞めつけながら、揺れ始めた。

高助の周囲では、彼の咳きに眼を醒まして動き出す者が、多くなった。モルヒネ患者は彼に蹴られる度に、腰を躍らせて慄えていた。それを中心に、その周囲の者らは起き上ったり、坐ったり、動揺めきの波を漸次に次の波に伝えながら、柱を廻って拡がり出した。あちらこちらの老人達の群れの中から、また新しく咳き出す者が、続出した。初めはそれは共通した巨大な器官から噴き出す噴出物であるかのように、合唱しながら、一連の咳きが停ると、また一連の咳きが、舞い上った。と、それらの咳きの中心は気圧のように追っ駈け合い、絡まり合い、だんだん高調に達すると、乱発しながら、崩れ出した。転がるもの、這い出すもの、抱き合うもの、――ざわめき立った洞の中では、鍋が飛んだ。草履が柱から柱へ叩きつけられながら、渡っていった。

高助は洞の中の騒ぎを感じると、逃げ出そうとして立ち上った。しかし、柱を放れると、忽ち横たわっている身体に足をとられて、投げ出された。彼は見えない膝と膝との間へ頭をつっ込んだまま、咳き続けた。周囲の足が、彼の身体を突き合い出した。骨だらけの足と足との波の中で高助の背中の瘤が浮いたり沈んだりして、のた打った。彼は頭をシャベルのように床につけると、乱れた足や汚物を掬いながら、這い廻った。残飯が擦り剝げた顔に、べたべたへばりついた。扁平な乾物になった鼠の死骸の牙が、彼の頭にひっかかって来た。しかし、彼はもう息が切れそうであった。咳き出すものも尽きたかのように、腹の皮は痙攣したまま、動かなかった。彼は古下駄の積み上った中へ顔をくっつけると、両手で穴を掘り始めた。しゃくり上げる度に、咳に代って血が咽喉から噴き出て来た。彼は彼自身の血の後を追うように頭をますます深く、掘り下げた下駄の穴の中へ突っ込んだ。と、穴の底から、輝いた海や花や帆船が現れ出すと最後に、巨大な赤貝が天空のように浮き出て来た。「南無、南無、南無。」と彼は呟いた。すると、彼の身体はその中へ辷るように流れ込むと、彼は下界を足で蹴りつけた。

不器用な天使

堀辰雄

堀辰雄
（1904〜1953）
学生時代に様々な芸術派やプロレタリア系の作家と交流し、その影響を受けながら、西洋心理主義を作風として確立する。「風立ちぬ」や「菜穂子」があまりにも有名だが、初期にはモダニズム的作品にも手を染めている。

不器用な天使

初出：「文藝春秋」1929年2月号　文藝春秋社

底本：『堀辰雄全集　第一巻』筑摩書房　1977年

近年、宮崎駿監督のアニメ映画『風立ちぬ』で、堀の同名小説のモチーフがアレンジされ使われ話題になったが、ロマン溢れるそのような代表作の源流が、ここにある。格段奇をてらったようなことは何もしていない。横光利一の「春は馬車に乗って」同様、静かな文章の中に、新しさと美しさと煌めきが漂っている。そして、洒落ている。文中に、これでもかと頻出する“僕”。その繰り返しがまったく気にならないほど、緻密で上手な文章である。小さな、スノードームのような“僕”の心の中の動きが、手記というか“心記”として、淡い感触を持って追体験させてくれる。

1

カフェ・シャノアルは客で一ぱいだ。硝子戸を押して中へ入っても僕は友人たちをすぐ見つけることが出来ない。僕はすこし立止っている。ジャズが僕の感覚の上に生まの肉を投げつける。その時、僕の眼に笑っている女の顔がうつる。僕はそれを見にくそうに見つめる。するとその女は白い手をあげる。その手の下に、僕はやっと僕の友人たちを発見する。僕はその方に近よって行く。そしてその女とすれちがう時、彼女と僕の二つの視線はぶつかり合わずに交錯する。

そこに一つのテイブルの周りを、三人の青年がオオケストラをうるさそうに黙りながら、取りまいている。彼等は僕を見ても眼でちょっと合図をするだけである。そのテイブルの上には煙りの中にウイスキイのグラスが冷く光っている。僕はそこに坐りながら彼等の沈黙に加わる。

僕は毎晩、彼等と此処で落ち合っていた。

僕は二十だった。僕はいままで殆ど孤独の中にばかり生きていた。が、僕の年齢はもはや僕に一人きりで生きていられるためのあらゆる平静さを与えなかった。そして今年の春から夏へ過ぎる季節位、僕に堪えがたく思われたものはなかった。

その時、この友人たちが彼等と一緒にカフェ・シャノアルに行くことに僕を誘った。僕は彼等に気に入りたいと思った。そして僕は承諾した。その晩、僕は彼等の一人の槙が彼の「ものにしよう」として夢中になっている一人の娘に会った。

その娘はオオケストラの間に高らかに笑っていた。彼女の美しさは僕に、よく熟していまにも木の枝から落ちそうな果実のそれを思わせた。それは落ちないうちに摘み取られなければならなかった。

その娘の危機が僕をひきつけた。

槙はひどい空腹者の貪慾さをもって彼女を欲しがっていた。彼のはげしい欲望は僕の中に僕の最初の欲望を眼ざめさせた。僕の不幸はそこに始まるのだ。……

突然、一人が彼の椅子の上に反り身になって僕の方をふり向く。そして何か口を動かしている。が、音楽が僕にそれを聞きとらせない。僕は彼の方に顔を近よせる。

「槙は今夜、あの娘《メッチェン》に手紙を渡そうとしているのだ」

彼はすこし高い声でそれを繰り返す。その声で槙ともう一人の友人も僕等の方をふり向く。

真面目に微笑する。そしてまた、前のような沈黙に帰ってしまう。僕はひとり顔色を変える。僕はそれを煙草の煙りで隠そうとする。しかし、今まで快く感じられていた沈黙が急に僕には呼吸苦しくなり出す。ジャズが僕の咽頭をしめる。僕はグラスをひったくる。僕はそれを飲もうとする。が、そのグラスの底に見える僕の狂熱した両眼が僕を怖れさせる。僕はもうそれ以上そこに居ることが出来ない。

僕はヴェランダに逃れ出る。そこの薄くらがりは僕の狂熱した眼を冷やす。そして僕は誰からも見られずに、向うの方に煽風機に吹かれている娘をじっと見ていることが出来る。風のために顔をしかめているのが彼女に思いがけない神々しさを与えている。ふと、彼女の顔の線が動揺する。彼女がこちらを向いて笑いだす。一瞬間、僕はヴェランダから彼女をじっと見ている僕を認めて彼女が笑ったのだと信じる。が、僕はすぐ自分の過失に気づく。うす暗いヴェランダに立っている僕の姿は彼女の方からは見える訣がない。彼女は誰かに来いと合図をされたのだろうか。僕はそれが槙ではないかと疑う。彼女は思い切ったようにこちらを向いて歩き出す。

僕は僕の手を果実のように重く感じる。僕はそれをヴェランダの手すりの上に置く。手すりは僕の手を埃だらけにする。

2

その夜、疾走している自転車が倒れるように、僕の心は急に倒れた。僕は彼女から僕のあらゆる心の速度を得ていたのだ。それをいま、僕は一度に失ってしまった。僕にはもう自分の力だけでは再び起ち上ることが出来ないように思われるのだ。

「電話ですよ」母がそう云って僕の部屋に入ってくる。僕は返事をしない。母は僕に叱言を云う。僕はやっと母の顔を見上げる。そして「このままそっとして置いて下さい」僕は母にそういう表情をする。母は気づかわしげに僕を見て部屋から出て行く。

夜になっても、僕はもうカフェ・シャノアルに行こうとしない。僕はもう彼女のところに、友人たちのところに行こうとしない。僕は自分の部屋の中にじっと動かないでいるのだ。そして僕は何もしないためにあらゆる努力をする。僕は机の上に肱をついて、両手で僕の頭を支えている。僕の肱の下には、いつも同じ頁を開いている一冊の本がある。そしてその頁にはこんな怪物が描き出されてある。――彼は自分にも支えられないくらいに重い頭蓋骨を持っている。そしていつもそれを彼のまわりに転がしている。彼はときどき腮をあけては、舌で、自分の呼吸で湿った草を剝ぎ取る。そして一度、彼は自分の足を知らずに食べてしまう。――そしてこの怪物くらい、僕になつかしく思われるものはなかったのだ。

しかし人は苦痛の中にそのようにしてより長く生きることは不可能な事だ。僕はそれを知っていた。それなのに、何故、僕は自分をその苦痛から抜け出させようとしないでいたのか。僕は実は自分でもすこしも知らずに待っていたのだ。――彼女の愛しているのが槙ではなくて僕であることを、友人の一人が愕いて僕にそれを知らせにくることを、一つの奇蹟を、僕は待っていたのだ。

　ある夜の明方、僕は一つの夢を見た。僕は槙と二人で、上野公園の中らしい芝生の上にあおむけになって眠っている。ふと僕は眼をさます。槙はまだよく眠っている。僕は、芝生の向うから、いつのまにか彼女がもう一人のウェイトレスと現われ、何か小声に話しながら、僕等に近づいてくるのを見る。彼女は相手の女に、彼女の愛しているのは実は僕であることを、そして槙が僕の手紙を渡してくれたのかと思ったら、それは槙自身の手紙であったことを話している。そして彼女等は、僕等に少しも気づかずに、僕等の前を通り過ぎる。僕は異常な幸福を感じる。僕は槙をそっと見る。槙はいつの間にか眼をあけている。

「よく眠っていたね」僕が云う。

「僕がかい？」槙は変な顔をする。「眠っていたのは君じゃないか」

　僕はいつの間にか眼をつぶっている。「そら、また眠ってしまう」そういう槙の声を聞きながら僕は再びぐんぐんと眠って行く。

　それから僕はベッドの上で本当に眼をさました。そしてその夢ははっきりと僕に、自分でも気づかないでいた奇蹟の期待を知らせた。その奇蹟の期待は、再び僕の中に苦痛を喚び起しながら、それによって一そう強まる。そしてそれは夜の孤独の堪えがたさと協力して、無理に僕をカフェ・シャノアルに引きずって行った。

　カフェ・シャノアル。そこでは何も変っていない。同じような音楽、同じような会話、同じように汚れているテイブル。僕はそういうものの間に、以前と少しも変らない彼女とそれから槙を見出すことを、そして僕一人だけがひどく変っているのであることを欲する。が、すぐ僕は暗い予感を感じる。僕には彼女が僕の眼を避けているとしか見えない。

「なんだ、ばかに悄げているじゃないか」

「どうかしたのかい」

僕は平生のポオズを取ろうと努力しながら、友人に答える。

「ちょっと病気をしていたんだ」

槙が僕を見つめる。そして僕に云う。

「そう云えば、この間の晩、ひどく苦しそうだったな」

「うん」

僕は槙を疑い深そうに見つめる。僕は僕が苦しんでいるのを人に見られることを恐れる。それなのに、自分の傷を自分の指で触って見ずにいられない負傷者の本能から、僕は僕を苦しませているものをはっきりと知りたい欲望を持った。僕は無駄に彼女の顔をさがしてから、再び槙を見つめながら云う。

「どうなったの、あの娘《メッチェン》は？」

「え？」

槙はわざと分らないような顔をして見せる。それから急に顔をしかめるように微笑をする。するとそれが僕の顔にも伝染する。僕は自分が自分の意志を見失い出すのを感じる。

突然、友人の声がその沈黙を破る。

「槙はやっとあいつを捕まえたところだ」

それから別の声がする。

「今朝が最初の媾曳《ランデブウ》だったのさ」

今まで経験したことのない気持が僕を引ったくる。僕はそれが苦痛であるかどうか分からない。友人はしきりに口を動かしている。しかし僕はもうそれからいかなる言葉も聞きとらない。僕はふと、僕の顔の上にまださっき伝染した微笑の漂っているのを感じる。それは僕自身にも実に思いがけないことだ。しかし僕はそういう自分自身の表面からも僕が非常に遠ざかってしまっているのを感じる。それによって潜水夫のように、僕は僕の沈んでいる苦痛の深さを測定する。そして海の表面にぶつかりあう浪の音が海底にやっと届くように、音楽や皿の音が僕のところにやっと届いてくる。

僕は出来るだけアルコオルの力によって浮き上ろうと努力する。

「彼は孔のように食《の》む」

「彼は苦しそうだ」

「彼の脣はふるえている」

「何が彼を苦しめているのだ」

僕は少しずつ浮き上って行きながら、漸くそういう友人たちの気づかわしそうな視線に対して可感になる。しかし彼等はすっかり僕を見抜いていない。僕は彼等に僕が病気であることを信じさせるのに成功する。僕はもう彼女の顔をさがすだけの気力すらない。

カフェ・シャノアルを出て友人等に別れると、僕は一人でタクシイに乗る。僕は力なく揺すぶられながら、運転手の大きな肩を見つめる。あたりが急に暗くなる。近道をするために自動車は上野公園の森の中を抜けて行くのである。「おい」僕は思わず運転手の肩に手をかけようとする。それが急に槙の大きな肩を思い起させたからである。しかし僕の重い手は僕の身体を殆んど離れようとしない。僕の心臓は悲しみでしめつけられる。ヘッドライトが芝生の一部分だけを照らし出す。その芝生によって、今朝の夢が僕の中に急によみがえる。夢の中の彼女の顔が、僕の顔に触れるくらい近づいてくる。しかし、その顔は僕を不器用に慰める。

3

真夏の日々。

太陽の強烈な光は、金魚鉢の中の金魚をよく見せないように、僕の心の中の悲しみを僕にはっきりと見せない。そして暑さが僕のあらゆる感覚を麻痺させる。僕には僕のまわりを取りまいているものが何であるか殆どわからない。僕はただフライパンの臭いと洗濯物の反射と窓の下を通る自動車の爆音の中にぼんやりしている。

が夜がくると、僕には僕の悲しみがはっきりと見え出す。一つずつ様々な思い出がよみがえってくる。公園の番になる。するとそれだけが急に大きくなって行って、他のすべての思い出は、その後ろに隠されてしまう。僕はこの思い出を非常に恐れている。そしてそれを僕から離そうとして僕は気狂のようにもがき出す。

僕は何処でもかまわずに歩く。僕はただ自分の中に居たくないために歩く。彼女や友人たちからばかりでなく、僕自身からも遠くに離れている事が僕には必要なのである。僕はあらゆる思い出を恐れ、又、僕に新しい思い出を持ってくるような一つの行為をすることを恐れる。そのために僕は僕自身の影で歩道を汚すより他のことは何もしようとしない。

或夜、黄色い帯をしめた若い女が、僕を追いこしながら、僕に微笑をして行く。僕はその女の後を、一種の快感をもって追って行く。が、その女が或る店の中に入ってしまうと、僕は彼女を少しも待とうとしないでそこを歩き去る。僕はすぐその女を忘れる。それから二三日して、僕は再び群集の中に黄色い帯をしめた若い女が歩いているのを認める。僕は足を早める。が、その女に追いついて見ても、僕にはもうそれが二三日前の女かどうか分らなくなっている。そしてそれほどぼんやりしている自分自身を見出すことは、僕の悲しみに気に入るのである。

時々、歩道に面した小さな酒場が僕を引っぱりこむ。煙りでうす暗くなっているその中で、僕は僕のテイブルを煙草の灰や酒の汚点できたなくする。そしてしまいにはその汚れたテイブルが、僕に、その晩中僕の影のよごしていた長い長い歩道を思い出させる。僕は非常な疲れを感じる。僕はそこを出ると、すぐタクシイに飛びこみ、それからベッドに飛びこむ。そして僕は石のように眠りの中に落ちて行くのである。

或夜、僕は群集の中を歩きながら、向うから来る一人の青年をぼんやりと見つめていた。

するとその青年は僕の前に立止った。それは僕の友達の一人だった。僕は突然笑い出しながら彼の手を握った。

「なんだ、君か」

「おれを忘れたのかい」

「ああ、すっかり忘れちゃった」

僕はわざと快活そうに言った。しかし僕は、彼を見ていながら、彼と気づかなかったことが、それほど僕のぼんやりしていることが、彼を悲しませているらしいのを見逃さなかった。

「どうして俺たちのところに来なかったのだ」

「僕は誰にも会わなかったのだ。誰にも会いたくなかったのだ」

「ふん……じゃ、槙のことも知らないな」

「知らないよ」

すると彼は一言も云わずに黙って歩き出した。僕は彼がこれから槙について話そうとしていることが、再び僕の心を引っくり返すにちがいないのを予感した。しかし、僕は犬のように彼に従いて行った。

「あの女は天使だったのさ」

彼はその天使と云う言葉を軽蔑するように発音した。

「槙はあの女を連れてよく野球やシネマに出かけて行ったのだ。最初、あの女は槙の言葉で云うと、とても蠱惑的《シャルマン》だったのだそうだ。ところが、槙が一度婉曲に、女に一しょに寝る事を申込んだのだ。すると女が急に彼に対する態度を一変してしまった。そしてそれからの女の冷淡さと言ったら、槙を死ぬように苦しませたほどだった。一体あの女は、男の心を少しも知らないのか、それとも男を苦しませることが好きなのか、どっちだかわからない。あいつは生意気なのか、馬鹿なのか、どっちかだ。――おい、ウイスキイ！　君は？」

「僕はいらないよ」僕は頭をふった。僕はそれを他人の頭のように感じた。

「それから」僕の友人は続けた。「槙は突然何処かに行ってしまったのだ。どうしたのかと思っていたら、昨日、ひょっくり帰ってきやがった。一週間ばかり神戸へ行っていて、毎日バアを歩き廻っては、あいつの膨脹した欲望をへとへとにさせていたんだそうだ。もうすっかり腹の虫が納まったような顔をしている。あいつは思ったより実際派《リアリスト》だな」

僕は僕の頭の中がだんだん蜜蜂のうなりで一ぱいになるのを感じながら、友人の話を黙って聞いていた。僕はその間、時々、友人の顔を見上げた。それは僕に、さっき群集の中でその顔を見つめながら、彼だと気づかなかったほどぼんやりしていた僕自身を思い出させ、それから僕をそれほどにしていた僕の苦痛の全部を思い出させた。

4

その数日前から、僕は少しも彼女の顔を思い出さないように、自分を慣らしていた。それが僕に彼女はもう無いものと信じさせていた。が、それは自分の部屋の乱雑に慣れてそれを少しも気にしなくなり、多くの本の下積みになっているパイプをもう無いものと信じているようなものであった。その本を取りのける機会は、その下にパイプを発見させる。

そのようにして、再び僕の前に現れた彼女は、その出現と同時に、彼女に対する僕の以前と少しも異らない愛を僕の中によみがえらせた。僕の理性はしかし、僕と彼女との間に、一度傷つけられた僕の自負心を、あらゆる苦痛の思い出を、堆積した。それにもかかわらず、それらのものを通して、一つの切ない感情が、彼女の本当に愛しているのはやはり僕だったのではないかという疑いが、僕の中に浸入して来るのである。それは愛の確実な徴候だ。そしてそれを認めることによって、僕はどうしても、自分の病気から離れられない病人の絶望した気持を経験した。

時間は苦痛を腐蝕させる。しかしそれを切断しない。僕は寧ろ手術されることを欲した。その僕の性急さが、僕一人でカフェ・シャノアルに彼女に会いに行くという大胆な考えを僕に与えたのである。

僕は始めて入った客のようにカフェの中を見まわす。僕を見て珍らしそうに笑いかける見知ったウェイトレスの顔のいくつかが、僕の探しているものから僕の眼を遮る。僕の眼はためらいながら漸っとそれらの間に彼女を見出す。彼女は入口に近いオオケストラ・ボックスによりかかっている。その不自然な姿勢は僕に、僕の入って来たのを知りながら彼女はまだそれに気づかない風をしているのだと信じさせる。僕は手術される者が不安そうに外科医の一つ一つの動作を見つめるように、彼女の方ばかりを見ている。

突然オオケストラが起る。彼女はそっとボックスを離れる。そして僕を見ずに僕の方に何気なさそうに歩いてくる。そして僕から五六歩のところで、すこし顔を上げる。彼女の眼が僕の眼にぶつかる。すると彼女は急に微笑を浮べながら、そのまま歩きにくそうに、僕に近よってくる。そして僕の前に黙って立止まる。僕も黙っている。黙っていることしか出来ない。

手術の間の息苦しい沈黙。

僕は彼女の手を見つめているばかりだ。あまり強く見つめているので、眼が疲れて来たせいか、その手が急にふるえているように見える。すると眩暈が僕の額を暗くし、混乱させ、それから漸く消えて行く。

「あら、煙草の灰が落ちましたわ」

手術の終ったことを知らせる彼女の微妙な注意。

僕の手術の経過は全く奇蹟的だ。彼女の顔が急に生き生きと、信じられないほど大きい感じで僕の前に現れ、もはやそこを立去らない。それは、クロオズアップされた一つの顔がスクリインからあらゆるものを消してしまうように、槙の存在、僕の思い出の全部、僕の未来の全部を、僕の前から消してしまう。これは真の経過であるか、それとも一時的な経過に過ぎないのか。しかし、そんなことは僕にはどうでもよい。僕の前にあるのは、唯、彼女の大きく美しい顔ばかりだ。そしてその他には、その顔が僕の中に生じさせる、もはやそれ無しには僕の生きられないような、一種の痛々しい快感があるだけである。

僕は再び毎晩のようにカフェ・シャノアルに行き出している自分自身を発見する。僕の友人は今はもう誰もここへは来ない。それは反って僕に、友人たちの間にいた時には僕に全く欠けていた大胆さを起させ、そしてそれが僕の行動を支配した。

そして彼女は――

或夜、僕が註文した酒を待っていた間、丁度彼女が隣りの客の去ったあとのテイブルを片づけていたことがあった。その時、僕はじっと彼女を見ながら、彼女が非常にゆるやかな手つきで、殆ど水の中の動作のように、皿やナイフを動かしているのを発見した。その動作のゆるやかさは僕に見つめられ、僕に愛されていることの敏感な意識からおのずから生れてくるように思われた。僕はそのゆるやかさを何か超自然的なものに感じ、僕が彼女から愛されていることを信じずにはいられなかった。

別の夜、一人のウェイトレスが僕に言う。

「あなた方のなさること、私達にはわからないわ」

その女が「あなた方」と言うのは明らかに僕や槙たちのことを意味しているらしかった。しかし僕は故意にそれを僕と彼女とのことだと取った。僕はその女が金歯を光らせて笑ったのが厭だった。僕はその女を軽蔑して、何も返事をしないでいた。

そういう風にして、微妙な注意の下に、僕が彼女から愛の確証を得つつある間、僕はときどきは発作的な欲望にも襲われるのであった。彼女のしなやかな手足は僕に、それらと僕の手足とをネクタイのように固く結びつける快感を予想させた。そして僕は彼女の歯を、それと僕の歯とがぶつかって立てる微かな音を感ぜずには、見ることが出来なくなった。

槙が彼女と一しょに公園やシネマに出かけていたことが、思い出すごとに僕に苦痛を与えずにはおかないその思い出そのものが、同時に僕にその空想の可能性を信じさせるのであった。僕はそれをどういう風に彼女に要求したらいいか？　僕は槙の方法を思い出した。愛の手紙による方法。しかしその不幸な前例は僕を迷信的にした。僕は他の方法を探した。そして僕はその中の一つを選んだ。機会を待っている方法。

最もよい機会。僕のグラスがからっぽになる。僕はウェイトレスを呼ぶ。彼女が僕のところに来ようとする。それと同時に、他のウェイトレスもまた僕のところに来ようとする。二人はすぐそれに気づいて、微笑しながら、ためらいあう。その時、彼女が思い切ったように僕の方に歩き出す。そういう彼女が僕に思いがけない勇気を与える。

「クラレット！」僕は彼女に言う。「それからね……」

彼女は僕のテイブルから少し足を離しかけて、そのまま彼女の顔を僕に近づける。

「明日の朝ね、公園に来てくれない。一寸君に話したいことがあるんだ」

「そうですの……」

彼女はすこし顔を赤らめながら、それを僕から遠のかせる。そして足をすこし踏み出していた以前の姿勢に返ると、そのまま顔を下にむけて行ってしまう。僕は、よく馴れた小鳥をそれが又すぐ戻ってくるのを信じながら自分の手から飛び立たせる人のような気軽さをもって待っている。果して、彼女は再びクラレットを持って来る。僕は彼女に眼で合図をする。

「九時頃でいいの」

「ああ」

僕と彼女はすこし狡そうに微笑しあう。それから彼女は僕のテイブルを離れて行く。

僕はカフェ・シャノアルを出ると、それから明日の朝までの間をどうしていたらいいのか全く分らなかった。僕にはその間が非常に空虚なように思われた。僕は少しも睡眠を欲しがらずにベッドに入った。ふと槙の顔が浮んできた。が、すぐ彼女の顔がその上に浮んで、狡そうに笑いながら、それを隠してしまった。それから僕はほんの少しの間眠った。――そして僕がベッドから起き上ったのは、まだ早朝だった。僕は家中を歩きまわり、誰にでもかまわず大声で話しかけ、そして殆ど朝飯に手をつけようとしなかった。僕の母は気狂のように僕を扱った。

5

漸く彼女が来る。

僕はステッキを落しながらベンチから立上る。僕の心臓は強く鼓動する。僕には彼女の顔が正確に見えない。

僕は再び彼女と共にベンチに腰を下す。僕は彼女の傍にいることにいくらか慣れる。僕は彼女の顔をはじめて太陽の光によって見るのであることに気づく。それは電気の光でいつも見てばかりいた顔と少し異うように見える。太陽は彼女の頰に新鮮な生な肉を与えている。

僕はそれを感動して見つめる。彼女は僕にそんなに見つめられるのを恐れているように見える。しかし彼女は注意深くしている。彼女は殆ど身動きをしない。そしてときどき軽い咳をする。僕はたえず何か喋舌っている。僕は沈黙を欲しながら、それを恐れている。僕の欲しているのは、彼女の手を握りながら、彼女の身体に僕の身体をくっつけていることのみが僕等に許すであろう沈黙だからだ。

僕は僕自身のことを話す。それから友達のことを話す。そしてときどき彼女のことを尋ねる。しかし僕は彼女の返事を待っていない。僕はそれを恐れるかのように、又、僕自身のことを話しはじめる。そして僕の話はふと友達のことに触れる。突然、彼女が僕をさえぎる。

「槙さんたちは私のことを怒っていらっしゃるの?」

彼女の言葉がいきなり僕から僕の局部を麻痺させていた薬を取り去る。

僕は前に経験したことのある痛みが僕の中に再び起るのを感じる。僕はやっと、あれから槙には自分も会わないと答える。そして僕は呼吸の止まるような気がする。僕はもう一言も物が云えない。その僕の烈しい変化にもかかわらず、彼女は前と同じように黙っている。そういう彼女が僕にはひどく冷淡なように思われる。そのうちに彼女は、だんだん不自然になってくる沈黙を僕がどうしようともしないのを見て、それを彼女の力で破ろうと努力し出す。しかしそのためには、僕が黙り込んでしまってから妙に目立って来た彼女の軽い咳を、不器用に利用する事しか出来ない。

「こんなに咳ばかりしていて。私、胸が悪いのかしら」

僕は彼女を急に感傷的《センチメンタル》に思い出す。僕には彼女の心臓が硬いのか、脆いのか、分らなくなる。僕はただ、ひどい苦痛の中で、彼女の結核菌が少しずつ僕の肺を犯して行く空想を、一種の変な快感をもって、しはじめる。

彼女は彼女の努力を続けている。

「昨夜《ゆうべ》、店をしまってから、私、犬を連れて、この辺まで散歩に来たのよ。二時頃だったわ。ずいぶん真暗だったわ。そうしたら誰だか私の後をつけてくるの。でもね、私の犬を見たら、何処かへ行ってしまったわ。それはとても大きな犬なんですもの」

僕はすっかり彼女のするままになっている。彼女はどうにかこうにか僕の傷口に薬をつけ直し、それをすっかり繃帯で結わえてしまう。そして僕は、彼女と共にいる快さが、彼女と共にいる苦痛と、次第に平衡し出すのを感じる。

一時間後、僕等はベンチから立上る。僕は彼女の着物の腰のまわりがひどく皺になっているのを見つける。そのベンチのために出来た皺は僕の幸福を決定的にする。

僕等は別れる時、明日の午後、活動写真を見に行く事を約束する。

翌日、僕は自動車の中から、公園の中を歩いている彼女を認める。僕の小さな叫びは自動車を急激に止めさせる。僕は前に倒れそうになりながら、彼女に合図をする。それから自動車は彼女を乗せて、半廻転をしながら走り出し、一分後には、午後なので殆ど客の入っていない、そしてウェイトレスの姿だけのちらと見えるシャノアルの前を通り過ぎる。この小さな冒険は臆病な僕等に気に入る。

シネマ・パレス。エミル・ヤニングスの「ヴァリエテ」。僕はその中に入りながら、人工的な暗闇の中に彼女を一度見失う。それから僕は僕のすぐ傍に彼女らしいものを見出す。しかし僕はそれが彼女であることをはっきり確めることが出来ない。そのために、彼女の手を探し求めながら僕の手はためらう。そして、僕の眼はといえば実物より十倍ほどに拡大された人間の手足が取りとめもなくスクリインの上に動いているのを認めるばかりだ。

彼女は地下室のソオダ・ファウンテンでソオダ水を飲みながら、僕にエミル・ヤニングスを讃美する。何というすばらしい肩。そう言って、彼女はヤニングスが殺人の場面を彼の肩のみで演じたのを僕に思い出させようとする。その時僕の眼に浮んだのは、しかしヤニングスの肩ではなく、それに何処か似ている槙の肩である。僕はふと、六月の或日、槙と一しょに町を散歩していたときの事を思い出す。僕は彼が新聞を買っているのを待ちながら、一人の女が僕等の前を通り過ぎるのを見ていた。その女は僕を見ずに、槙の大きな肩をじっと見上げながら、通り過ぎて行った。……その思い出の中でいつかその見知らない女と彼女とが入れ代ってしまう。僕はその思い出の中で彼女が槙の肩をじっと見つめているのを見る。そして僕は、彼女がいま無意識のうちにヤニングスの肩と槙の肩をごっちゃにしているのだと信じる。しかし僕は不公平でない。僕は槙の肩を実にすばらしく感じる。そしてそのどっしりした肩を自分の肩に押しつけられるのを、彼女が欲するように、僕も欲せずにはいられなくなる。

僕はもはや僕が彼女の眼を通してしか世界を見ようとしないのに気づく。我々の心がネクタイのように固く結び合わされるとき我々に現われて来る一つの徴候。それは気を失わせるような苦痛をいつも伴っている。

僕は、もう僕の中にもつれ合っている二つの心は、どちらが僕のであるか、どちらが彼女のであるか、見分けることが出来ない。

6

僕等が別れようとした時、彼女は

「いま何時？」と僕に訊いた。僕は腕時計をしている手を出した。彼女は眼を細めながらそれをのぞきこんだ。僕はその表情を美しいと思った。

僕は、一人になってから暫くすると、急にその腕時計を思い浮べた。僕は歩きながら、僕の父から貰った金がもうすっかり無くなってしまっていることを考えていた。僕は自分で何とかして小遣を少しこしらえなければならなかった。僕は先ず、こういう場合に何度も売払った僕の多くの本のことを思い浮べた。しかし本はもう殆ど僕のところには残っていなかった。僕が突然僕の腕時計を思い浮べたのは、この時であった。

しかし僕はこういうものを金に替えるにはどうしたらいいか知らなかった。僕はそういう事に慣れている友人の一人を思い出した。僕はそれを彼に頼むために思い切って彼のアパアトメントに行く事にした。

僕は、顔を石鹼の泡だらけにして髭を剃っているその友人を、彼の狭苦しい部屋の中に見出した。彼の傍には、僕の知っているもう一人の友人が椅子によりかかって、パイプから大きな煙りを吐き出していた。それからもう一人、壁の方を向いて、ベッドの上に大きな袋のようになって寝ころがっているものがあった。僕にはそれが誰だか分らなかった。

「誰だい」

「槙だよ」

僕等の声を聞いて彼は身体をこちらに向き変えた。

「おお、君か」彼は薄眼をあけながら僕を見た。

僕は神経質な、怒ったような眼つきで槙を見つめかえした。僕は彼と随分長く会わなかったことを思った。しかし、僕と彼女との昨日からの行動がもう彼等に知れ渡っていて、それが皮肉に僕の前に持ち出されはしないかという不安が、そういう一切の感情を僕から奪い去った。しかし三人ともメランコリックに黙ってはいたが、その沈黙には、僕に対するそういう非難めいたものは少しも感じられなかった。僕はそれをすぐ見抜いた。すると僕は大胆になって、以前のままの親密な気持を彼等に再び感じながら、槙の寝ころがっているベッドのふちに腰を下した。

しかし僕には以前と同じように槙を見ることが出来なかった。僕の槙を見る視線には、どうしても彼女の視線がまじって来るのだった。僕は彼の顔にうっとり見入りながら、それを強く妬まずには居られないのである。僕は、そういう僕の中の動揺を彼等から隠すために、新しい仮面の必要を感じた。僕は煙草に火をつけ、僕の顔の上に微笑をきざみつけながら、思い切って言った。

「この頃どうしているの？　もうシャノアルには行かないの？」

「うん、行かない」槙はすこし重苦しく答えた。それから友人の方に急に顔を向けて、「あんなところよりもっと面白いところがあるんだな」

「ジジ・バアか」友人は剃刀を動かしながら、それに応じた。

僕のはじめて聞いたバアの名前。僕の想像は、そこを非常に猥褻な場所のように描き出す。僕はそういう「悪所」を、彼の中に鬱積している欲望を槙が吐き出すためには一番ふさわしい場所のように思った。そして僕は、どこまでも悲しそうにしている自分自身に比べて、彼のそういう粗暴な生き方を、ずっと強く見出した。そして僕は何か彼に甘えたいような気持になった。

「今夜もそこへ行くの？」

「行きたいんだが、金がないんだ」

「お前ないか」剃刀が僕をふり向く。

「僕もないよ」

僕はその時、僕の腕時計を思い浮べた。僕は彼等に愛らしく見える事を欲した。

「これを金にしないか」

僕はその腕時計を外して、それを槙に渡した。

「これあ、いい時計だな」

そう言いながら、僕の腕時計を手にとって見ている槙を、僕は少女のような眼つきで、じっと見つめていた。

十時頃、ジジ・バアの中へ僕等は入って行った。入って行きながら、僕は椅子につまずいて、それを一人の痩せた男の足の上に倒した。僕は笑った。その男は立上って、僕の腕を摑まえようとした。槙が横から男の胸を突いた。男はよろめいて元の椅子に尻をついた。そして再び立上ろうとするのを、隣りの男に止められた。男は僕等を罵った。僕等は笑いながら一つの汚ないテイブルのまわりに坐った。するとそこへ薄い半透明な着物をきた一人の女が近づいて来た。そして僕と槙との間に無理に割り込んで坐った。

「飲むかい」槙は自分のウイスキイのグラスを女の前に置いた。

女はそのグラスを手に持とうとしないで、それを透かすように見ていた。友人の一人が一方の眼をつぶり、他方の眼を大きく開けながら、皮肉そうに彼等を僕に示した。僕は眼たたきをしてそれに答えた。

その女はどこかシャノアルの女に似ていた。その類似が僕を非常に動かした。しかし、それは僕に複製の写真版を思い起させた。この女の細部の感じは後者と比べられないくらい粗雑だった。

女はやっとウイスキイのグラスを取上げて、一口それを飲むと、再び槙の前に置きかえした。槙はその残りを一息に飲み干した。女はだんだん露骨に槙に身体をくっつけて行きながら、彼を上眼でにらんだり、脣をとがらしたり、腮を突き出したりした。そういう動作はその女に思いがけない魅力を与えた。それが僕の前で、シャノアルの女の内気な、そのため冷たいようにさえ見える動作と著しい対照をなした。僕はこの二人が何処か似ているようで実は何処も似ていないことを、つまり二人は全てを除いて似ているのであることを知った。そして僕はそこに槙の現在の苦痛を見出すような気がした。

その槙の苦痛が僕の中に少しずつ浸透してきた。そしてそこで、僕と彼と彼女のそれぞれの苦痛が一しょに混り合った。僕はこの三つのものが僕自身の中で爆発性のある混合物を作り出しはしないかと恐れた。

偶然、女の手と僕の手が触れ合った。

「まあ冷たい手をしていることね」

　女は僕の手を握りしめた。僕はそれにプロフェショナルな冷たさしか感じなかった。しかし僕の手は彼女の手によって次第に汗ばんで行った。

　槙が僕のグラスにウイスキイを注いだ。それが僕によい機会を与えた。僕は女から無理に僕の手を離しながら、そのグラスを受取った。しかし僕はもうこれ以上に酔うことを恐れている。僕は酔って槙の前に急に泣き出すかも知れない自分自身を恐れている。そして僕はわざとグラスをテイブルの上に倒してしまった。


　一時過ぎに僕等はジジ・バアを出た。僕等の乗ったタクシは僕等四人には狭かった。僕は無理に槙の膝の上に乗せられた。彼の腿は大きくてがっしりとしていた。僕は少女のように耳を赤らめた。槙が僕の背中で言った。

「気に入ったかい」

「ちぇっ、あんなとこが……」

　僕は彼の胸を肱で突いた。その時、僕は頭の中にジジ・バアの女の顔をはっきりと浮べた。すると一しょにシャノアルの女の顔も浮んできた。そしてその二つの顔が、僕の頭の中で、重なり合い、こんがらかり、そして煙草の煙りのように拡がりながら消えて行った。僕は僕が非常に疲れているのを感じた。僕は何の気なしに指で鼻糞をほじくり出した。僕はその指がまだ白粉でよごれているのに気づいた。

軍艦

今東光

今東光

（1898〜1977）

小説家・僧侶・参議院議員。新感覚派の一員として活躍を始めるが、菊池寛と衝突したり、プロレタリアに傾倒した後、出家。戦後に『お吟さま』で第36回直木賞受賞。最終的には毒舌和尚となり、大人気を博す。

軍艦

初出：「文藝時代」1924年11月号　金星堂

底本：『日本現代文學全集67 新感覺派文學集』講談社　1968年

後年の今東光の“毒舌和尚”としての活躍（「週刊プレイボーイ」でも「極道辻説法」なる身の上相談を書くほど）を見ると、その文学の源流が、モダンな新感覚派にあったとは、俄に信じ難い事実である。だが、まだそのルックスが文学青年然としていた頃の（ちなみにこの弱々しいルックスを利用し、わざと絡まれ喧嘩すること多数。最初から完全なる武闘派だったのである……）、初期の作品の鋭さを見れば、それが間違いのない事実であることが、嫌と言うほど良くわかる。当作は、まるで夏の陽射しが差し込む、インターナショナル建築の、無機質なモダンさに溢れている。だがそこに、不穏なプロレタリア文学的要素が、竹の根のようにそこかしこに入り込み、衝撃のラストへと引き摺って行く。

夏の空は気味が悪いほど青い。

製図室の明り取りに穿めてある硝子窓から天を覗くと、真珠のような海の色の反射かと思われた。折り折り白い綿雲が徂徠する。起重機の地響が、まるで象の歩調のように微かに身内に応える。どこかで電話のベルの音がする。蠅の羽音がぶんぶんと耳底を這いずり廻る。大きな製図机の上に、クリーム色のケント紙がひろげてある。それに描きかけの船の絵だの、テレモーターの縦断面だの、汽関の心臓部の縦断図だのが細かく描いてある。画板の上には定規だとか、ビーム・コンパスだとか、小刀だとか、竹筆だとか、直線定規などが散らばっている。床の上には雲形定規が一つ落ちていた。そういう机が七つ八つあった。それぞれ画用紙が載っていて、バッテンだとか、尺度だとか、文錘だとかが投げ出されてある。画架の上には三枚の小形な見取り図が水彩で描いてあった。

一般に設計者は、四分の一吋を一呎（即ち四十八分の一）とした縮図を三枚こしらえるのである。船体線図《フェアーサーフニース》は通常、平面図と側面図と正面図を合せて、これらの三つの曲線が一致して平滑な表面をするように作成される。その側面図には艦首を右側にして、艦体を舷側から見て直立面上に投影しているように描いてある。それは甲虫のように厳めしい軍艦だった。

平面図は艦体を上から見下して、水平線上に投影し、九十度廻転した位置にあるので、図面には左舷ばかりが現れている。

また正面図は、中心線の左側には艦体を前方から見て直立面に投影したもの（左舷）と、中心線の右側には艦体を後方から見て投影したもの（右舷）を、これも九十度廻転して描いてある。だから角のような大砲や、一つ目のような砲塔や、触角のような帆柱が、生物のように感じられる。

一人の背の高い技手は、まるで麒麟のような彼の背姿を見せて、強い白日の光線の下で青写真を撮っていた。

もう一人の技手は窓際に椅子を寄せて、更紗模様の花葩のある窓掛けを顔にふわりとあて、海岸の風に吹かれながら昼寝をしていた。膝に白い毛並の猫がまるくなっている。時計が三時を打った。

見習らしい三人の製図工は、せっせと側面図に艦体の形状を表わすに必要な微細な線を、指揮されながら引いている。ワイシャツ一つになった肥った技手が、目を放さずに注意している。汗の匂いが、墨汁の香いにまじる。

「ウォーター・ラインは強く引き給え。」

「はッ。」

「ナックルは、つまり先刻《さっき》のレール・ラインと同様の性質を有する線だよ。いいかネ。側面図だと、反りがあるんだから上下の曲りを示しさえすりゃ好いんだ。真形は君、とても示せないからネ。」

「え。」

「暑いネ、この部屋は。西陽が這入るんで参っちゃうヨ。それから、え——と。フレーム・ステーションだ。」

技手はふいと振り返ると、頬に桃色の斑のある一人の技手が、退屈まぎれに壁に落書をしているのを見つけた。

「オイ。いかんヨ。そんないたずらをしちゃ。どうも公徳心が無いね。」

技手は鼻の下を手巾《ハンカチ》で拭きながら、咎め立てるように言った。それでも髪の毛を少し長くした若い技手は、平気で色チョークで素描をやっている。卵色の壁に尻の大きな女の裸体を、頬りにふくよかな陰影で、チョコレート色に塗っている。そうして猿のような赤い男の児が股の間から生れている。

「なんだい。それは……」

とうとう技手は、ドローを投げ出して傍へ寄ってきた。落書をやった若い技手は仔細らしく、絵の上に
Ecce Homo
と鉛筆で書いて、にやりとした。

「意味があるのかね。」

「大いに有るヨ。生れるんだからな。」

「何が……」

「何かがサ。子供も、軍艦も——」

「チェッ。」

　朝の号笛が鳴ると、鳥打帽子をかぶって、菜葉服をき、下駄を穿いて気力のない顔つきをした、沢山の原図職工が入り込んだ。どこの造船所でもそうであるが、原図場《モールドロフト》は作業場から離れた閑静なところにあった。そこは振動の少い、且つ塵埃の少いところでなければならなかった。原図職工の吉田は入口で下駄を脱ぐと、上草履に穿き代え、静かな足取りで扉をあけた。

　此所は設計者から送ってきた船体総図を、原図場の床上に実物大に写すのである。というのは三つの図面によって描かれたものも、仮りに一厘の差があるとするならば、四十八分の一の船体線図は、軈て四分八厘の誤差が生ずる訳である。それゆえに此の異常な不精密を絶対なくなすために、実物大の図面が必要である。原図職人は、そうして船体各部材料の木型《モールド》を作らなければならない。

　吉田は職長に挨拶すると、作業服に着換えた。また号笛が鳴った。作業初めである。隣りの機械鉋がしゃあしゃあと咆るように鳴り出し、天井は初夏の空が青みそめ、鴉が胡麻をまいたように飛んでいるのが見える。側面の窓からは爽やかな空気が通い、緑葉の間から赤いボイラーの褪せた色が、年増女のように思われた。

吉田は中学を三年までやったので原図場にまわされた。何故かというのに原図場では図法幾何《デスクリプチーブゼオメトリイ》（若しくは造船幾何学）を応用するからで、彼が多少、教養があるからだった。しかし、やってみると吉田には殆んど会得し得ないで、所謂、熟練職工の見様見真似しか出来なかった。吉田は此のK造船所に入って、もう自分の手で何艘かの船や軍艦を造ったような気がした。

二階の反図室にいて、幅三吋ほどもある柾目のアメリカ松の床の上に、がっしりと船の姿が浮び出るのを眺める瞬間だけは、捨てばちな、ソオダ水の空壜のようになった自分の心をひきしめることが辛うじて出来た。吉田はそれを、晴やかな諦めだと思った。二十四の吉田は、やっと四十五円も取れる身柄になって、はじめて年老いた母親を兵庫港の町外れの、或る荒物屋の二階に置くことが出来た。中学三年の秋、酒に酔い疲れて何日もだらしなく口をあけ、脂ぎった身体をもちあつかって、妻にあたり散らす彼の父親は、吉田の豊かな頬が此頃まるで殺ぎ取ったように頤ばかり目立ってきたように思われる、ひどい労働から帰った晩方、水を飲もうとして水甕のほとりで、丸太をころがすように他愛もなく参って仕舞った。吉田は新聞の売子をして、勉強していた。けれども急に父親に逝れ、彼は中学を廃すると職を転じた。

だんだん熟練職工らしくなると、それに比例して吉田の心の、どこにも希望に繋ぐ執着らしいものはなかった。

彼は、こうして自身、大きな苦悶の後でくる一種ひそかな安泰に魂をしずめて、呆然と淋しがっている心を見つめる時に、何ということもなく戦《おのの》いた。そうして急に、その頃、このK造船所内で起った同盟罷工に加って、雨のざんざ降る中を示威運動の行列の一人となった。密集した職工、社会主義者、もの好きな見物人、巡査、新聞記者、それらの姿が目まぐるしく走馬灯の影絵のように映った。吉田の疲労からきた懶惰な魂は、なんだか斯うすることによって、そうして生々しく傷つけてやりたいような願いが一杯に溢れ、白い木綿の大きな旗をかついで先頭に立ったりした。三町も進行しないうちに同志の者や、煽動的な社会主義運動者等は、捕縛されたり、検束されたりした。数日の間、この労働争議は新聞の社会面をにぎわした。吉田は猛然とブルジョワに争闘を挑む夢を見たりした。しかしながら何時の間にか死を賭した同志の人々が、世間の注意を集めたり、市民の同情を得たりすることに狎れ、自分も平穏無事らしく夕暮方の陰惨な町の景色を、汚れた風呂敷に弁当箱を包んで、とぼとぼと歩いている姿を、吾と我が身で見出して、言い様もない苦渋な想いをなめた。

そのうちには講演したり、宣伝したり、検束されたりして注目された吉田のことを、誰も介意する者がなくなり、忘れられてきたのである。

そうして吉田自身も単に陽気な子供らしさから、母親と夕餐をしたためながら、雄弁に語り合った社会組織の、その一番つまらない、平凡な、賤しむべき尋常の埒の中に、懶くだんだんと小金でも貯えたそうな彼自身を、またしても発見した。けれどもその時には、もう何を考えるのも厭な、何かに欠けている社会革命家だった。

造船所に来る材木は、粗造の角材だった。吉田はそれを平滑な表面に作ったり、此の面に木型をあてて墨で記号をつけたり、小声で流行歌をうたったり、女の話をしたりする。

もう原図場には基線が出来上った。また原図場の幅の両端に、縁辺から三呎ほどのところにフェンスを打ち、組立がだんだんと目に顕れてきた。

「昨夜往った………」

「フン。」

「本当だよ。」

吉田は無味乾燥な仕事から、ふと心を転ずると声をかけた。

「俺だって往ったヨ。」

「嘘つけ。そう言うとったぞ。彼女がな――」

「なんだってサ。」

「吉田はんは、たまに来ても銭をつかわんから駄目じゃ言うとった。」

「馬鹿ッ。」

その瞬間だった。吉田は右に持った金槌で、がんと左の指を二本誤って打った。生木の白ッぽい角材に、左の指が潰れ、ぐしゃりと音がして、ねっとりとした血がぽたぽたと床に滴った。

「アッ痛い……」

吉田はその指に食いつくように背をまげると、獣のように床の上に転った。

「？」

誰の目も異様に光った。吉田と会話をしていた色の黒い男が、無言のまま彼のところにきて、まるで潰れた指をぼろぼろの手拭で結え、医者のところに連れて行った。機械鉋の激しい音が、尚他の人々の心を忌わしく揺ぶった。

「彼奴は明日から職がねえぞ。」

「乞食でもするサ。」

職人達は空ろに笑いながら、次の瞬間から、また平静に血に染った角材の削り出しにかかった。

造船台が据付けられると、三千人以上の職工が雇い入れられた。これ等の職工は蟻のように働いて槃木を船台の上に置いた。楔形の二つの大きな槃木は、グローブのように力強い腕であって、艦体の重量を支持する。そうして槃木上面の傾斜は、約一呎の八分の五吋ほど、海洋にむかって次第に傾いていた。人々は、その上に築かれる城塞のような軍艦の姿を想い描いた。

ヘルメットを被った造船技師は、船台の傾斜もきまり、艦首の位置を確定し、艦首槃木の高さをきめると、自分で技手を監督しながら、龍骨や、彎曲部の仕事をするのに、充分なだけの空間を、地面と艦底との間に測定した。

一般には、進水台は後に置くのである。それも龍骨の両側と、艦幅の約六分の一のところの、地面と彎曲部との間に置く。

「こんな大きな軍艦では。」

と技師長は、沢山の技師や技手を前に置いて葉巻をくゆらした。

「進水台の傾斜は一呎について二分の一吋、即ち二十四分の一だけ船台より、少くとも大きい傾斜を取らないといけないと思う。この造船所初まって以来の大仕事だからネ。」

「まったくですな。」

「そうだ。生命がけだ。どれほどの犠牲を出すかもしれない。」

と技師長は年のわりに歯切れの好い覚悟——というよりは冒瀆的な言葉をふと唇にのぼせ、目の前にゆるやかに立ち働いている数千人の職工を、何だか幽鬼ででもあるかのように眺めながら、瞑目した。そうしてきっぱりと言った。

「それも、しかし私が負う……」

誰も答える者がなかった。瞬間、技師長は一切の神経を集中して、

「進水固定台《スタンデングウエー》の後端は、どんなにしても十二吋位の高さが必要だ。でないと進水の時、悪くすると艦首が船台末端で地びたに触れるぞ。そうしたら何も彼もお仕舞だ。」

と厳かな注意を与えた。

港には土用波が荒かった。晴れた沖で白い泡を噛んでいる波頭は、岸壁にぶつかって音立て崩れた。

夏の雨が、ひとしきり溶けるように降った。帆柱が濡れ、小蒸汽が汚れ、碇泊している船

は煙って見えた。

龍骨の各材が出来上った時に、槃木の上に載せ、見通しをすましてから、両側の槃木に取りつけた。それがすむと船首材を一度、地面で組んでみて、十分な検証を終えてから解きほぐし、改めて真当の位置に船首材を建設した。逞ましい船大工の群は副船首材や力材などをどんどんとりつけた。しかし之は未だ完全に出来上ったのではなく、ラベットの形や、サイジングの傾斜を示す半截面木型をつけてある。

また何日か経って船尾材や船尾力材などが粗造のまま組み立てられた。

こういう大工共は一部請負で雇われていた。彼等はめいめいの国々から流れ込んで来た。そうして一人一人歴史を持っていて、半日も賃金が彼等の懐に留っているということはない。源さんと呼ばれる背中に細かい彫のある大工は、腕はあったが酒の上が悪かった。辰さんと名乗っている小柄な大工は、女殺しの相のある器用な指を持っている。ある者は喧嘩ッ早く、ある者は博奕のために何も彼も失っていた。

彼等には親分というようなものがなかった。気にいらなければ、鉋を懐ろにして旅の芝居の道具方にでもなれば、またその日が晏然と暮らしてゆけることを知っていた。余り懇意に話し合うでもなく、鼻唄などを歌いながら仕事をしている彼等は、何だかさびしい獣物のようにに見えた。

南風が競って吹くような日、誰も彼も神経衰弱を患って眼を充血させているような時に、大工小屋の中で、どたばたと物騒しい音が聞えたりする。すると鉋を研いでいる大工など一

寸手を休めて、

「また、何かさらしやがるな。」

などと呟いていた。額から血をだらだらと垂らしながら、ふらふらと一人の大工が出て来る。

「どうしたんでえ――」

「なあに。てえした事もねえがね。馬太郎の野郎が騒々しく歌をうたうから、うるせえといって切出しを投げつけてやったんだ。すると馬太郎の奴が、そいつを投げ返したんで、俺の頭に刺さったのサ。生かしちゃ置けねえ野郎よ。」

「そうか。」


五時の号笛が鳴ると、一万人以上の職工達が夕暮の中に送り出される。その位の人数は五十分も経たないうちに散り散りになって、また元のように静かになった。

八時の号笛が鳴ると、造船所の門を更に目の凹んだ、無気力な、皺の多い黒い顔が沢山、それは殆んど千以上もの疲憊のつながりが出てくる。そうして門を出ると右に行くものや、左に立ち去って往くものや、何の関りもなく、少しの慈しみもなく、もう二度とは会わない人々の如くに散り散りになって行った。そうして帰り遅れて、重たい足をふらふらと運ばせている人々の影を、清朝風の牆壁でとりめぐらせた支那人の墓地の崖下から、途切れ途切れに、

「え。床屋でござい。顔を剃る人はおまへんか。頭を苅る方はありまへんか。え。床屋でござい。」

と呟くように声をかけて、何でも彼でも捕えようとする。頭の毛が三寸ほども伸び、顔に生えた鬚が剃刀では、とても剃れないほど毛深く生えた貧しい職工達の中で、一人はどうやら客としてつかまって仕舞う。

「えろう伸びてまんな。」

「ふむ。」

「こない伸びると鬱陶しいでな。」

水の枯れた溝縁の捨て石に腰をかけた客は、自分の青褪めた顔を、支那風の牆壁の破れ目に立てかけた手鏡の中に、足許に立ててある裸蠟燭の弱い光りで眺めることが出来た。理髪屋は年輩には不似合な柔い、脂の強い指で客の頭の毛を引ッぱってみては、小馬鹿にしたように、せせら笑いながら鋏をしゃきしゃきと鳴らした。もう充分に年寄った、あきあきした床屋は、くたびれた客の頭を苅り、顔を剃りながら、四方山の話をする。その度におどろおどろとした髪の毛が、夜風に吹かれて道にはらはらと散りしき、苔の蒸した赤煉瓦の牆壁には、巧みな理髪屋の踊るような手つきをした姿が、ゆらゆらと大きな影法師となって映った。

「頭は家へ去んでお洗い――」

「なんぼや。」

「高いことはあらへん。」

「なんぼや。」

「へ、へ、へ、へ……」

「なんぼや。」

「顔剃りが三銭で、苅り込みが五銭や。十銭では釣があらへんで。」

船体に於ける肋骨は、人間の肋骨といくらも変りがなかった。脊髄から両方に指を出したように、龍骨に肋骨が生えるのである。しかしながら本当は、肋骨の各材を地上で組み合せて、それを龍骨の上に乗せるのであるが、こういう大きな軍艦では一片ずつを取付ける。


ひきしまった朝の空気の中で、綺麗な鯨の骨のように、肋骨が相互に位置を保って建っている。舷側諸口などまで判然としている。そうして支柱が頑丈に一片の肋骨を支えていた。その支柱の高サだけでも電信柱を二本だけ継いだほど高く、蟬のようにとまっている職工は、秋口の港の景色や、脚下の市の姿を見下している。


技師達は騒音にかきけされながら何か話し合っている。

「リバンドが弱々しく見える。」

技師長は不審そうに言った。リバンドはダイヤゴナル・ラインやヘッドやサルマークの位置に沿うて之を曲げて取りつけ、押え螺釘で肋骨に固定してある。

「そんなことはありません。六吋の角材ですから。」

職工長は仕方がないので書記に耳こすった。

乳白色に夜が明けた。六甲山脈が紫色に澄んで見え、朝霧の中の神戸の町は整然とした画図のように見える。ガントリクレーンの頂上で、油を差していた一人の職工は、まるで刺繍図のような造船所の構内を見下していた……

海に沿うて四つのドックがあり、三つの修繕中の船が見える。製図室は緑色のペンキで塗られ、原図場の屋根は赤い。木材置場の幾棟はビスケットのように見え、倉庫は線条で現わすことが出来る幾何学的図形だった。工作場へ豆のような汽車が通じ、船台には蟻のように人間が集って、起重機がうなりながら物を持ちあげている。蜘蛛の巣のようにケーブル・カーのラインが布いてあって、ボイラーは幾つかの汚点のように見える。

贅沢な事務所、玩具のような自動車、機械化した人間、雄弁な工業力……

はッ、というと思うと此の寝ざめの鳥瞰図を楽しんでいた油差しは、足を踏みはずして幾百尺というガントリクレーンから石塊のように落ちた。

人々の網膜には何か、小さな黒点がすうっと通ったとしか感じられなかった。ばらばらと数十人の職工がかけつけた時に、地面には粉砕された頭蓋骨が血にまみれ、沢山の青蠅がたかっていた。

毎日、お梅が職工の高瀬のところに弁当を持ってきた。肺病の高瀬は女を見る時だけ、そんなに不幸な目色をしていなかった。高瀬はお梅に、

「あれが軍艦になるのだよ。」

と教えた。肋骨のように、まくれあがった大きな肋骨の支柱に、三十人ほどの人がたかってクロッス・スポールという仮梁を臨時にとりつけていた。これは肋骨の変形するのを防ぐものである。

「大きいわネ。」

「三万噸位あるヨ。」

高瀬の痩せた指の先に目をやり、そこから迥かな地点まで視野を伸すと、きらきらと鈍銀色に光った海が展望された。構内のユーカリ樹は青白く葉を裏がえして風に吹かれている。目の前を通って行く職工は、おおびらにお梅を嘲戯《からか》った。お梅が気軽くそれに笑って返しをするのを、高瀬は憎くそうに見ていた。お梅は高瀬の不機嫌に気がつくと、あわててぷつりと無表情に返った。高瀬は、

「お梅、俺は病院へかつぎ込まれるのはいやだ。こないだも工作場の方の奴がクレーンから落ちて、くたばったが、俺も死ぬなら、ああして死にてえ。」

と意地悪いことを言った。よく高瀬は、そんなことを言うので彼女は気にもしないで、

「今に気持がなおるよ。」

と言った。お梅は油染みた高瀬の指をつかんでいた。女は彼が真面目な目つきをして、青黒い血管に菌をまぜたように苦い顔をしているので張合がなかった。彼女は、もっとひやかされるほど巫山戯たかった。

お梅は銀杏返しに結って、メリンスの昼夜帯をじれった結びに結っている。二十三だけれ

ども二十位いにしか見えない。

「あの軍艦は何ていうの。」

「そんなこと俺が知るもんか。」

「いくら位するんだろうネ。高いんだろうネ。」

「馬鹿。お飯《まんま》に味噌をつけて食ってる分際で銭勘定なんてするな。」

「お前さん、怒ってるの。」

「熱があるんだ。」

「それじゃ職長さんにお願いして休みを取ると好いヨ。ネ、そうおしよ。」

「職長――糞ッ。てめえの尻を嗅ぎ歩く野郎なんぞに、頭が下げられるけえ。」

「およしヨ。みっともない。」

「そうじゃねえか。」

「冗談も大概におしなネ。」

「間男でもさらしてけつかるんだろう。」

「フム。それがどうしたのサ。好い加減にしやがれ。」

「何だと――」

「まあサ。由さん。そう怒ってくれるところが頼母しいヨ。ネお前さんは今日は、どうかしてるんだヨ。妾が悪かったから勘弁しておくれ。」

「フム。」

「後生だから休みを取ってお呉れ、ネ、由さん。」

「とらねえヨ。」

「じゃ妾が職長さんに甘くお願いしてみるからサ。」

「逢いてえのか。」

「まあ、馬鹿々々しいヨ。この人は。」

「それがどうしたというんでえ。」

「妬くせきがないじゃないか。ネ、気を静めておくれッたら。妾が職長さん。」

「止さねえかったらッ。」

「どうしたというの。気むずかしいネ。」

「どうも斯うもしねえや。」

「どうも斯うもないなら好いじゃねえか。」

「何だ其の言草は。」

「ちったあ不貞腐るヨ。」

「何にッ。」

「置きやがれ。」

高瀬はぴしゃりとお梅の横面をなぐった。

「なぐったネなぐったネ。由さん。」

と女は顔色を青くしながら叫んだ。

「職長さんに……」

とお梅がヒステリックに言いかけると、逆上した高瀬は鋭利な鑿で女の脇腹を抉った。兇器を抜くと、女は、はじめて、

「あ――ッ。」

と切なそうな一声をあげて、ばったり倒れた。紫と桃色、男はお梅の死屍から、玻璃のような目玉の裡に、自分を憎む色のないのを見て、しくしく泣き出した。

或る朝、ドックの工作倉の中からビール樽が発見された。それは紅殼色の金物の箍をかけた、四尺ほどの大樽だった。その中に一個の死体があった。被害者はカンカン虫と呼ばれる下等な職工だった。

これは樽に一杯水を張って、人間を倒さに投り込み、二本の足を持っていると、五分も経たないうちに死んで仕舞うのである。この惨殺法が一番簡単なので、よく用いられた。

「わッ。」

という叫び声が挙った。

「どうした。」

と、ばらばらと職工達が駆けつけたが、機械鉋の音で何が何やら薩張りわからなかった。

「どうしたんだ。」

「なあに、お前。機械鉋に油を差そうとしたんだ。するとお前、ベルトにくるくると巻きこまれて、左の腕がぽろんと落っこッちゃったのサ。」

「よく有る奴だ。」

「そうサ。珍らしくもねえがな。それが今日のは引き千切れた左の腕が落ちねえで、ベルトと一所にくるくると廻ってやがるんだ。あれ、見ねえ」

「ホウ。血が飛んでるぜ。」

肋骨が出来上った頃には、職工達は頸巻をしたりした。朝早く見ると、その肋骨の骨組みが、すっかり霜を置いて、冷めたく光っていた。

内龍骨を置く大きな工事も、肋骨と龍骨とを通じる敲釘工事もすんだ。こうなると漸く艦体下部が固定したと思って好い。

肋骨と肋骨とを橋渡しする細い板の上を、職工達は無神経にわたり歩いた。そこは恰度、茶碗の縁のような感じで、まざまざと艦底の龍骨が上からは眺められるが、働いている人々の姿は見えないほど影が濃かった。

背の高い、顔も手足も油染みた職工が、ぱったり其の足場で、一人の頬骨の高い、頭を角苅りにした男に会うと、

「おい、勘公。てめえに貸した銭は今日の午までに返してもらうことになってるが、念のために断って置くぜ」

と言った。じろりと上目で見返すと、

「それがどうしたというんでえ。」

と言った。

「忘れるなってことヨ。」

「御念にゃ及ばねえや、間抜けめ。」

「その大口は、綺麗に銭を払ってからにしてもらおうぜ。」

「フン。賭場の貸借はな、賭場で話をつけるもんだ。」

「何だと。しゃらくせえことを言うな、ふざけやがって。じゃア何故、俺に彼の時は、どうぞ銭を廻してくれろと手をついて頼みやがったんだ。」

「うるせえッ。」

「と、まあ言ったもんだ。いやにタンカが切れるようになったのう。」

「人をつけ……」

「馬鹿野郎。まあ話があるんだ。落着けよ。」

「何でえ。」

「何だたぁ何でえ。その面は……話が。」

「その話は何だてえことヨ。」

「てめえは嬶を売る気はねえかヨ。」

そう言いながら、背のひょろりとした悪相の方が、足場にしゃがんで、勘公の方を見上げた。

「何ッ。」

「媾を売らねえかヨ。媾をサ……」

「ふむ。そんな話か――」

「てめえの媾も好い加減くたびれてるが、借金のカタ代にゃ、まだ使えそうだ。アハハハハハ」

「世迷い言をいうな。」

途端、ぱッと右足で相手の胸許に蹴りを入れると、そのしなしなした足場の、二十呎以上もあるところから木の葉のように落ちて行った。

手だけ、若しくは血だらけの片足などが、ごろんと転っている時もある――重い物が落ちた時、若しくは歯車に引きちぎられた時。

薔薇色の内臓。

技師長の夢――

大砲が軍艦の腹へずばりとめりこむ。

爆裂した銀の花。

装甲板、床板、柱梁、角材、階段。

檣桁、円材、煙突、赤い旗。

司令塔。
砲門の鉄扉、防禦蓋板。
十二吋砲、六吋砲、四吋七砲。
魚形水雷。
黒い火。
転舵機、揚錨機、アンテナポール。
大将、艦長。
探海燈。
叫喚。
怒号。
泣き声。
笑い……
こねかえす血みどろな腸。
甲虫。
軍艦。
戦争。
馬鹿。馬鹿。
畜生。

狂った一頁

川端康成

川端康成
（1899〜1972）
新感覚派・モダニズム・抒情小説・少女小説など、様々な作風の間を行き来出来るほど器用な作家であるが、その根底すべてには〝美しい言葉〟と〝美しい文章〟が存在している。日本初のノーベル文学賞受賞者となるが、原因不明のガス自殺でその生涯を閉じる。

狂った一頁

初出：「映画時代　創刊号」文藝春秋社　1926年

底本：同上

せっかくの川端康成なのに、映画脚本である。だがこの映画が、世界に誇れる前衛映画だということを、ご存じだろうか。映画監督・衣笠貞之助が商業主義を超えた映画を製作するため、川端康成・片岡鐵平・横光利一・岸田國士と『新感覚派映画聯盟』を結成。最初は岸田が一本の脚本を書いたが、小品だったので、松沢脳病院の取材を元に、川端が改めて脚本を執筆した(病気で高熱を出し『殆ど病室にて綴りしが如きシナリオなり。ストオリイの筋らしき筋なく甚だ単純なり』と本人は言っている)。ここにそれが載っているのだが、どうかこれをきっかけにして映画『狂った一頁』を観ていただきたい。そこには確実に新感覚派の何たるかが、映像として存在しているのだから。尖りまくった、時代を飛び越えた衝撃を受けること、請け合いである。ちなみに撮影助手は特撮の神様・若かりし頃の円谷英二（当時は円谷英一）が務めている。

○
夜。脳病院の屋根。避雷針。豪雨。稲妻。

○
花やかな舞台で花やかな踊子が踊っている。

舞台の前に鉄の立格子が現れる。牢格子。花やかな舞台が次第に脳病院の病室に変って行く。

○
踊子の花やかな衣裳も次第に狂人の着物に変って行く。
狂った踊子が踊り狂っている。

○
病室1の内の狂人Aの姿。
病室2の内の狂人Bの姿。
病室3の内の狂人Cの姿、なぞ。

踊る踊子の足。

○

病院の長い廊下を看護婦が通って行く。
或る病室の前に立止って、ふと中を覗く。
病室の内の狂った妻の姿。
看護婦通り去る。
狂った妻の姿。

○

明るい洋室。
時計八時を打つ。
娘、後向きに立って、雨合羽を着る。
青年、テエブルで悪戯書きをしていたが、振返って娘を見る。
娘、露台へ出る窓を開いて、外を眺める。

○

雨と稲妻。

○

青年、娘に近寄って帰るなと云うしぐさをする。
机の上に原稿紙、風で飛ぶ。

青年、それを拾い集める。
娘、それを見て笑う。
青年、一寸怒って見せ、ふと気づいて、黒い指環の箱を投げつける。
娘拾い上げて蓋を開く。
婚約の指環。
娘の顔曇って、狂った母を思う。

○

脳病院の牢内で狂っている母。

○

娘、躊躇していたが、青年の方へ近づいて行く。
露台の雨。扉が内側へ閉じられて行く。

○

牢格子の中で、踊子が踊り狂っている。

○

外の雨。

○

踊子。

○

外の雨に稲妻形の音符がダブル。

○

踊子。

○

雨の中に、太鼓、その他いろんな楽器が鳴る。

○

踊子、踊り疲れてばったり倒れる。

○

足指から血が出ている。

○

雨の中の楽器。

○

倒れた踊子、耳を澄まし、起上ってまた踊る。

○

床が血で点々と染まって行く。

病院内の長い廊下。

小使の影が写る。

小使、踊子の病室の前に立つ。

隣りの妻の病室の前へ忍んで行く。

妻、振返る。気が狂っていて、夫だとは知らぬ。

小使、妻の名を呼んでみる。

妻、無言のまま手を差出す。小使、妻に近寄る。妻小使の胸のボタンをちぎる。それを掌に載せて喜ぶ。小使それを見る。

○

廊下を看守が通る。

○

小使、その足音を恐れて身を忍ばせる。

○

妻、ボタンを弄んでいる。

小使また顔を出す。

妻振返る。そして寝てしまう。

○

窓に雨が吹きつけている。

○

ボタン床の上に転がる。(ダブって)暗い池の水が現れる。

○

小使が過去を思い浮べる表情。

○

闇の池。赤子。池の傍を捜している、船員時代の小使。投身しようとする妻。抱止める娘。妻の手から過って池に落ちる赤子。

○

小使の悲痛な顔。

○

船員時代の生活の情景二三。当時、妻を虐待した小使。妻を棄てて放浪した彼が、立寄った港や町。

○

長い道路。脳病院の門。小使、道を歩き、脳病院の門に来る。

○

小使、思出に耽っている。

○

窓から雨に濡れた猫が飛込み、長い廊下を走る。

○

朝。

窓から廊下に朝の光りが射す。

○

そこを看護婦が、いそがしげに通る。

広い庭を犬が疾走する。

門番の子供が犬を呼んでいる。

○

犬、門番の子供に飛びつく。

子供と犬とが一緒に庭を疾走する。

子供倒れて泣く。

小使、それに気附いて駈出して行く。

○

洋館の扉を、娘が開いて出て来る。

石段を下りて扉を振返る。それから、うつむいて歩み去る。

○

庭の芝生に、狂人大勢群がって休んでいる。

狂人の一人、興奮して立上り、説教の真似をする。

大勢の狂人拍手する。

看守、興奮した狂人を無理に連れ去る。

○

妻。狂人の群の中で静かに空を眺めている。

○
空に美しい風景が浮ぶ。

○
妻、空を眺めている。

○
小使と娘とが歩いて来て、妻の背後に立つ。
娘、涙含む。
小使、自責の念でうなだれる。

○
妻、空に向って手を伸す。

○
男の狂人の一人、美しい娘を見て、飛びかかるように走って来る。
娘、一目散に逃げ出す。
小使、狂人を抱き止める。看守がそれに加勢する。

○
病院の門を、娘が矢のように駈出して行く。

○
空の美しい幻の風景消える。

○門。門番が走り出した娘の後を見送っている。

○踊子の病室。踊子非常に早いテンポで乱舞している。

○踊子の病室の牢格子の前へ、散歩をすませた女の狂人の一人が走り寄る。
附添いが連れ去ろうとするが、動かない。

○その狂人の見た狂った舞踏。

○拍手する女狂人。

○踊り。

○拍手を聞きつけて、大勢の女狂人が駈けつけて来る。
看守、看護婦等、連れ去ろうとするが動かない。
狂人達、ざわめき立って、舞踏を見る。

○

舞踏を見る狂人A。　○
狂人Aの見た舞踏。　○
舞踏を見る狂人B。　○
狂人Bの見た舞踏。　○
同じくC。　○
Cの見た舞踏。　○
男狂人の群、女達の騒ぎを聞いて駈けつける。　○
踊り。　○
踊子の病室の前に、男女入乱れて騒ぎ立てる。
看守、看護婦等、狂人のうちの一人二人を連れ去る。

○

医師その他病院の者大勢、応援に急いで来る。

小使もその中に交っている。

彼等は騒いでいる狂人を順々連れ去って行く。

連れ去られて行く狂人一、二、三、四――。

手を振廻して暴れていた一人の狂人、傍にいた小使の妻を過って殴る。

妻倒れる。

小使、激怒して、その狂人を殴りつける。

狂人、小使に武者振りつく。

小使組敷かれる。

狂人達それを取巻いて騒ぐ。

医師、小使と狂人とを引離す。

狂人達次第に連れ去られ、廊下の人少くなっている。

小使、医師にペコペコ頭を下げて詫びている。

医師、非常に腹を立てている。

○

妻は倒れたまま、ひとごとのようにそれを見ていたが、一人で立上って、静かに自分の病室へ入って行く。

○

医師、腹を立てながら、小使を連れ去る。

○

妻の無表情な顔。

○

医務室。医師、小使を叱している。

小使、むっとして部屋を出かかる。

○

狂った妻の姿が、小使の頭に浮ぶ。

○

小使、思い返して後戻りし、医師に哀願する。

○

或る停車場の出札口。娘、いそがしそうに切符を売っている。

○

汽車が発車する。

○

一人の哀れな老人が、その辺で銀貨を一枚拾う。

○

明るい洋室で、青年が雑誌の頁を繰っている。人待ち顔である。

そこへ、女中が娘を案内して来る。

青年と娘、直ぐにいそいそと出掛けて行く。
○
牢格子の内の妻。
○
踊子の病室。踊子、手足を縛られている。
○
小使部屋で小使が寝転んで考えに沈んでいる。
○
病院の庭で唇を噛んでいた娘と小使との姿。
○
小使、娘の結婚のことを思い案じている。

入口のドアをあわただしく開いて、門番の子供が顔を出し、面白いものが来たぞ、と叫び、また飛出して行く。

小使立上って、窓を覗く。
○
病院の附近を、広告屋の楽隊が通って行く。大売出し、大福引の幟なぞ。

小使、眺めている。

○

楽隊の喇叭。大福引の幟。道路に撒かれて行く広告ビラ。

○

（いつの間にか夜景に変る。）

○

福引場の夜景。装飾燈。幟。景品の山。その他。群集。
人々、それぞれ買物を抱え、順々に福引を引いて行く。
桃割れの娘達、それぞれ景品を渡している。皆つまらない物ばかり当る。
小使、僅かな買物を手にして、そこへ来る。
福引の丸い菓子を一つつまみ上げ、それを福引の娘に渡す。
娘それを開く。先ず驚き、それから笑顔を見せる。一等、一等、と叫ぶ。
福引の者皆集って来る。
娘の一人、鈴を振る。
群集、つめ寄せて騒ぐ。
福引の男、一等景品の簞笥をおろす。
福引の娘、一等副景品と貼紙した舞踏服を小使に渡す。

小使の喜び。

福引の者総がかりで、小使に箪笥を負わせてやる。

○

往来を、小使群集に騒がれながら、箪笥を負って歩いて行く。

○

往来を反対の方から歩いて来た娘が嬉しそうに小使に飛びつく。

小使、お前の婚礼の祝物が出来たと喜ぶ。

○

踊子の病室。踊子、副景品の舞踏服を着て、踊り喜ぶ。

○

小使室の窓。昼。空想から覚めた小使、笑いながら窓を締める。

○

踊子の病室。踊子、前の通り手足を縛られてうごめいている。

○

廊下を食事掛の男と小使とが、狂人達の昼飯を運んで行く。

○

狂人達、食事と知ってそれぞれの病室から覗く。

○

或る立派な簞笥店で、娘と青年とが立派な簞笥を買求めている。

○

病室で妻がおとなしく飯を食っている。

小使、あたりを気にしながら、そっと近寄り、ポケットから柏餅を二つ出す。

妻、素気なく受取り、飯を置いて、餅を先に食う。

小使、あたりに注意深い目を配る。

○

他の病室で、飯を食っている狂人二三。

○

廊下で食事掛が小使を呼ぶ。

小使、驚いて妻のところを立去り、さも疲れたように、汚れた食器を籠に入れて運び去る。

○

病院の炊事場。炊事の男が無表情な顔で食器を洗っている。

○

水道の口から落ちている水。

戸を開けて、小使が這入って来る。籠をおろす。

茶碗が一つ落ちる。

壊れる茶碗。

小使、暗い顔でそれを見ている。
男、無表情で茶碗を洗っている。

○
病院の門。青年の友人、門番に何事かを聞いて立去る。

○
明るい洋室。青年、友人から、恋人の母が狂人だと聞かされ、暗い顔をする。
青年、テエブルに向って坐り、一点を見つめている。
友人、部屋を歩き、煙草に火を附けようとして、ふと露台を見る。

○
露台のベンチに娘が坐って、聞耳を立てている。

○
友人、娘に気づき、笑いに紛らわして帰って行く。

○
娘、硝子戸の外に立つ。
青年、いつものように晴れ晴れと娘を迎える。
娘は打萎れて悩んでいる。
それを見て、青年の顔も微かに曇る。
娘、黙々と部屋を出て行ってしまう。

○
小使部屋で、小使ぐったりと疲れて横になっている。

○
病院の柵の附近。子供等が遊んでいる。
そこへ門番の子供が近寄って行く。
門番の子供、他の子供の興味を惹きたさに狂人Aの真似をする。
子供等面白がる。

○
小使室の窓から、小使の顔がそれを眺めている。

○
子供等、門番の子供をおだてる。
門番の子供、狂人Bの真似をする。
子供等がおだてる。
門番の子供厭がる。
子供等嚇す。
門番の子供、小使の妻の真似をする。

○
窓の小使の顔。

○
子供等が幾ら嚇しても、門番の子供はもう狂人の真似をしない。

子供ら小使の子供を意地目て泣かせてしまう。
○
小使室、小使またぐったり横になる。
○
ドアが音もなく少し開く。外で躊躇する人の気配。

小使振向く。

お父さん、と云う声で、娘が這入って来る。

小使、娘を見る。

娘、今にも泣出しそうな顔で、静かに小使に近づき、ぼんやりと腰掛ける。

小使、娘の苦しみを聞こうとする。

娘、黙ってうなだれている。彼女は母のことを青年に知られた悩みから父を訪れたのである。

小使の眼に、娘の指のエンゲイジ・リングが写る。

娘、自分はもう結婚が出来ないと泣く。

小使、思切ったがよい、と云う。

娘、思切ると云う一言を聞いて、急に反抗的な態度で出て行く。

小使、その娘を見送っている。

○

壊れた茶碗。

○

小使、静かに腰をおろす。娘の不幸を思い悩む。

電燈がつく。

○

深夜の廊下。小使、周囲に怯えた目を配りながら、妻の病室に近づいて来る。

妻、物音に目を見開く。

小使、盗んで来た鍵で、病室の扉を開き、内に這入る。

妻を促し、廊下に出る。

○

狂人一の高笑い。

○

小使、ギョッとする。

○

狂人二三の高笑い。

○

長い廊下を、小使妻を抱えて魔のように逃げる。

○

廊下の出口。小使扉を開き、妻を外へ連れ出そうとする。
妻、外の闇を見て、恐怖の色を表わし、後退りする。
小使、妻を無理に連れ出そうとする。
妻、闇を恐れ、激しく反抗する。

○

闇の中に、暗い森の池浮ぶ。

○

妻、それを押退けるかのように狂い廻る。

○

犬の遠吠え。

○

妻、ばったり倒れる。
小使驚いて、妻の胸に手を当る。動悸が激しい。妻の額に手を当る。熱がある。
小使、水を汲みに走り去る。
取残された妻、一人で立上り、静かに自分の病室の方へ行ってしまう。
小使、水を持って来る。妻がいない、あたりを捜す。

そして、妻の病室の方へ走る。

○

妻の病室で、妻、ポカンと坐っている。

そこへ小使が来て、娘のためにも逃げてくれ、と促す。

○

廊下。看守の足音。

○

廊下をあわただしく逃げ去る小使、鍵を落す。

○

廊下に落ちた鍵。

○

看守、通りかかって鍵を拾い、不思議そうに眺める。誰もいない。

○

小使部屋へ、小使駈け込んで来る。

倒れるように坐って、ホッとする。

妙に興奮し、頭が錯乱している。

娘を幸福に結婚させるために、狂った妻を連れて遠くへ逃げよ、と何者かが強く囁いているような気がする。鍵を落したから、このままでは明日から妻の傍にいられないとも思う。

小使の表情、病的に乱れている。

○

牢の鉄の扉、音もなく静かに開く。

○

小使、病室から妻を連れ出す。

振返ってみると、ABC三人の狂人が、部屋の入口に立っている。

長い廊下を、小使が逃げる。

狂人達後から追って来る。

女狂人数知れず、小使の前に立つ。

小使ッ、と呼ぶ鋭い声に、小使ギクリとして振返る。

院長が立っている。

小使逃げる。

看護婦大勢、小使を遮る。

小使、院長に組付く。院長を殺す。

小使は続いて、医師、助手、看守、狂人達なぞ大勢を殴り殺してしまう。

廊下に横った屍の上へ、美しい自動車が三台這入って来る。

その三台の自動車に皆、婚礼の衣裳を着た娘が乗っている。傍の横に、先刻殺した筈の狂人が、矢張り婚礼服で乗っている。

妻、自動車の前に立ちはだかる。

娘、母の姿を夫に見せまいとして、夫の顔を蔽う。

妻、自動車に搔登る。

運転手それを追払おうとする。

小使、妻を引離さんとし、妻を殴る。

娘、夫の顔を蔽うことを忘れ、自動車を下り、母を庇う。

狂人、自動車の扉に捉まって立ち、やれ、やれ、と云う。

その前へ、霊柩車が這入って来て止る。

殺された助手、狂人等、看護婦に連れられて霊柩車に乗る。院長も恐ろしい顔で乗り、小使を睨む。

婚礼の自動車走り去る。

霊柩車走り去る。その内の院長助手等、愉快そうに談笑している。

ひっそり静まった廊下。小使、妻を捉えて立っている。

夜が明けて行く。
　　○
小使室で小使坐っている。頭を抱いて苦しんでいる。ふと幻想から覚める。
　　○
明け放れ行く朝を現わす景物一。

景物二。景物三、四、五、六など。

○

廊下で三人の狂人が狂っている。
小使、籠を持って、にこにこ笑いながら近づく。
籠の中には、能楽の柔和な笑いの面が沢山這入っている。
小使、狂人ＡＢＣに順々に、笑いの面を被せてやる。
狂人の狂暴鎮まり、柔和な笑顔となる。
廊下に女狂人沢山坐っている。
小使、悉くの狂人に面を掛けてやる。
一時に柔和な笑顔に変る。
妻の顔にも、小使一枚の面をかける。
妻の柔和な笑顔、小使に愛情を示す。
小使自分の顔にも面をつける。笑顔。そして笑顔の妻を抱く。
(小使の幻想続く。)

○

(幻想からダブって朝の廊下を掃除する小使へ戻る。)
小使、黙々と廊下を掃いて行く。
院長、看護婦通りかかり、小使の挨拶に機嫌よく答える。

小使、幻想を思い出して笑う。

○

妻の病室の前に、院長と看護婦立つ。

妻、安らかに眠っている。

○

踊子の部屋。踊子は今日も踊り狂っている。

○

病室を次から次へ、院長、看護婦を従え見廻って行く。

○

小使、黙々と長い廊下を掃いている。

○

青年の明るい洋室。誰もいない。

その部屋の美しい花束が、娘と青年との明日の結婚を物語っている。

黒猫

龍膽寺雄

龍膽寺雄

（1901～1992）

作家・サボテン研究家。モダニズム文学の旗手として、昭和初期に流行作家となる。だが『M・子への遺書』という文壇の内幕を暴露した作品を書いたのがきっかけで、徐々に文壇から姿を消す。戦後はカストリ雑誌に作品を発表したりするが、サボテン研究家として有名になる。

黒猫

初出：「三田文学」1930年4月号　三田文学会

底本：『新鋭文學叢書　放浪時代』改造社　1930年

新感覚派と新興藝術派の間を行く、龍膽寺の作品は、どれもその文章は目映い煌めきを常に放ち（比喩ではなく、本当にキラキラしているのだ）、しかも現代的ですらある完成度を誇っていた。都会の煌めき、青春の煌めき、性の煌めき、少女の煌めきが本当に眩しい。この作品も例外ではなく、ミニカタストロフィ的小説であるが、龍膽寺の才気が縦横に満ちている。黒猫と少女の余韻が、心の奥に仄かな熱を残してくれる……。だがこの煌めきは、戦前の作品にしか留まっておらず、戦後に発表された幾つかの作品は、文体はほとんど同じなのに、煌めき、キラキラが、燻ってしまっているのだ。あれほどどの作品にも、無条件と言って良いほど、自然と立ちのぼっていた煌めきは、一体何処へ行ってしまったのか。

一

死んだ黒猫は僕の手の中で、手袋みたいになまぬるくグニャグニャして居た。七箇月手元で飼ってやった仔猫なんだが、変に人なじみのしない奴だったので、こうして眼の前で息を引きとって見ても、とりたてて哀愁と云ったものも感じない。――ただ一つ、こいつが僕の手元へ転がり込んで来た動機について、妙な記憶がからまって居るだけで。――

＊＊
＊

――落葉松林はひどい降灰に包まれて居た。

まともには眼も口も開けないので、僕は孔のあいた黒いメリンスの風呂敷を手頃にさいて、頭からかぶって居た。薄れた布目を通して、薄明りのただよった林の中に、みちを見つけながら。

ひとッきりその辺にも小石が降ったらしく、地面はザクザクと足の底で軋んで居た。空へ立籠めた噴煙を通して、満月の光が薄蒼く地面に敷いて居るほか、時に稲妻が赤ばんだ閃光を、どこか空の一方から投げて、降灰の中に霞んで立った落葉松の幹を、黒く浮立たせた。——何よりも僕の恐怖を柔らげたのは、いつとなく硫気に悩まされなくなったことだ。どこまでもしつこく硫黄の臭がついて廻るので、僕は風下へ遁げて居るのじゃないかしらんと、再々気にして立止まっては、空の形勢を窺ったものだった。

たい子はだまってあとについて来た。僕が立止まると彼女も立止まった。——そこらで道をなくしちまったんだが、N・村の石塔の倒れた墓場の間を抜けながら、突然ザアッとぶちまける様な小石の雨を浴びた時、彼女はだしぬけに僕の手にかじりついて、べそ掻き声を立てた。

時々彼女のさげた風呂敷包の中で、猫はせつなげな声を立てた。彼女はそのたんびに、クロ！　クロ！　と叱る様に声を忍ばしては、手のひらで包の一箇所を叩くのだった。さも迷惑そうに。——

——この娘とK・の別荘部落で偶然つれになってから、もう二時間の上も僕たちは一緒に歩いて居た。僕は腹の膨れたスウトケエスを背負って。子供は白いボール紙の帽子箱と猫の這入った風呂敷包とをさげて。N・村から西へ出ても北へ廻っても、一里ほどで硫黄川へぶッつかる筈だ。それに沿ってきこりみちを下れば。——そう云う大ざっぱな路順を突嗟の間に立てて。

何しろひどい降灰の中で、少しの展望もきかないのが厄介だった。ひとッきりよりは幾らか鎮まった噴煙の咆哮と、地鳴りと、赤い閃光とで、山を背にして居ることだけは確かだったが、殆んど方角も地理も無茶苦茶だった。

「ここどこ?」

石の鳥居が灰をかぶって地面へ崩れてるところへ出た時、ふとたい子が、ねぼけた様な声を立てて僕にきいた。

「S・だろう……こんなとこにお宮があったっけかな。」

子供の信頼を裏切るのが何かなし可哀そうだったので、僕は落付いた返事をした。お宮は屋根を地面へ傾けて、落葉松のまばらな梢の間から、ものものしい空の噴煙の動揺が朧ろに仰げた。

「くたびれたかい?」

子供はだまって僕を見た。そうして、眼深にかぶって居たシャッポの前つばを、猫をさげた方の手でちょいと上げた。

軽い地震をともなった地鳴りが、時折不安に林を揺すぶって居た。

「ちっと休んでこう。」

僕は鳥居の灰の上へ腰をおろして、スウトケエスを膝へ載せた。——子供は僕の休み終るのを待って居ると云う格好で、そばに立って居た。

「もう大丈夫だよ。ここまで来りァ。」

「K・の人たちもこっちへ来たの?」

「どうかな。……一人も会わなかったな。」

「うん。……」

女の子はまず猫をおろして、それからまるい帽子箱を抱いたまま、僕のわきへ腰をかけた。猫は黒ッぽい風呂敷の中で、それでも地面へ四ツ足を立てて、ムクムクと動いて居た。

「クラブの人たちとはどこではぐれたんだ。」

女の子は頸を振った。識らないと云う意味らしかった。

「一人で君は遁げ出したのかい？」

「うん。」

「角のパン屋が燃えてたッけな。」

「うん。」

やや大きめな爆音が轟然と地面を揺るがして、後から響いて来た。女の子は不安な眼をして僕を仰いで、腰を立てかけたが、またよして、帽子箱の上へかかった灰を手で払った。

――小爆声が更に幾つか不規則にあとへ続いた。

「……もう大丈夫だよ。」

「いつかじゅうも夜、ドオン！　と山が鳴ったわね。」

女の子はどこか安心したらしい溜息を漏らして、そう云った。

「怖かったわ。お風呂に這入ってたら、真ッ赤く空が燃え出したの。」

「去年？」

「うん。」

「それでどうした?」

「うんね、……水道が濁っちまったの。だもんだからね、トロでH・から水を運んで、別荘へ分けたの。あたしたちもお手伝いをしたわよ。」

――僕が山へ来る三月ばかり前にあった爆発事件のことらしかった。僕が山裏の硫黄採掘所へやって来たのは、つい去年の十月だったが、旧火口の採掘所の見張小屋へつとめて、工夫たちの監督をしていた僕は、山裏のクラブの放牧場で、山羊の乳をK・の別荘村へくばって居たたい子と、いつとなく顔見識りの間柄になって居た。荒淫な母親が父親のわからないこの女の子をクラブの台所に置去りにして新しい情夫のコックと北海道へ遁げてから、子供はクラブの台所に犬と一緒に飼われて、クラブの用事や別荘部落の人たちの使走りなどをして居たのだ。

僕がはじめて彼女を見たのは、山へ来て一と月ほどしたある雪解けの朝、白樺の皮を剝ぎに牧場へ出かけた時にだった。その時たい子は、番小屋の柵の蔭の小さな水たまりのところで、泥によごれた著物を脱ぎながら一人で泣いて居た。そばへ寄ってわけをたずねてみると、彼女は仏頂づらをして、僕を涙の間から見ただけで、またしゃくりを上げた。

あとでわかったのだが、たい子はその時試養してた緬羊の毛を、柵番の留守に褒められようとて、頼まれもしないのに鋏でチョキチョキ刈って、脂肪味のついた皮を一緒に、一面に鋏でそぎ落としてしまったのだ。そうして、柵番に後でさんざんこづかれたのだ。僕は泥まみれな彼女を見張小屋へ連れて来て、裸にしてよごれた著物を洗ってやったりなどした。

――

「さて、……出かけようかな。もうじきに夜があけるよ。」

「うん。」

たい子はまた帽子の箱をかかえて、猫の這入った風呂敷包を地面から引っ立てた。

二

最初の爆声を僕がきいたのは夢の中でだった。――僕がはッきり眼をさまして、あたりの異常な気配に気付いたのは、小石の雨が騒然と番小屋の板葺屋根を打ちはじめた時だった。――空を焼いた火の反映が、壊れた雨戸の隙から桃色に覗いた時、僕は愕然と寝床から起上がった。

――凄じい地鳴りがメキメキと小屋を揺すぶって居た。しッかと丸太の柱につかまって、莚戸の下から首を出すと、硝子窯の様にもの凄く焼けただれた空が、まともに硫黄嶽の方角に仰げた。

黄、紅、褐、金、白、紫、そうした光彩が、ものものしい縞を描いて、空に蕩漾して居た。灰と砂と小石と石塊と、そうしたものがかわるがわる驟雨の様に地面へ沫いて居た。

（やったな！）

僕はとげとげしい戦慄が脊すじを伝うのを感じた。小屋には習慣で夜は僕一人しかとまっては居なかった。男たちはトロで下のK・村口の硫黄沢から毎日通うのだ。

（遁げられるかな？）

僕は心を落ちつけて、暗い小屋の中を見廻して見た。時々空の一角がまぶしい黄金色に輝くと、轟然たる爆音が鼓膜を慄わして、やがて、寒むけがする様に丸太小屋が揺さぶれた。桃色の光を映した白煙が、旧火口の黒い絶壁をなだれて来るのを僕は見た。そうして続いて、むせる様な鋭い硫臭を鼻に感じると、僕は自身にもわからない激しい恐怖にとらわれてしまった。僕は小屋の暗がりで、殆んど無意識にスウトケエスの中を掻き廻した。

薄赤い太い縞が二三本、すうッと空を切って、それが、タアン！ と変てこな音を立てて、赤い火花をパッと地面からはねかしたのを見た。――ザラザラと小石だか土だかのなだれる傾斜を、僕は背負ったスウトケエスと一緒にすべり落ちて、ビシャリと水をはねかした。――ところどころに雷火で白く立枯れた白樺の立って居る尾根の腹を、僕は転がる様に走った。地面は妙な片かげりを持って僕の行手に拡がって居た。

「凄えな！」

僕は時々息休めに立止まっては、旧火口の暗い絶壁の上へ聳えた不確かな硫黄嶽の山容を仰いで、口につぶやいた。まぶしい黄金色の輝きが、山の腹に一筋なだれて居た。それが時々煙に隠れたり現れたりして居た。

――硫黄沢の合宿は雨戸をそちこちへ撥ね飛ばしたまま人影もなかった。工夫たちはいち早くもう遁げたらしい。瀬戸引鍋の手洗いが、空のあかりを映して庭に転がって居るのが、妙にいつまでも僕の頭に残って居た。

(とにかく風上へ遁げなきァ。)

そう云う幾らか落付いた思慮が、僕の心の隅から頭をもたげたのは、その時だった。谷は硫黄沢から迂廻して、一旦硫黄嶽の東麓へ出るのだ。いやでも一度はその下を通らなきァならない。

空の火は山の片側を輝かして居た。——僕は人気のないがらんとしたこの山小屋を見て居るうちに、なぜか言葉に現せない様な鋭い淋しさにとらわれてしまった。僕は絶間なく揺らめいて居る灰まみれの地面と、混沌と赤く動揺して居る空と、この大自然の暴威の中に一人身慄いをした。

(よし。みんなの遁げた方へ！)

——谷は硫気で息づまりそうだった。

地面は河原の様に小石で覆われて居た。ボヤボヤする熱気が、硫臭と一緒になって僕の顔を焼いた。

K・の別荘部落は眼も口もあけられない激しい降灰の中にあった。時にあらしの様に小石の沫きが地面を掃いて、倒壊した建物がところどころに道をふさいで居た。

(行けるかな？)

僕は十歩走ってはそう自問した。

あらゆる展望が消されて居た。大地に孕んだ熱気がボヤボヤと灰にまみれた肌を圧しつけた。
――道の真ん中にまだ冷えきらない焼け石がうまって居た。スウトケエスをそこへ置いて、数歩してまた戻って来て、息を切り切りそれを引っ立てた。
（しかし、遁げられるかな？）
――降灰の霞の中に明るく火が見えた。近寄ると、郵便局の角の果物店がなかば倒れて、盛んに火を吹いて居た。町には人ッ子一人居なかった。
――表通を左へ折れる勇気はなかった。山はそこから正面になるのだ。

僕が路端へつき出た石畳の掘抜き井戸のきわで、風呂敷包から匐出した猫をつかまえようと、灰にまみれてウロウロして居る女の子を見つけたのは、それから数歩してだった。

「どうした！」

僕は一寸歩を緩めて、子供にきいてみた。――子供はだまって、猫を風呂敷包の中へ押込むと、そこに置いてあった帽子箱を取上げた。そうして、ものも云わずに僕のあとへ従った。町を出はずれた時、子供と僕との間には半町からの距離が出来て居た。僕は立止まって、子供を待ってみた。女の子には伴がなさそうなのが何かしら気になったから。

彼女は煙にむせてせきをしいしい、あとからついて来た。

「一人か？」

そうきいてから、僕はふと彼女がクラブのたい子だったことに気付いた。顔を真っ黒に灰でよごしてたのでわからなかったのだ。子供は僕にきかれるとうなずいて、それから不意にべそを掻きはじめた。

——寝込んで居るうちに置いてきぼりにされたのか。猫なんぞを伴れて居るところを見ると、一人でぐずぐずして取残されたのか。僕はたい子の小さな手をとった。

「どれ、箱をお出し。持ってッてやる。……」

子供は頸を振った。

「持てるんか？」

「うん。」

子供はしゃくりを上げながら云った。

「よし。……じゃァついて来い。大丈夫だ。H・へ出て、硫黄川の土手を下ろう。」

子供はだまって、息を切り切り僕のあとに続いた。

「K・じゃずいぶん焼石が降ったんだな。」

子供はだまって居た。——猫がせつなげな声を立てると、子供は風呂敷の上から平手で頭をピタンピタンと叩いた。

——僕たちがどうやら危険区域を遁がれて、H・村をとりまいた森林地帯へ這入ったのは、それから小一時間してだった。

三

あけがたを僕たちは、硫黄川の第二発電所の閘門のところで迎えた。渓谷に沿って灰だらけの岩の背を伝いながら、三々五々と群れて休をとって居るみじめな避難民たちに会った。深夜、就寝中に突発した出来事だったので、荷物どころかまともな身なりをして居る者一人居なかった。

　山麓に近い人々ほど遠くへ遁げたらしく、硫黄沢の仲間やＫ・の別荘部落の人々は一人もその中には見あたらなかった。

「Ｋ・の辺なんざどうであンした？　あんた等ァ来さっせる頃にァ。」

　そんなことを、女たちにきかれた。

　発電所の閘門のコンクリートの上に腰をおろして、気をきかしてそこの人たちが用意して置いてくれたバケツの清水なぞを呑んで、ホッとして山を振向いた時、熔金色の陽が昨日と同じい顔をして、霞の中から静かに浮かび上がった。――僕ははじめて、僕の没頭して居る世界以外の何ものかをその中に感じて、しみじみと、一晩かくまで僕たちを脅やかした硫黄嶽の全山容を、煙の中に仰いだ。

　――煙は山裏へなびいて居た。夕立雲の様にムクムクと空へ膨らんだ煙が、きわどく陽に縁取られて、あとからあとからともれ上がってはまた風に吹き崩れて居た。鉢形の斜面には細い白い煙が縞を描いて居た。

「どこだなお前等。」

　発電所の門番か何ぞらしい爺さんが、乞食然とコンクリートの上へ腰をおろした僕たちを見て、きいた。たい子は帽子箱の上へ猫の包をのっけて、しきりにひしゃくから水を飲んだ。

「……硫黄沢よ。」

「硫黄沢？……ほう。よく遁げられただな。」

年寄はしみじみと僕を見て云った。

「あッちにァ大分捲かッた者もあんべえな？」

「結構遁げた様だな。……」

僕はそう云って、恐ろしく神妙にちぢこまって居る猫を、風呂敷包の上からいじってみた。

「娘さんかね？」

「ううん。……途中でつれになったのさ。」

頭から灰を浴びて、涙と汗とを一緒に顔へまぶしたたい子を眺めて、僕は頸を振った。寝間著か何ぞのかわりに着て居たのを、そのまんま跳び出して来たんだろう。桃色の水著は三年も洗わなかった様に鼠色に汚れて居た。裸足の足からはところどころに血がにじんで、それが乾いて黒くこびりついているのが眼立った。

僕はスウトケエスから氷砂糖を出して、ひと塊りたい子の灰まみれの小さな手のひらへ載せてやった。甘いものの好きな僕は、菓子のかわりに氷砂糖をK・で買って来ては袋の中へしまって、小屋で一人で舐め舐めして居たのだ。

「くたびれたろう。」

「ううん。」

女の子はむじなの様な顔をして、氷砂糖をしゃぶりながら、頸を振った。——子供は途中で会った避難民たちの間にも見識った者はなかったかして、相変らず僕にくッついて歩いて居た。僕にきり頼る者がないと云ったその様子が、変に哀れッぽく僕の眼に映った。

「猫、これ舐める？」

「砂糖をかい？」

「うん。……」

「さァ。……水でも呑ましたらどうだ。」

女の子は指を舐め舐め風呂敷を解いて、中から恐ろしいむさくろしい真ッ黒い痩猫をつまみ出した。そうして、大事そうに抱いて、グニャリと四肢をのばしたその生きものを、バケツのわきへおろして、ひしゃくへ水を酌んだ。

「君の猫かい？」

「うん。」

女の子は鼻の頭をこすって、それからひしゃくを猫の口へあてがった。そうして、猫がそこから顔をそむけようとするといきなり頸をつかまえて、ぐいと乱暴に鼻づらを水の中へ突ッ込んだ。——猫は泡を出しながらたい子の手を引っ掻いて、まるくなってあとすざりをはじめた。

——轟然たる爆声が鈍く空気を慄わして、響いて来た。もの凄い煤色の煙の塊りが空へ膨らみかけて、黒い鉢の縁へ夥しく白い縞の降るのが見えた。

——さッき追い越したH・村の避難民の一群が、ガヤガヤと橋へやって来た。

（さて、）

ここではじめて僕は、これからの行動について、幾らか落付いて思案をした。——それにしても、

（——風の向きさえ変らなきァ、これ以上遁げる必要もないが、しかし、

山には当分おさらばをきめるほかないかな？）

僕は雫のたれる汚れた仔猫に、それにも劣らずに汚れた顔で頰ずりをして居る子供を、ぼんやり眺めた。

「君はどこまで行くんだい？」

僕は乞食みたいな女の子を見おろして訊いてみた。——子供はちょいと僕を見上げただけで、そうして、猫に引っ掻かれて血のにじんだ手の甲をしゃぶった。彼女は橋の左右へ白く続いた河原みちを見渡してみた。みじめな風をした避難民が点々とそこに動いて居た。——栗鼠の様にクリクリした彼女の眼は、しかし肉身やそれに似た友情をそこに探して居る眼ではなかった。それは——曠野に立って、自分の行手を思案して居る、孤独な漂浪児の眼だった。

「とにかくS・まで行こうか。」

僕はスウトケエスの口をしめながら子供に云った。電気鉄道の支線がそこに終点を持って居た。——山麓の部落の避難民たちのすべてが、恐らく無意識にそこへ足を向けて居たに相違ない小都会がそこにあった。

子供は唯一の友情を僕に見つけたと云う風に、また帽子箱をかかえて、猫の包をさげた。

「その箱は何だい。」

「これ？」

子供はずり落ちそうな箱を抱き直して、後ろから歩を早めた。

「何ッか這入ってンの。……あたしのよ。」

——僕のシャツのポケットには金具のとれた蟇口が腹を膨らまして這入って居た。三箇月分ほどの給料の残りが二十七円となにがし、紙幣や銀貨で這入って居たのだ。僕はそれで来月末には新聞の広告で見た家庭医療箱を一組買って、ひと通り素人医療の薬や道具を小屋へ備えようと考えて居たのだった。——工夫たちの間には怪我人や病人が絶えなかったから。

「腹がへったな。」

「うん。」

「C・まで行きァ何かあるよ。」

子供は洟をすすった。——彼女のかわりに猫がひもじげな声を立てた。

ぽつぽつK・の別荘部落の人たちに出会った。

「近みちをしよう。」

僕はK・明神の鳥居のところで、一寸考えてから子供と相談をした。そうして、杉木立ちに挟まれた暗い境内を抜けて、お宮の裏からはすに密林を縫って尾根みちへのぼった。

硫黄嶽は山の蔭になったが、煙がこっちへなだれたかして、空は灰色に低く曇って居た。そうして、雲脂の様な灰がチラチラと無風の空間に降って居た。脚下の硫黄川に沿って糸の様に続いた里道には、絡繹と避難民の群れが続いて居た。

「こいつァうまい！」

材木運搬のトロの線路を見つけると、ふと僕の心にいたずらッぽい計画がうかんだ。僕は伏せたトロを線路の上へおこして、それからたいい子をその上へ載せて、緩い傾斜に沿ってそれを押した。そうして、爽快に山の腹を走り出した車輪へ飛乗って、ブレエキを手にしてたいい子と坐った。

「愉快愉快！」

「S・まで行くの？　これ。」

「C・の製材所まで行くんだ。……S・へ着くのァ俺等が一番になっちまうぜ。」

眺望のいい崖の腹を走ると、子供は両手を挙げて歓声を立てた。——

硫黄嶽の活動はまたひとッきりよりも激しくなったかして、しきりに凄じい爆声が朝の空気を顫わして、地鳴りを山から山へと反響させた。

四

C・部落は濁り川に沿った部分三分の一ほどを泥流に洗われて、惨澹たる光景を呈して居た。思いがけない災禍だったので、僕たちは橋桁の傾いて並んだ川の堤に立って、呆然とした。硫黄嶽から噴出した熱泥流がコッちへ押出したのだ。罹災民が一面にそこらに右往左往して居るのを、ここらが先頭部隊らしい山麓部落の避難民たちが、更に途方に暮れたと云う風に、眺め入って居た。

「どうしたの？」

水の真ッ黒く干たあとの河原を、杖をついて渡りながら、たい子は訊いた。

「水が出たんだね。……山つなみだ。」

村は蜂の巣を叩ッ壊した様な騒ぎだった。——爆声をきいて二十分ほどしたら、もの凄い水の音が響いて来たこと、最初の地震が強かったので、人々はみな戸外へ出て居たから、大体して遁げる余裕はあったが、それでも村じゅうで十人ぐらいは行方不明の者が居ること、そんな意味のことを、僕たちは村の人々の口から耳にした。

——僕たちは村を出はずれて数町したとあるゆるい峡間の、これも泥流の余波で流失したらしい土橋のきわに、——雑樹林の蔭へ陽をよけて、脚を休めた。僕たちは村で買って来た塩せんべいと大福餅とで腹を膨らがして、ぬるまッこいラムネを渇いた喉へ通した。腹が充ちると、一度に昨夜からの疲労が全身にめざめたので、僕たちは渓に臨んだ傾斜のしだの茂みにぶッ倒れて、ひと寝入りすることにした。が、変に頭のしんに何か矛盾した興奮があって、それに睡りをさまたげられた。——頭のしんの疲労が、一種重たい肉体的苦痛として、からだの隅々を圧迫した。

「少し寝な。」

そう云われると、子供は云いつけられた様に、しだの藪の中へ小さく横にからだを転がした。そうして、睡そうもない眼を強いて、よごれた睫毛の間へ隠した。

（しかし、事務所の方はどうなったろう？）

そう僕は腹で考えた。

（山が仮りに鎮まったとしても、あの仕事がもう一度継続出来るものだろうか？）

子供は眼をつぶったまま退屈げに手や脚を動かして居た。僕は眼をあけて、この小さなコスモポリタンを、ぼんやりしだの葉越しに眺めた。

（S・でこいつはK・の人たちに託そう。——クラブの連中にでも出会えば、無論引受けてくれよう。）

せんべいを二枚ほど彼女に嚙んで貰って、口移しに喰べた猫は、風呂敷包の中でムクムクと窮屈げに動いて居た。彼は時々細いしわがれた鳴声を立てたが、そのたんびに子供に邪険な愛撫を与えられては、また静まった。

「睡れねえな。」

そう云って身を起すと、子供も一緒に起上がった。

「S・へ行きあクラブの者に会えるよ。……連中山裏を廻ったかも知れない。」

子供は無関心な眼をして僕を見た。

「猫を一寸外へ出してやったらどうだい。」

子供はムクムク動いて居る風呂敷包を見やった。そうして手を延ばしてそれを引寄せて、投出した脚の上でそれを解いた。提灯の様にあばら骨を目立たせた痩せ猫は、ブルブルと背の埃を振るって、それから、彼女の脚をおりて、しだの中を匐いはじめた。

「クロ、クロ！」

と、女の子は仔猫を引寄せて頤の下を指で掻いた。

僕がスウトケエスの中の整理をはじめると、子供も帽子箱を膝の上へ載せて、猫をわきへかかえたまま、蓋をあけた。別荘の奥さんからお使賃にでも貰ったんだろう、古ぼけたリボンだの、大人ものの絹の手袋だの、色んな布地だの、ピンだの、中味の空な香水の化粧瓶だの、半分おもちゃを兼ねたこまごましいものが、沢山中から出て来た。——他に著物もなんにも持出して居ないところを見ると、これが一番大事な持物だったんだろう。

「色んなものがあるね。」

子供はちょいと恥ずかしげな、なかば誇らしげな眼をして、僕を見た。

「そら何だい。」

「これ？」

子供は鏡の曇ったコンパクトを出して、蓋をあけて見せた。中には湿った白い塊りが底へねばってくッついて居た。子供は指でそれをくじって、ペロリと舌へこいだ。

「お砂糖よ。」

そう云って子供は、うるさく膝を引ッ掻きはじめた猫を、地面へおろした。

「クラブじゃ誰がいつも君の世話をしてたんだい。」

子供は一寸空を見た。

「竈たきのおじいさん。」

低温度の鉱泉が湧くので、クラブではそれをしじゅう沸かして居るのだ。その竈番の年寄らしかった。

「一緒に遁げなかったのかい？」

「ううん。あたし猫をつかまえてたもんだから。……でも、そりァ火が降ってたわよ。」

「……また君はクラブへ帰るかい？」

子供はまた一寸空を見た。

「うん。」

――猫がズンズン主人にはおかまいなしに、山へ登ってしまうので、彼女は追って行って、それをつかまえて来た。猫は彼女に愛撫されて居るほど彼女になついては居ないらしかった。隙さえあれば彼女から遁げ出そうと手の中でもがいて居た。

「あすこの橋ンとこを、一寸直しといてやろうか。あとから来る連中が助かるから。」

落ちた橋を見おろして、僕は子供に相談をしかけた。

「石を積んで、小ちゃくみちをこさえりァいい。」

――それから小半時間、僕たちは膝ほどある泥川へ這入って、石を重ねた。そうして、不完全ながら、足を濡らさずに向う岸へ渡れるだけのみちをこしらえた。子供も熱心に僕を手伝って重い石を運んだ。――自分をあの熔岩の雨の中へうッちゃらかして、めいめい自分の安全のために遁げた、冷たい村の人たちのことなんぞは、とうに忘れてしまったと云う風に。

――身内へ鬱積した疲労が、やっと渾然たる睡眠として僕をとらえたのは、それから間もなくだった。――二時間ほどして眼をさました時、僕たちの造った渓川の石積み路の上に、絡繹と人の足が続いて居た。S・を目ざした部落部落の避難民たちだった。

たい子は猫の包と帽子箱とを僕のわきへ置いたまま、まだジャブジャブと水へ這入って、石をかかえて来てはそこへ積んで、人の足の絶えないその小みちを、丹念に拡げて居た。

(莫迦だな。)

そう心でつぶやいて、僕は微笑んだ。

僕はたい子を呼んでみた。彼女はぶとに喰われた脚の辺に血をにじませて、水からジャブジャブと上がって来た。

「K・の人たちは通らないかい、まだ。」

「通ったわ。」

子供はそッけなく答えた。

「クラブの人は?」

「ううん。」

子供はやはりそっけなく頸を振った。そうして僕のわきへ腰をおろすと、猫の包をひっ立てて、膝へ載せて風呂敷ごとそれを抱いた。

五

僕がたい子とはぐれたのは、S・駅の雑閙の中でだった。電車へ乗込んだ避難民たちの中に、K・別荘部落の知合いの子供の家族たちなどが混じって居て、そこへ彼女は帽子箱をかかえて訪ねて行ったり、クラブの仲間をその雑閙の中に探し廻ったりして居るうちに、いつの間にかどこかへまぎれ込んでしまったのだ。

僕は預けられた猫の包をさげたまま、うっかり子供のことは忘れて、散り散りに山を遁がれて来た仲間と、雑閙の中へこごって、今後の処置について色々相談をし合ったりした。

暮れかたまでに数回電車は、よごれた避難民たちを満載して、S・を出て行った。そうして、やっと駅は混雑の中から自身の秩序を見つけ出した。僕が包の中で餓えた鳴声を立てて居る仔猫にふと気付いて、子供のことを思い出したのはそれから暫くしてだった。たい子の姿はそこらにはもう見出せなかった。うまくクラブの人たちとでもめぐり合って、どこかへ彼等に伴なわれたのか、それとも、避難民たちの雑閙にまかれたままうっかり電車に運ばれてでもしまったのか。――

八日目には山はほぼ静穏に返って居た。僕は山を避難して来た仲間と、それまでずッとS・に過ごした。預けられた仔猫は厄介でも、餌をやってはつれて歩いて居た。どこかでまたたい子に会いそうな気がしたので。――僕たちは仕事の復活を計画して、まだ硫臭と熱気との去らない山へ引っ返したが、結果は徒労に終った。仕事の継続を断念した採掘所は、三日分ほどの手当を男たちに支給しただけで、解散を宣言したからだ。僕は一塊の灰の堆積になった見張小屋の土間に、ひとかかえほどもある完全な紡綞形をした火山弾を見出だして、何かなし寒気が脊筋を伝うのを感じた。――

新しい生活をめざして仲間と山をあとにしたのは、その翌々日だった――高原地には最早秋が迫って居た。

腹の破れた僕のスウトケエスには、ムクムクと猫のうごめいてる風呂敷包が結わえつけられていた。どこかでめぐり会えると思ったたい子には遂に会えないでしまった。子供の姿は十日目にもまだK・には見出だせなかったのだ。

黒猫はこうして、いつとなく新しい主人のもとに居ついたのだった。

僕は猫を見るたんびに、あの凄惨な夜の出来事と、灰の中からこいつをかかえ出して、一日僕にくッついて歩いた、あの小さなコスモポリタンの娘を思い出すのだ。一体この厄介ものを人に託して、そうして大きなあのボオル紙のおもちゃ箱をかかえて、あいつはどこを今ごろまぐれ歩いて居るんだろうと！

人なじみのしないまぐれ猫は、家族を持たない一人ぼッちの僕に七箇月飼われて、そうして、つい今朝がた死んだ。――噛み砕いた鼠の頭と黄色い水とを吐いて。――

僕はグニャグニャと手脚をのばした、汚らしいこの黒猫の死骸に対しても、別段と傷心は感じないが、ただ、こいつを僕に託して、水著一枚でおもちゃ箱をかかえて、あの雑閙の中から世間のどこかへまぎれ込んでしまった子供については、幾度もあとで思い出しそうな気がするのだ。

ステーション・カラア
新宿風景

浅原六朗

浅原六朗

（1895〜1977）

実業之日本社「少女の友」主筆を経て、新興藝術派倶楽部に参加。都会的なモダニズム作家として活躍するが、後には大衆小説や少年少女小説なども書くようになる。また童謡「てるてる坊主」の作詞家としても活動し、数々の童謡作品を残している。

ステーション・カラア

初出：初出誌不明

底本：『都會の點描派』中央公論社　1929年

新宿風景

初出：初出誌不明

底本：『都會の點描派』中央公論社　1929年

都会の風景をレポート的に、あるいはコント的に、スナップショットのように巧みに切り取った二作である。昭和初期の東京が主役のモダニズム文学で、短い中に当時の風俗が濃縮して詰め込まれている（『新宿風景』の歌舞伎町の名の元になった新歌舞伎座建設の話は、本当にそうだったんだと感じ入ることしきり）。都会のシステムと構造と未来を同時に見渡すモダニズム作家の目は、意外なほど鋭く、この21世紀の今にも届いていたのではないだろうか。テクノロジーが発達しただけで、人間のやっていることはそう変わらない。そんな風に言われているようでもある。ちなみにこの二作が載る所蔵の『都會の點描派』には、後見返しに前所蔵者の書き込みがあり、1929年に「明日を持たない俺は本屋の灯に誘惑されてこの書物を買って来た。金も明日もない存在だが、月末には上京でもしてやろうと思う」などと書かれている。

ステーション・カラア

クローズ・アップ東京駅

蜿々と黒い人波が、何千となく動いてくる。その間に、モダン・ガールと称されつつある色調が、点綴されている。

動く、動く、限りなく人波は、八方から湧いて、この無言の行進に加わっている。しかしてこの無数の行進は、躊躇なく駅の構内に吸収されて行く。そこには七台連結の省線電車が、絶えまなくこの巨大な群集を消化して、東京の郊外にむけて放射しているのである。

これは午後四時半から六時にわたるラッシュ・アワアのクローズ・アップである。

この巨大なる群集の行進は、一方丸ビルを中心に附近の三菱ビル、郵船ビルその他の巨大なるビルデングから放射されて、乗車口をめがけて、規律なき規律をもって行進されるのである。

一方は、降車口に蝟集する散漫にして、絶えまなき群集の渦である。この群集は海上ビル、内務省、鉄道省、三越、三井、正金支店その他の厖大に発達した近代の資本主義構成の諸会社から解放されたサラリー・メンの群である。

ラッシュ・アワーの東京駅を知らない客にとっては、確かに一つの愕きである。午後八時半の一歩手前の時刻に、乗車口のホールに立つ者は大抵の場合、紳士を中心に、時に淑女令夫人を中心に、見なれないブルジョア階級が、その盛装のなかに、威儀をただし、明るい微笑を散乱させ、華やかな外交的辞令の交換されつつあるのを見るであろう。この群のなかを無遠慮に歩む時、ネクタイ・ピンや指環の間から、快よき香料が鼻を包む。

午後八時三十分は下の関行一二等寝台車連結の特急である。

恐らく、このきらびやかな見送人の中心に居る人物は、神戸から欧米への汽船にのる予定にちがいない。

一度、田中首相が、十数人の警官、秘書、その他の護衛にかこまれて、さがった眼尻を一層さげつつ、改札口を素通りした時の印象が、まだ頭にのこっている。たしか、吉田東京駅長がその先頭に立っていた。

田臭化《でんしゅうか》

最近、上野駅に私はある田舎の友人を送って行った。

時間があったので、地下電車で浅草を一まわりして、上野に帰り、バラックの構内が、あまりに殺風景すぎるので、西郷銅像の前に立って、莨を一服して、話しあった。

上野駅は、そのバラックのためばかりではなく、呑吐する乗客の感じから言っても、第三階級である。畑に立って鍬をにぎる荒くれだった掌や、陽にやけすぎた老婆の顔や、眼尻にたまっている眼やになどが、構内を田臭化している。この田臭の中を、鳥なき里の蝙蝠が、ステッキをふったり口紅や頬紅にプライドをたかめている。と言ったものが、ここの風景である。

近い将来に於て、最新式のステエションが建築されるそうであるが、その時代に於ても、東北の第三階級が、ここを田臭化し得るかどうか。

広小路から、公園の入口の感じはすっかり変った。この激しい変化の渦中に於て、西郷隆盛は相変らず犬をつれて立っている。私は、何んとなくこのアナクロニズムから、西郷隆盛が気の毒でならなかった。

地下電車は、まだまだ博覧会の余興程度の興味であるが、将来に於て、この都会の交通機関中主要なるものに、なるであろうことは理解される。

友人は菊屋で紅茶をのみながら、

「地下電車にのったことは、田舎に帰って土産話になる。」

と、よろこんでいた。

友人と共にプラット・フォームに立つと、となりの車窓から、酒気を帯びた学生が、首をつきだして、見送りの同じ学生連に、虹のように気焔をあげているのである。

「……我々はこの普選第一の選挙にあたって、何処までも、日頃奉持している主義と使命をはたさなければならないのであります。我々は独特の立場から既成政党を応援するのであります。即ち我々は彼等の腹中に入って、しかして、彼等の団体を内部から崩壊せしめる必要があるのであります。不肖私は今回諸君に選まれて……」

学生は、彼等の団歌らしきものを合唱し、合唱が終ると、リズミカルなテンポをもって手を叩いて、三度歓声をあげていた。

私は上野駅頭の風景として、その似つかわしさを感じて、友人と、微笑を交しあった。

ランデヴウ

Kさん一時間まちました。もう帰ります。

Tは具合が悪いから、Pにたちます。

その他これに類似した言葉の一番多く書かれているのは新宿駅である。ボールドに書かれたチョークが、凡てランデヴウの人々によって握られていると言うのではないが、そのパアセンテエジはかなりの率であると、言われている。

偶然のごとく、あの構内で出会って、郊外への切符を買うカップルが如何に多いことか。

春から初夏にかけて、又秋に、行人は何気ない眼のみにては、見られない恋人のつらなりを発見するであろう。

この駅は、市内電車、中央線、山の手線、小田急、京王電車、西武線、八方に便利である、が故に、八方に便利であることを必要とする者が集ってくる。

将来、新宿は、駅を中心に、山の手の最繁華地帯であろうと言われているだけに、あのフォームまでの長い歩道を急ぐ人々を見ていても、各種各様の変化のなかに、飽きない興味を感ずる。

どちらかと言えば、新興階級らしい、近代のカラアが、その主要色をなしている。

都会と郊外の関門、この駅の乗降客一日の総数は、東京の各駅中第一だと、その統計が、新聞に出ていたことがあった。

その他

品川は、駅としての特性が、何んとなく独立していない。黒い汽車と、無数に引きのべられたレールの印象である。

品川は工業的影響をうけすぎて、過去のローマンスを全く失なってしまった。品川よりも、新橋の方が、はるかに都会らしい生き方をしている。新橋駅も、かつての華やかさは、史実としてのこされるのみになってしまったのであるが、銀座の近いことが、この駅に、芝居帰りのフェルト草履やエナメルの靴をはこばせる。

両国は夏の駅である。冬は閑寂なわびしさのなかに、旧式な汽車が、とりのこされたような煙を吐いている。

例え旅に行かなくとも、ステーションの待合室に莨をのむことは、いい感情である。煙をとおして雑踏の人をながめ、ほのかなメランコリイを、旅情のなかに味うからである。

新宿風景

かつての日、新宿に対する連想は、女郎屋であった。

「大木戸をくぐれば……」

云々の宿屋飯盛もどきの狂歌も、その頃は記憶されていたものであるが、女郎屋の連想は、武蔵野館や、三越、ほていやその他の連想に新陳代謝した。古るめかしい駅路としての新宿を歌った狂歌も、趣味人以外には、用のないものになってしまった。

遊廓の連想とともに、十年前の新宿は、都会の排泄物街路としての新宿であった。乾いたほこりが煙りのように揚がる街路は、蜒々とつづくおわいやの車をもって埋められていた。トルストイが好きだったと言うおわいの臭気は、お女郎屋とともに、新宿の特殊印象だったのであるが……。

都会は高速度のオルケストラ・バンドだ。変転としてきわまりなき急テンポをもって、一切の記憶と表情をかえて行く。

ああ馬豚肉屋や居酒屋と遊女屋の楽手達はどこに行ったのだ。君たちは完全に放逐されてしまった。明治時代の君たちには、まだまだ廃頽的旧江戸を想わせる情趣にのこされていたのだったが。

わが愛する大宅壮一はかつて

「……けれども、僕は新宿が好きだ。新宿は何んとなくプロレタリア・イデオロギイをもっている処だから……。」

と云ったことがあった。

新宿も変るわけである。かつての新宿ファンたちは、プロレタリア・イデオロギイの何んたるかは、もちろん解し得なかったのであるから。

○

ある夜、Aは新宿の遊廓のはしからはしまで廻り歩いたことがあった。それはもちろん船板塀の旧新宿遊廓でなく、大通りの裏に新らしい一廓をなして建てられた遊廓である。

Aは一軒一軒、おめず臆せず……この言葉は少しばかり形容詞のための形容詞である……かこいの内側に入りこんで、お女郎の写真を丁寧に見て歩いたのである。

お女郎の写真はほとんど一様に、眼がほそくって、鼻の孔が風とおしよく前方から眺められ、莫迦々々しい唇は厚くとじられ……彼女たちはあまりに真面目な顔をして写っていた。彼女たちは何故ああ、真面目な顔をして殆んどお嫁に行く時のように四角になって写真をとらなければならなかったろうか。一つの哀傷である……のために、その唇は、莫迦々々しく無智な表情でつぼめられているのだった。Aには、古るめかしい悲しみでその写真の一つ一つがながめられた。廃娼運動的悲しみではなしに、そのお女郎たちの顔のどれもが、あまりに現代ばなれのした、感情のうつらない顔だったからである。

Aはきたついでに、浅間しくも少しばかり性慾をそそられたいと想ったのであるが、逆にそれらの情念を起すことさえ出来ないのだった。

この一廓をでて、新宿駅にきた時、Aは知りあいのマダムとばったり逢っていた。三十になったばかりのこのマダムの嬌羞は、Aの仲間ではかなり有名であっただけ、Aはへどもどした眼まいを感じだしていた。

「武蔵野館の帰りよ。お茶を召しあがらない?」

Aがまだたしかな返事をしないうちに、マダムの厚いフェルトは、精養軒への階段を踏んでいた。

そのころ死んだヴァレンチノの話、ローザ・ルクセンブルグの話、それから「赤い恋」についての感想、等、等。

それにマダムの胸と、張りのある眼、自由に表情するその唇、凡てが何んと近代的であり、しかして煽情的であることよ、と、Aはいましがたの遊女を対照して、深い感慨にふけらないわけには行かなかったのだった。

「そこにある××ホテル識っている?」

「ええ名前だけ。」

「あそこは新宿の愛すべき心臓よ。」

マダムはこんな言葉をのこして別れて行った。何故××ホテルがマダムにとって……或いは、又もちろん、マダムだけの専有物ではないのだが……愛すべき心臓などと形容するのか、Aはこの言葉を糸のようにほぐしながら、家に帰ったのだった。

○

新宿はとにかく忙がしい。忙がしいだけに活気があって、艶々とすべてが輝やいている。この活気と輝やきは、銀座のようなブルジョア的ではなく、どっちかと云えば、大宅の言のごとくプロレタリア的であるかも知らない。

夜の雑沓にはことに、その感じが溢れている。それも板橋とか、渋谷とかのように、低調な臭気はもっていない。プロレタリア的ではあるが、かなりに多量の洗練味を味えた雑沓である。

エロシエンコで有名な中村屋、その近くの大きな果実店、近郊のサラリーメンは、度々これらの店の厄介になるのであるが、ことに果実店のあの新鮮な香気と輝きはいつでも私の気持を明るくしてくれるのである。あの店の前を通るたびに、私の視覚と、味覚と、臭覚は、健康な活動を内部的に起してくる。

○

将来ここは、新歌舞伎座が建つと噂されていると共に、今の大国座は新宿劇場と改名改築して、華々しい興行ぶりを見せるそうであるが、最近の東京に於て新宿ほど発展経路のすざましい処はないだけに、事業家はその将来をも山の手の中心地として見ぬいているのであろう。交通線から言っても、中央線、山の手線、市電、京王、西武、小田急とこの一点に集中し、地下鉄道も新宿を一つの尖端とする計画らしいだけに、新宿は益々急速度テンポをその将来にもっているわけである。

この交通要路の新宿であるだけに、東京に於けるランデヴウのパアトナアの多くはここを起点とする場合が多い。

かつて駅前の三越で、私が何気なく九官鳥を観ていた時にのこされた挿話を紹介する。

「小田急にしましょうよ。××温泉あたりまで行ったたっていいじゃないの。」

「…………」

「いや、いや、じゃ吉祥寺にするわ。井之頭にだっていい処はあるんですもの。」

すぐ耳もとで、私に囁いていたかのごとくなので振りかえると、二人の男女がセキセイ・インコに眼をくれながら語っているのであった。モダアンな、すばらしくモダアンな彼女の容姿と、そのいじれ方が私には興味があったので、サア、彼等は何処にその行き場処をきめるだろうと耳をひそめていると、

「いや、いや、もういや。」

と、急に高い声が叫びだした。それは突然、おうむが言ったのであるが、二人にとっては

刺戟的な皮肉でもあったのであろう。苦笑しながら、私に一瞥して歩を返していた。

室内

山下三郎

山下三郎

（1908〜1999）

学生時代に川端康成らと交流を持ち、文学に手を染める。だが卒業後は父の会社に入社し、文学界と多少の関わりを持ちつつも、実業家として大成する。沙羅書店から昭和13年に出た、300部限定の短編集『室内』は堀辰雄装幀。

室内

初出：「「詩と詩論」別冊「年刊小説」」1932年1月号　厚生閣書店

底本：『山下三郎　四篇』EDI叢書　2001年

2000年代初頭に、EDI叢書という、今日では忘れられた作家の作品を、変型で簡素なフランス装風で出版したシリーズがあった。加能作次郎・十一谷義三郎・中戸川吉二・富ノ澤麟太郎・岡田三郎など、大変にクセのあるマニアックなラインナップであった。山下三郎もその中に含まれており、一読するなり虜になってしまう。清新で爽やかなのに魘されるようで、視覚的で衛生的（病院が舞台だからであろう）な修辞と形容が鏤められた、モダニズム小説だったのである。「不器用な天使」に次ぐ、“僕”の多い小説で、似たような効果を上げているのだが、そこに表されているのは、主人公である入院中の子供の気持ちなので、小説としての様相は全く異なっている。

窓のそばに机がある。その上のみを太陽が廻っては夕方がくるのだ。そして、又朝になると、机の上にはいつの間にかほこりがつもっている。ほこりは、夜、ランプをけすと同時に静かにふりはじめるらしい。僕の顔にもつもってしまう。その為に、僕は古い絵本の夢ばかりみるのだ。そうして、突然、夢が破られるのは、僕がほこりをのける為に顔をやたらにこするからだ。

僕は夢にまで僕の指のあとをつけてしまった。だから、夢は、朝になっても、うまく空気の中にまぎれ込めない、背中に入れ墨をした夢は、次の夜、ランプがついて、それが消える迄、椅子の下や、ベッドの下にかくれていなければならない。そこは、僕の耳の遠いばあやがいつもはき落して置くところだ。外のところはキレイにふいて、そこだけのこしてキョトンとして僕の顔をみている。お前の目の中には、あの雨のふったフィルムがつまってしまった。その為に、お前は少し口をあけている。口からは色んなものがにげ出してしまった。口の中がかわいてしまった。むし歯さえもういたまなくなってしまった。ある夜、お前の目の中の古いフィルムに雨の音がサアサアとした時だ。お前はお前のむし歯をほった。そしたら、キノコが生えていたねえ……………お前は笑った。お前は窓をあけたように笑いだした。お前の夫はお前がまだ三十にならない時、女をつくって台湾ににげてしまった。お前の息子はお前の三十の時死んだ。そのようにしてお前の背中がとれてしまった。お前はそこに、茶色のアブラ紙をはった。紙のうち側がすいてみえる。うち側に時々ランプがつく。僕の幼年から少年へかけて、僕は美しかったらしい。僕はお前のランプのそばで眠った。その時分、僕は眠りながらいつも微笑した。その微笑がくすぐったくて目をさますと朝だ。僕は目をパッチリあけた。枕にちっとも皺がついていない。ただ、真中が僕の横顔のとおりにへこんでいる。こめかみがあたたかい。そのあたたかさが一寸顔をあげるとにげて行きそうなんだ。かなしさ………その時、お前は、まるでそれを知っているように、笑いながらミルクをもってきた。僕は恥かしそうに笑った。そうして顔をあげてミルクをのんだ。ゴクゴク喉の音をさして………かなしさとミルクがすれちがう………その為に僕のからだが段々弱くなる。

——九才のとき、僕は肺えんをした。心配の為に、お前の耳が鳥のように鋭くなった。病院の看護婦はいつもふてくさっている。夜明け、看護婦は僕のベットの下でまるで白いブタのように眠った。彼女がねがえりをうつ毎に、彼女の白い太った腕が、床に音をたてておれる。その音で僕は時々目をさました。と、目に向って天井だけがサットひろがったのだ。病院の天井は夜中でも真白だ。そして、あまりに広すぎる。僕は何故かゾッとするのだった。

「ばあや、ばあや、………」

お前は木の椅子の上で、目をとじている。疲れの為に口をあけている。

「ばあや、ばあや、………」

「ハイ、ハイ、ハイ………」

お前はそう云いながら、目をあけてしばらくキョトンとして、そっぽを見ている。

「ばあや………」

その時、僕は急におかしくなるのだよ。お前は、やっと僕に気がつくのだ。僕は熱の為の火のような頬の中でニッコリしてくる。お前も段々ニッコリしてくる。こうして僕とお前との間に流れはじめる小川。その小川に沿うてお前が僕に近づいてくるもんで、僕は息を吸いこみながら、段々お前を見上げて行く。それにつれて僕の表情がか弱くなる。あんまりやさしいもので一杯だと少年は悲しくなるものだ。お前がベットのそばにきて、ふととまった時、僕はもう息がつまってしまう。ただ顎で天井をさす。

「ハイハイ」

お前は椅子をもってきてその上にのると、天井からさがった電燈に黄色い布をかぶせてしまった。室内がかさをかぶった。すると、お前の顔が遠ざかる。——その拍子に僕はホッと息を吐く。

お前は椅子をガタガタ云わせながらかたづける。かたづけてしまって、ホッとしてこっちを向いた時でさえも、看護婦は目をさまさない。僕とお前はくびをちぢめてぬすむように笑うのだった。

――あくる朝、僕とお前はとても仲がよい。二人共（お前までが）どこかに鳥をかくして、それがあんまりいたずら小鳥なもんで、うっかり口をあけることもできない。その為に目ばかり大きくして、ひょっとした拍子に、上手な写真師のように笑ってしまう。

しかし、遂に僕の小鳥がかんしゃくを起してしまった。僕の脈がとびあがった。僕が顔をいがめた。

それを見たとき、お前がまるでびんを落したようにびっくりした。我に返ったような顔をした。お前の小鳥が窓からにげてしまった。すると、お前が何故か真赤になりながら、あとをも見ずにお前の年齢の向うに、にげこむのだった。にげ込んでから、ほっとして僕の方を見る、すると、僕は何故だかわからないがすっかり安心してニッコリと微笑するのだった。（お前の耳が少し遠くなったのはその時からだ）そうして僕は微笑しているうちに、次第に睡眠や夢とすれ違いはじめていた。熱が出たのだ。どこか遠くの方で、花屋敷の木馬が、ほこりや音楽と一緒にまわり出す。僕は目まいをふせぐ為に目をとじる。だがしばらくすると、僕は突然叫びはじめた。

「こわいよ　こわいよ……………」

「何でございますか」

「又、天勝《てんかつ》がピストルをうつよ、ピストルをうつのよ……………」

「大丈夫でございますよ、からだまでございますよ、アメリカの旗や、鳩が出てまいりますよ……………」

「ばあや、耳を、耳を………」

「ハイハイ………」

お前は僕の耳をふさいでくれる。僕はやっとすやすや眠る。

しかし、その眠りは時々らんぼうにひったくられた。目をあけると、看護婦の為に、僕の腕がひったくられていた。

看護婦はかんしゃくを起した僕の小鳥を知りもしないくせに、僕の周りで、脈がとても激しいから危険だ、と云っている。

そうして、看護婦が僕の顔をのぞき込もうとした時、僕はあわてて目をつぶった。

「ねむっていらっしゃる………」

僕はねむったふりをした。そうして、目をかたくつぶっているうちに、僕はなんだかはらが立ってきた。うす目をあけた時、僕はとてもつめたい、いじわるそうな眼で、看護婦をみつめはじめた。だが看護婦は少しも気がつかない。時々はえをはらうように顔をふっては、時計をみる。ただ、彼女のからだだけが次第にかたくなって行くような気がする。僕の冷たさが、段々僕の頰を白くする。その中でふと、僕が笑う。と、その時だった。僕はいきなり僕の残酷さのすぐ後で見えなくなっていた、淋しさや、悲しさや、かんしゃくが、僕の胸を絹のような速さで走ったのを感じた。

僕の顔が突然いがむ。

「まあ、お苦しいのですかしら………」

あまりの単純さの為に、僕の顔が何物かの一歩前でくしゃくしゃになってしまう。——僕は看護婦に気に入る為に、むき出しにされた腕を重く看護婦に渡したまま、再びねたふりをはじめる。そうして、ほんとうにねむってしまう。

その夕方から、夜にかけて、僕の病室のドアーが度々あいたのを僕はぼんやり知っている。人はドアーをあけると、すぐ僕の横の影の中に立つらしい。つまさきを立てて、僕の腕の周りに近づいてくる。僕の腕が色々の人に渡される。僕の腕の周りで色々の人がひたいをよせてひそひそ話す。それは僕のことが話されているにきまっている。そうして、それはとても間違って話されているのだ。うす目をあけさえすれば、その話はすぐ聞えてくるであろう。が、僕はこのような時その人々の間違いに気に入る為には目をつむっている外なにもやり方がなくなっているのをよく知っている。電気《アカリ》が枕と僕のみの上に落ちている。僕は、矢張り、腕をインキにひたすように、影の中に入れて置くことにする。

僕の顔つきが段々やさしい少女のそれのように素直になりだす。すると、その時だ。影の中で、誰かが

「注射を、注射を、注射を」

と叫んだ。床に立止っていた沢山の足がざわざわと動きはじめた。僕は僕のベッドの下の方から色々の顔や目が重さなってこちらをにらむように見ているのに気づく。その為に、僕はカンネンをする。僕は注射をされてしまう。すると却って、僕は無意識の中に落ちはじめる。急に、僕の周りで、人ががやがやはじめる。ばあやよ、お前のみが少し強情な顔をして、

つっ立っていたのを僕は無意識の中に落ちながら、チラット見たのだった。

僕の二日間の昏睡状態。

――いつもと少しもちがわない朝、僕がキョトンと目をさます。

「まあ、ヒロムちゃん！」

母だ。何故か今迄全く忘れていた、僕の若い母だ。少しまぶしい。少し恥かしそうに笑ってから、僕は何が起ったのかさがすように、あたりをみる。と、沢山の人が壁にくっついて、こちらを見ている。皆が一せいにつくったような笑い方をする。そうしてほっと息を吐く、それは朝がざわざわと彼等を動かしはじめたようである。一人一人が僕のそばを通って、こまったように笑ってから、僕のいない方をふり返ったり、恥かしそうにしたりして出て行く。その中に僕の大好きな人も沢山いる。その人達が今朝にかぎって皆へんな顔をして、黙って出て行ってしまう。

かように皆が出て行ってしまうと、かくされていたお前がションボリと出てくる。

それにくらべると母の顔は汗を流したあとのように明るい。母はふと気付いたように、僕に背中をみせて、窓をあけはじめる。その時、母は僕の顔が見えないものだから、僕の名をよびつづける。

「ヒロムちゃん、ヒロムちゃん、よかったのね、ヒロムちゃん……………」

母が風の中で、向うをむいて云っている。僕はお前の方をみて、お前の為に「うるさいな」と云う風に顔をいがめようとする。と、僕は、お前がつかれきって、額に油気のない髪が動いているのを見る。僕とお前の視線があった時、お前は一寸母の背中を見てから、実に弱々しそうに笑った。

その時だ、僕は突然、窓をあけながら、光線の中でどんどん明るくなって行く母を、ずるい！　と思う。ふとんの中に顔をもぐりこませて、母をにくむ。ふとんを母があけてしまう。

「また悪くなりますよ…………」

「悪くなってもいいんです」

「まあ、この子は！」

僕がいきなりなきはじめる。母が僕の顔の周りで、火をけすような手つきをしている。僕は時々、叫び声を高くする。お前が近づいてきて

「ヒロム様　ヒロム様」

と云いながら、何でもないように僕をとりあげる。僕はお前の胸にしがみつく。僕は咳込む。母があとしざりしながら、僕の方を見ているのを、僕はちゃんと知っている。

「ヒロム様、何でございますか、ヒロム様、…………」

僕は少しずつ泣きやむ、しばらく、下を向いて、お前の着物のどこかをいじっている。

「ヒロム様、もうおよしあそばせ、また悪くなりますよ…………」

「…………」

僕はやっと上を向く、そうして、しゃくり泣きの中から、とても愛らしげに微笑する。母が室内のどこかでじーっと黙っていた。

僕の母に対する冷めたさがその頃からはじまった。

退院して、強い光線が射られているある真昼、僕はバルコンの高い籐椅子の上にのせられていた。両足が下にとどかないことが、僕を妙に淋しくしてしまう。お前は僕の為にパンをやきに行っていなかった。透明な空気は、若葉の間を流れているから水のように蒼くなっている。僕の掌が白く浮きあがる。僕はそれを見て、ニッコリ笑う。その拍子に目が少しくらんだ。

「まあ、何を笑っているの、ヒロムちゃんは…………」

母が窓のような顔をしてバルコンに這入ってくる。

僕の微笑をぬすみ見したことが、母を安心させ、自信ありげにさしてしまう。僕は椅子の中から悲しそうに顔をあげる。ママは少しランボウだ。

母の笑いが僕にまで拡がったので、僕は大人のような笑い方をする。その時、風が吹いて行った。――ハンケチをかぶせて、それをとりのぞいたあとのような僕のつめたい、小さい顔つきがそこに残ってしまう。

しかし、母は勿論僕の微笑を間違える。そうして笑はその微笑につけ入るように急に息をひそませて、こんなことをささやく。

「ヒロムちゃん、お前は死にかけていたのよ」

とびのいて、いちはやく僕の表情を見ようとした母がかえって、花のように華やかに笑うのだった。

僕は遠い空の一点をみつめたままつぶやく。

「そんなことはせんから知ってらあ………」

僕は笑う。笑いながら、何もかも知っているように目をとじて行く。

このような母に対する僕のつめたさが、ある時、お前に対して、僕を女の子のように甘えさすことがあった。

しかし、ある日、僕は母の顔をじっとみつめて、意地悪いことを云った時、云い終ると、すぐ立ちあがった。クルリと母にせなかをむけた。僕は目に涙を一ぱいためていた。母がせなかを見ていると思うと、僕はうまくあるけない。母も僕が障子をあける迄一言も云わない。

僕があけて、しめて、かけ出そうとすると

「ヒロムちゃん、ヒロムちゃん………」

その声がとても一生懸命であった。僕は思わず目をつぶってかけ出した。それからお前の部屋まで何かに追いかけられるように無我夢中でかけて行くのだった。

お前の部屋の障子をあけた時、耳の遠いお前が、叫びそうになる程、僕は蒼い顔をしていた。目は乾いていた。はじめ、僕はかすれて何も見えないのだった。僕は呼吸を吸い込んだまま、吐くのを忘れて、猶吸い込もうとする。その為に、僕がうすくなる。僕は障子に両手をかける。すると体重と眠りに似たものが、どこか、耳のそばあたりでかすかな音をたててすれ違う。その時、急に僕の耳が遠くなりはじめた。と、何と云うことだ、母がその耳を追いかけるように、ほこりをあげながら、小さくなってにげて行くではないか…………

「ヒロムさま、ヒロムさま…………」

お前の細い、枝のような腕の中に、僕がどっとおちて行く。

「どうあそばしましたか…………」

「ウン…………」

僕はお前の腕の中でふと涼しい目をした。笑った。どこかを汗が…………。僕は云ったのだ。

「とうとうお母さまがにげて行っちゃったよ…………」

──その（とうとう）と云う言葉が、僕に再び呼吸を与えた。門をひらくように口をあけると、どっと何物かがにげて行った。──次からの呼吸は、後に僕を襲った放心をかすかにゆらすにすぎなかった。

僕はその放心の中で、ぽかんと目をひらいて考える。

「とうとうお母さまがにげて行った…………」

僕は淋しかった。お前が、お母さまにあやまっていらっしゃい、と云った。僕は素直に

「ウン」と云った。

お母さんにあやまったら、お母さんは真赤になった。

その夜、お前が又いつものように、僕をねかしつける為に、本をよんでくれた。僕はすぐねたふりをした。お前が、ほつれ毛をかきながら、そっとたった。電気をパチンとけした。くらさがしずまって、方々がぼんやりみえはじめた時、僕は一人言のように云ってしまった。

「ばあや、僕のお母さんほんとうのお母さんなの…………？」

三等列車中の唄
富士

高橋邦太郎

高橋邦太郎
（1898〜1984）
作家・翻訳家・築地小劇場文芸部員・NHK職員・大学教授など、様々な顔を持ち、著書多数。日仏文化交流史を研究しており、資料集めのために渡仏多数。

三等列車中の唄
富士
初出：不明
底本：『シークレットトライブラリー　三等列車中の唄』駿南社　1930年

この二作を見つけた時は、本当に吃驚した。こんな風に新感覚派は、文壇に賛否両論巻き起こしながらも、波及していたのかと、多くのエピゴーネンを生み出していたのかと。だがこれはちゃんと読むと、単なる模倣ではなく、そこに荒っぽさと俗っぽさが巧みに紛れ込んでおり、『三等列車中の唄』は萩原恭次郎の詩のように前衛的で、『富士』は何やら谷譲次の『めりけんじゃっぷ』スタイルになっているのが興味深い。言わば、オルタナティブ・新感覚派とでも言いたいような、調子の良い疾走ぶりなのである。それにしても新幹線に乗ると、富士山の足下を横切る時は、今でも『富士』の車内と同じ現象が起こる。富士山は偉大で、人間は何時の時代も可愛いものである。

三等列車中の唄

午後二時三十五分東京駅発車。横須賀行き。三等列車。僕、大学の制服、茶のソフト。外套のポケットに近着のコメディア。少々垢染みた二円五十銭の革の手袋。切符、鎌倉迄。——手の鞄の中に飜訳原稿。及び Maurice Leblanc 作 “Les Trois Yeux”——同地の先輩に原稿の世話を頼む目的。——隣り△△大学生。品川——大森——鉄橋——「福助足袋」——建て掛けの二軒長屋。——「森永ミルクキャラメル」——△△大学生の顔にニキビ、鼻大きい。短いオオヴァ、二十一二。僕の顔を時々見る。彼の靴十一文位。スポオツマンの穿くようなもの、下った目尻。（僕だって上っている方じゃないが）——脊は僕より三寸がた低い。——「カルピス」——鶴見——「ブルトーゼ」……ラジオのアンテナ。物干竿に吊されてその二本の間隔約十五メートル、青い安西洋館。例の大学生、つと立つ。——「宇津救命丸」。トタン屋根。トタン屋根。トタン屋根。トタン屋根。水溜。木。林。赫土山。土の塊。鰻のような線路。僕コメディアを読む。Com. des Champselysecs……Com. des……Chammm……gggllyysseeee…CCooommmddeeeesese……（‘Mussiik HHHaaallllls…s…ls…）……Knooocckkk……Knock……KKKKnnonnoonkccck……Knock……——恐しくゆれやがる。新聞が読めアしない。……

△△大学生はどこに？　僕よりも三つ前の席に何時の間にか腰掛けている。その右、耳隠し。……？……！……？……？……

向うをむいた卑しい形の角帽——アナトオル・フランスの髯がゆれる、動く。——僕憮然。顎をなでる顎の下の髯ザラザラ。トンネル？　ノオ、横浜駅。——やっ、無遠慮に角帽と耳隠しが歌い出した。大声。歌はキャルメン。ビゼエのキャルメン。……そらトレアドオル。トレドオル、進め、トレアドルすうすうめ。恋人をその胸にしのびながら……「ブルトーゼ」……

柿の赤い実がたわわになった樹……今こそゆけ、トレアドル。——いいですね。……とてもね。微笑。——僕憮然。……チャッチャカチャカチャカチャカチャッチャカチャカチャチャチャカチャカチャ……トレアドルすうすうめ、今こそゆけ。トレアドル……トンネル。暗々。トレアドル、トレアドル。〜〜〜〜〜誰かがマッチをすった。角帽のひさしが光った。耳かくしのプロフィルが……歌は更に続く。（昨日の僕「驚いたなあ。少し乱暴だ。」今日の僕「いいや、そうじゃないこれでいいのだ。」）……歌はまだ……今度はマッスネエのエレジイ。……（昨日の僕「実に不愉快だ。」今日の僕「実に愉快だ。」）……カルピス……黒ン坊の赤い唇……声は続く……屋根の上のイチハツが黄く枯れている。……今度はサンソンとダリラ。やい。「昨日」の亡霊め、三等列車の中で、歌がうたえるか。……新鎌倉。……（建築雑誌の口絵見本そのままの文化家屋四五軒。——人の気のない整然とした往還）……汽車は大弧を描いて体軀右傾、頭左傾して走る。……サンソオオン……歌。……通りがかった車掌がチラリいやな顔。……僕DA CAPOを喫む。――鎌倉。かまくら。……『さよなら』耳隠し立ち上る。……産婆学校らしい女学生。――大学生角帽に手を当てて、敬礼。――微笑。僕起立。――プラットフォム。内の角帽と外の耳隠し　微笑（明日の約束。希望。）……僕の顔にも微笑。――共感。……汽車発車。……二人に幸福あれ。靴音高らかに僕は二人を強く祝福する。……『新しい一人のアダムを見たのだ。新しい一人のイヴを見たのだ。……僕も負けまい。……新しい原始だ。』

再度の野蛮だ。万歳！

富士

ベルが歯噛をしている。発車迄に数秒。私は疲れ切った体を左右の手の鞄に押し潰して陸橋を滑り落ちた。暑い滴が鼻先を流れる、流れる。切符指定の三等車（ここだ）

——御免なさい。

私はドッカと二つの鞄を場席に落した。太く私は溜息を衝いた。……途端にゴトンと列車が大きく身をゆすった。車磨石にはずみがついたようにアスファルトのプラットフォムが後退る。次第に早く——

九月×日八時四十五分。梅田発特急。

暑い。暑い。くたくたに体が疲れている。汗が、汗が。だが拭う気にもならない。

隣りの客は搗き立ての粟餅だ。机を引下してガタッと体を載せ掛ける。列車の進行は下肢で感ずる。走っている。ともかく走っている。夜の九時には東京駅。

万歳！　速力よ、速力よ、もっと己を愛撫して呉れ、十日の疲れが一度に出たのだ。もう己は、頼るものもないのだ。速力よ、速力よ。感謝する。頼むから、もっと速く、もっと速く。

ああ、だが、何という疲れだ。義足か？　己の足は、服従を拒絶する。腕は萎えた。乾大根か。それにもまして、己の頭は――

真夏の大阪は魔物だ。吸血鬼だ。十日の間に己の若さも、精力も悉く吸われたのだ。そして、今、残骸がこうやって東海道を。では、これは己の葬列だ。何というみじめな葬式だ。

――だが、十日、己は何をしていた？

ああ、莫迦め、大阪くんだり迄何をしに行ったのだ？……

五日目でよ、（血眼になって探して歩いて、あの暑い暑い大阪をよ、）道頓堀のカフェ・シヤンタンでダンサアをしてやがった。あいつがよ。己の大事な大事なあいつがよ。ダンサアもダンサア、一回十銭の踊子をよ。

一円出すとダンスの切符を十枚呉れる。一度踊れば一枚渡す。汗くさい、淫蕩な切符をよ。己は何を踊ったかな？　ワルツを三度、マンハッタンカクテルを二回、（莫迦、マンハッタンはダンスじゃねえぞ）そうだ、それからフォクス・ツロトを八回。だが、あいつの肩は瘠せていやがった。ふん、この己も一度はあいつの肩に手を掛けたことがあったね、そら、ホテルの帰りにさ。数寄屋橋のタクシの溜へ来る迄にさ。その時、まだ、お前の肩は七面鳥みたいだった。お前は黙って己の……

――いけない。己はその晩お前に負けたんだ。

さわ子、洋妾さわ子、己はお前の手に持った赤い大きな風船球に迷った。くだらない仮装舞踏会だ。

――あたしの壇那はね、神戸の商館の持ち主だわ。イタリヤ人でペドレリというの。支那に戦争があると鉄砲を売るのよ。そりゃ、内証だけど……

もう沢山だ。もう何もかにもわかったんだ。みんな嘘だったんだ。ペドレリも、甲陽の別荘も、支那の戦争も。真実の事はただひとつ、己は欺されたんだ。

疲労、疲労、疲労。文学青年の、碌でなしの己は遥々訪ねて行った女に棄てられて、この若さに――、痴愚と、衰弱を晒って呉れ。一度は真面目な作家となろうと考えた事もある。病弱と無気力と、意志薄弱が、情無い今日を生んだ。

「もう、不換紙幣は通用しません」

舟は出た。

残された巌流だ。

もう己は一生文筆をもって立つ望みはなくなった。

女の中の屑の屑の、犬畜生にも劣る女に棄てられた。そして、今は疲れた。疲れた、莫迦、莫迦。

……おお、だが、ただここに、たった一つ、今、己の心を慰めて呉れる揺籃の曲がある。

速力だ。速力だ。後生だからもっと速く、お願いだからもっと速く、たのむからもっと速く

……

――あの、一寸伺いますが
可哀いい声。私は卒然と目を上げた。カアキイ色の兵隊の目が私に挨拶している。私は直感的に好意を持った。田舎の農家のすれていない悴だろう？　肩章は一等卒、きっと頰の赤い許嫁が国に……
――何か御用ですか、
兵隊の目が落ちた、旅行案内の上に。だが何の用？　待遠い。目が、低い快活な鼻と一緒に浮き上った。(期待)
――あの、富士はまだ見えないでしょうか。
――ナニ富士が？
汽車は岡崎の手前を走っている。
私は決然と
――ええ、未だ見えません。
そっけもなく答え心の中で哂った。富士なんぞ！
兵隊の顔の落胆。
(こっちはそれどころじゃない、どうすりゃいいんだ、明日から？)心が重い。心が重い。
拝む、走って。お願いだ、走って。
――あの、富士は見えませんでしょうか。

兵隊がまた問うた。

——見えません。

富士どころか、己はどうにもならないんだ。

食堂車。

まずい定食、無目的なサイダア——

己はビイタをまぜたコニャクをあおる。

ぼかしの色源へ近づく汽車。夕暗、重い心。

——あの、富士は未だ見えませんでしょうか。

兵隊の声がひどく憂色を帯びて来た。ふいと私は何故か気軽るに訊ねた（Capricel）

——どうして君はそんなに富士が気になるのです？

兵士の顔の喜色。——話し出した。息もつぎはしない。朝鮮の羅南へ入営して、今度選抜されて千葉の歩兵学校へ入る事、その途中である事、朝鮮で生れたので絵だけでしか富士を見た事がない、是非一度みたいと思っている事、……

富士＝希望

ああ、何という為合せな男だろう。この男は希望を持っているのだ。希望を、私がいつか町角で失くした希望を。……純な願を……

午後六時の裾野は濃い緑色に煙っている。水蒸気が多いせいか……

兵隊は首を窓から出したきりだ。

同情。（だがどうしてやりようもない）

兵隊の旅行案内の上の食べ掛けの林檎が歯の跡から赤く錆びて来た。

私は何の希望もない青年だ。曾てはそんなものを持った事もある。だが、いつか私は失くしてしまった、人生の四辻で。意志薄弱で、怠け者で——若い潑剌たる隣人よ、私はもう何をする気力もない。身も心も疲れ荒んでいる。せめて、君の感激で自分にももう一度、光明と希望とが帰れば……

新鮮な隣人よ、君に同情する。しかし、どうして上げる事も出来ない。今日のような水蒸気の多い空に富士は中々見えるものじゃあない。見えるなら、疾うに見えている筈だ。見えるものか……だが、まてよ、見えるかも知れないぞ、見えないかも知れないと同様に、……見えるもしかしたら、雲が晴れて、……奇蹟で……ああ奇蹟で、万一……

（Speculation の誕生！）

——見えました。

息苦しいが希望的な声、思わず私も空を見上げた。Ah! 雲が霽れて、九月×日の富士が、しずかに、裾濃に、夕焼空に劃然と……

——ああ、綺麗ですなあ、素晴しいですなあ、実に立派ですなあ、奇麗ですなあ、素晴しいですなあ、実に立派ですなあ、……（貧しい語彙、充実した感激）

…………

…………

裾野駅がめまぐるしく流れてゆく。兵隊は動かない。もう声も出さない。

……さぞ、うれしいだろう。だが他人の事じゃない。自分もだ、自分もだ。ええい、今日迄の虚偽の生活はおしまいだ。新しい希望だ。新しい生命だ。

何か新しい希望がある。それが何か？ そんな事はどうでもいい。何かだ、何物かだ。必ずある。進むんだ。進むんだ。速力よ。速力よ。速力よ。私はお前よりも疾く走るものを感じている。お前は今では私の奴隷だ。進め！

やっと腰を卸した兵隊が満足げに言った。

——実に綺麗でしたねえ。

——ええ本当に。

（軽い返事）旅行案内の上の林檎がふるえる、ふるえる。「速力よ、己は命令する、もっと速く、もっと速く」。

橋

池谷信三郎

池谷信三郎

（1900〜1933）

小説家・劇作家。ベルリン留学中に村山知義と出会い、芸術的に影響を受ける。関東大震災による実家の焼失を機に帰国。小説執筆や劇団活動に力を入れる。片岡鐵兵・川端康成・石濱金作・横光利一と逗子で共同生活を営んだことも。結核により33歳の若さで死去。

橋

初出：「改造」1927年6月号　改造社

底本：『日本現代文學全集67　新感覺派文學集』講談社　1968年

静謐で美しい流れを持つ小説である。わりと長さがあるのに、かなり高度な新感覚派的感触を全編に敷き詰め、物語を覆っている。都会の詳細な描写の中に、ロマンチックな男女の会話や、予審判事との問答がふわりと浮き上がる構成も、リズミカルで巧みである。会話の使い方の上手さは、小説を書くと同時に、戯曲も書いていたからだろうか。上質なフランス映画を観たような余韻が、後に残る。池谷は「文藝時代」の同人ではなかったが、このような実力があれば、一派に認められたのは当然のことであろう。早過ぎる33歳の死が惜しまれる、豊かな才能である。その仕事は全集として、横光利一・川端康成・中河與一によって、一巻本にまとめられている。

人と別れた瞳のように、水を含んだ灰色の空を、大きく環を描き乍ら、伝書鳩の群が新聞社の上空を散歩していた。煙が低く空を這って、生活の流れの上に溶けていた。

1

黄昏が街の燈火に光りを添え乍ら、露路の末迄浸みて行った。

雪解けの日の夕暮。――都会は靄の底に沈み、高い建物の輪廓が空の中に消えた頃、上層の窓にともされた灯が、霧の夜の燈台のように瞬いていた。

果物屋の店の中は一面に曇った硝子《ガラス》の壁に取り囲まれ、彼が毛糸の襟巻の端で、何んの気なしにSと大きく頭文字を拭きとったら、ひょっこり靄の中から蜜柑とポンカンが現われた。女の笑顔が蜜柑の後ろで拗ねていた。彼が硝子の戸を押して這入って行くと、女はつんとして、ナプキンの紙で拵えた人形に燐寸《マッチ》の火をつけていた。人形は燃え乍ら、灰皿の中に崩れ落ちて行った。燐寸の箱が粉々に卓子《テーブル》の上に散らかっていた。

——遅かった。

——どうかしたの？

——……

——クリイムがついていますよ、口の廻りに。

——そう？

——僕は窓を見ていると、あれが人間の感情を浪漫的にする麗しい象徴だと思うのです。

——そう？

——今も人のうようよと吐き出される会社の門を、僕もその一人となって吐き出されて来たのです。無数の後姿が、僕の前をどんどん追い越して、重なり合って、妙に淋しい背中の形を僕の瞳に残し乍ら、皆んなすいすいと消えて行くのです。街はひどい霧でね、その中にけたたましい電車の鈴《ベル》です自動車の頭燈《ヘッドライト》です。光りが廻ると、その輪の中にうようよと音もなく蠢く、丁度海の底の魚群のように、人、人、人、人、……僕が眼を上げると、ほら、あすこのデパアトメントストオアね、もう店を閉じて燈火は消えているのです。建物の輪廓が靄の中に溶けこんで、まるで空との境が解らないのです。すると、ぽつんと思いがけない高い所に、たった一つ、灯が這入っているのです。あすこの事務室で、きっと残務をとっている人々なのでしょう。僕は、……

――まあ、お饒舌りね、あんたは。どうかしてるんじゃない、今日？

――どうしてです。

――だって、だって眼に一杯涙をためて。

――霧ですよ。霧が睫毛にたまったのです。

――あなたは、もう私と会って下さらないおつもりなの？

――だって君は、どうしても、橋の向うへ僕を連れてってくれないんですもの。だから、……

女は急に黙って了った。彼女の顔に青いメランコリヤが、湖の面を走る雲の影のように動いて行った。暫くして、

――いらっしてもいいのよ。だけど、……いらっしゃらない方がいいわ。

町の外れに橋があった。橋の向うはいつでも霧がかかっていた。女はその橋の袂へ来ると、きまって、さよなら、と云った。そうして振り返りもせずに、さっさと橋を渡って帰って行った。彼はぼんやりと橋の袂の街燈に凭りかかって、靄の中に消えて行く女の後姿を見送っている。女が口吟んで行く「マズルカ」の曲に耳を傾けている。それからくるりと踵を返して、あの曲りくねった露路の中を野犬のようにしょんぼりと帰って来るのだった。

炭火のない暗い小部屋の中で、シャツをひっぱり乍ら、あの橋の向うの彼女を知る事が、最近の彼の憧憬になっていた。だけど、女が来いと云わないのに、彼がひとりで橋を渡って

行く事は、彼にとって、負けた気がして出来なかった。女はいつも定った時間に、蜜柑の後ろで彼を待っていた。女はシイカと云っていた。それ以外の名も、又どう書くのかさえも、彼は知らなかった。どうして彼女と識り合ったのかさえ、もう彼には実感がなかった。

2

夜が都会を包んでいた。新聞社の屋上庭園には、夜風が葬式のように吹いていた。一つの黒い人影が、ぼんやりと欄干から下の街を見下していた。大通りに沿って、二条に続いた街燈の連りが、限りなく真直ぐに走って、自動車の頭燈《ヘッドライト》が、魚の動きにつれて光る、夜の海の夜光虫のように交錯していた。

階下の工場で、一分間に数千枚の新聞紙を刷り出す、アルバート会社製の高速度輪転機が、附近二十余軒の住民を、不眠性神経衰弱に陥れ乍ら、轟々と廻転をし続けていた。油と紙と汗の臭いが、新大臣のお孫さんの笑顔だとか、花嫁の悲しげな眼差し、或いはイブセン、蔣介石、心中、保険魔、寺尾文子、荒木又右衛門、モラトリアム、……等と一緒に、荒縄でくくられ、トラックに積み込まれて、この大都会を地方へつなぐ幾つかの停車場へ向けて送り出されていた。だから彼が、まるで黒いゴム風船のように、飄然とこの屋上庭園に上って来たとて、誰も咎める人などありはしない。彼はシイカの事を考えていた。モーニングを着たらきっとあなたはよくお似合になるわよ、と云ったシイカの笑顔を。

彼はそっとポケットから、クララ・ボウのプロマイドを取り出して眺めた。屋上に高く聳えた塔の廻りを、さっきから廻転している深海燈が、長い光りの尾の先で、都会の空を撫で乍ら一閃する度に、クララ・ボウの顔がさっと明るく微笑んだが、暗くなると又、むっつりと暗闇の中で物を想い出した。彼女にはそう云う所があった。シイカには。

彼女はいつも、会えば陽気にはしゃいでいるのだったが、マズルカを口吟み乍ら、橋の向うへ消えて行く彼女の後姿は、――会っていない時の、彼の想い出の中に活きている彼女は、シイカは、墓場へ向う路のように淋しく憂鬱だった。

カリフォルニヤの明るい空の下で、溌溂と動いている少女の姿が、世界中の無数のスクリンの上で、果物と太陽の香りを発散した。東洋人独特の淑やかさはあり、それに髪は断ってはいなかったが、シイカの面影にはどこかそのクララに似た所があった。とりわけ彼女が、忘れものよ、と云って、心持首を傾げ乍ら、彼の唇を求める時。シイカはどうしても写真をくれないので、――彼女は、人間が過去と云うものの中に存在していたと云う、確かな証拠を残して置く事を、何故かひどく嫌やがった。彼女はそれ程、瞬間の今の自分以外の存在を考える事を恐れていた。――だから、仕方なく彼はそのアメリカの女優のプロマイドを買って来て、鼻の所を薄墨で少し低く直したのであった。

彼がシイカといつものように果物屋の店で話をしていた時、Sunkist と云う字が話題に上った。彼はきっと、それは太陽《サン》に接吻《キッス》されたと云う意味だと主張した。カリフォルニヤはいつも明るい空の下に、果物が一杯実っている。あすこに君によく似たクララが、元気に、男の心の中に咲いた春の花片を散らしている。――貞操を置き忘れたカメレオンのように、陽気で憂鬱で、……

するとシイカが急に、丁度食べていたネーブルを指さして、どうしてこれネーブルって云うか知ってて？　と訊いた。それは伊太利のナポリで、……と彼が云いかけると、いいえ違ってよ。これは英語の navel、お臍って字から訛って来たのよ。ほら、ここんとこが、お臍のようでしょう。英語の先生がそう云ったわよ、とシイカが笑った。アリストテレスが云ったじゃないの、万物は臍を有す、って。そして彼女の真紅な着物の薊の模様が、ふっくらとした胸の所で、激しい匂いを撒き散らし乍ら、揺れて揺れて、……こんな事を想い出していたとて仕方がなかった。彼は何をしにこんな夜更、新聞社の屋上に上って来たのだったか。

彼はプロマイドを蔵うと、そっと歩きだした。鳩の家の扉を開けると、いきなり一羽の伝書鳩を捕えて、マントの下にかくした。

3

デパアトメントストオアには、あらゆる生活の断面が、丁度束になった葱の切口のように眼に沁みた。

十本では指の足りない貴婦人が、二人の令嬢の指を借りて、ありったけの所有のダイヤを光らせていた。若い会社員は妻の購買意識を散漫にする為に、いろいろと食物の話を持ち出していた。母親は、まるでお婿さんでも選ぶように、あちらこちらから娘の嫌やだと云う半襟ばかり選り出していた。娘は実を云うと、自分にひどく気に入ったのがあるのだが、母親に叱られそうなので、顔を赤くして困っていた。孫に好かれたい一心で、玩具の喇叭を万引しているお爺さんがいた。若いタイピストは眼鏡を買っていた。これでもう、接吻をしない時でも男の顔がはっきり見えると喜び乍ら。告示板を利用して女優が自分の名前を宣伝していた。妹が見合をするのに、もうお嫁に行った姉さんの方が、余計胸を躍らせていた。主義者がパラソルの色合いの錯覚を利用して、尾行の刑事を撒いていた。同性愛に陥った二人の女学生は、手をつなぎ合せ乍ら、可憐《いじら》しそうに、お揃いの肩掛を買っていた。エレベーターが丁度定員になったので、若夫婦にとり残された母親が、ふいと自分の年を想い出して、急に淋しそうに次のを待っていた。独身者が外套のハネを落す刷毛《ブラシ》を買っていた。ラジオがこの人混みの中で、静かな小夜曲《セレナーデ》を奏していた。若い女中が奥さんの眼をかすめて、そっと高砂の式台の定価札をひっくり返して見た。屋上庭園では失恋者が猿にからかっていた。喫煙室では地所の売買が行われていた。待ち呆けを喰わされた男が、時計売場の前で、頻りと時間を気にしていたが、気の毒な事に、そこに飾られた無数の時計は、世界中のあらゆる都市の時間を示していた。…………

三階の洋服売場の前へひょっこりと彼が現れた。

——モーニングが欲しいんだが。

——はあ、お誂えで？

——今晩是非要るのだが。

——それは、……

困った、と云った顔付で店員が彼の身長を米突《メートル》法に換算した。彼は背伸びをしたら、紐育《ニューヨーク》の自由の女神が見えはすまいかと云うような感じだった。暫く考えていた店員は、何か気がついたらしく、そうそう、と昔なら膝を打って、一着のモーニングをとり出して来た。実はこれはこの間やりました世界風俗展で、巴里《パリ》の人形が着ていたのですが、と云った。

すっかり着込むと、彼は見違える程シャンとして、気持が、その粗い縞のズボンのように明るくなって了った。階下にいる家内にちょっと見せて来る、と彼が云った。如何にも自然なその云いぶりや挙動で、店員は別に怪しみもしなかった。では、この御洋服は箱にお入れして、出口のお買上品引渡所へお廻し致して置きますから、……

所が、エレベーターはそのまま、すうっと一番下迄下りて了った。無数の人に交って、ゆっくりと彼は街に吐き出されて行った。

もう灯の入った夕暮の街を歩き乍ら彼は考えた。俺は会社で一日八時間、この国の生産を人口で割っただけの仕事は充分過ぎる程している。だから、この国の贅沢を人口で割っただけの事をしてもいい訳だ。電車の中の公衆道徳が、個人の実行に依って完成されて行くように、俺のモーニングも、……それから、彼はぽかんとして、シイカがいつもハンケチを、左の手首の所に巻きつけている事を考えていた。

今日はホテルで会う約束だった。シイカが部屋をとっといてくれる約束だった。

——蒸すわね、スチイムが。

そう云ってシイカが窓を開けた。そのままぼんやりと、低い空の靄の中に、無数の燈火が溶けている街の風景を見下し乍ら、彼女がいつものマズルカを口吟んだ。このチャイコフスキイのマズルカが、リラの発音で、歌詞のない歌のように、彼女の口を漏れて来ると、不思議な哀調が彼の心の奥底に触れるのだった。ことに橋を渡って行くあの別離の時に。

――このマズルカには悲しい想い出があるのよ。といつかシイカが彼を憂鬱にした事があった。

――黒鉛ダンスって知ってて？

いきなりシイカが振り向いた。

――いいえ。

――チアレストンよりもっと新らしいのよ。

――僕はああ云うダアティ・ダンスは嫌いです。

――まあ、可笑しい。ホ、、、、。

このホテルの七階の、四角な小部屋の中に、たった二人で向い合っている時、彼女が橋の向うの靄の中に、語られない秘密を残して来ていようなどとはどうして思えようか。彼女は春の芝生のように明るく笑い、マクラメ・レースの手提袋から、コンパクトをとり出して、一通り顔を直すと、いきなりポンと彼の鼻の所へ白粉をつけたりした。

――私のお友達にこんな女があるのよ。靴下止めの所に、いつも銀の小鈴を結えつけて、歩く度にそれがカラカラと鳴るの。ああやっていつでも自分の存在をはっきりさせて置きたいのね。女優さんなんて、皆んなそうかしら。

――君に女優さんの友達があるんですか？

――そりゃあるわよ。

――君は橋の向うで何をしてるの？

――そんな事、訊かないって約束よ。

――だって、……

――私は親孝行をしてやろうかと思ってるの。

――お母さんやお父さんと一緒にいるんですか？

――いいえ。

――じゃ？

――どうだっていいじゃないの、そんな事。

――僕と結婚して欲しいんだが。

シイカは不意に黙って了った。やがて又、マズルカがリラリラと、かすかに彼女の唇を漏れて来た。

――駄目ですか？

――……

――え？

――可笑しいわ。可笑しな方ね、あんたは。

そして彼女はいつもの通り、真紅な着物の薊の模様が、ふっくらとした胸の所で、激しい匂いを撒き散らし乍ら、揺れて揺れて、笑ったが、彼女の瞳からは、涙が勝手に溢れていた。

暫くすると、シイカは想い出したように、卓子《テーブル》の上の紙包みを解いた。その中から、美しい白耳義《ベルギー》産の切子硝子《カットガラス》の菓子鉢を取り出した。それを高く捧げて見た。電燈の光がその無数の断面に七色の虹を描き出して、彼女はうっとりと見入っていた。

彼女の一重瞼をこんなに気高いと思った事はない。彼女の襟足をこんなに白いと感じた事はない。彼女の胸をこんなに柔かいと思った事はない。

切子硝子がかすかな音を立てて、絨氈の敷物の上に砕け散った。大事そうに捧げていた彼女の両手がだらりと下った。彼女は二十年もそうしていた肩の凝りを感じた。何かしらほっとしたような気安い気持になって、いきなり男の胸に顔を埋めて了った。

彼女の薬指にオニックスの指輪の跡が、赤く押されて了った。新調のモーニングに白粉の粉がついて了った。貞操の破片が絨氈の上でキラキラと光っていた。

卓上電話がけたたましく鳴った。

――火事です。三階から火が出たのです。早く、早く、非常口へ！

廊下には、開けられた無数の部屋の中から、けたたましい電鈴の音。続いて丁度泊り合せていた露西亜《ロシア》の歌劇団の女優連が、寝間着姿のしどけないなりで、青い瞳に憂鬱な恐怖を浮べ、まるでソドムの美姫のように、赤い電燈の点いた非常口へ殺到した。ソプラノの悲鳴が、不思議な斉唱を響かせて。……彼女達は、この力強い効果的な和声《ハアモニィ》が、チァイコフスキイのでもなく、又リムスキイ・コルサコフのでもなく、全く自分達の新らしいものである事に驚いた。部屋の戸口に、新婚の夫婦の靴が、互いにしっかりと寄り添うようにして、睦しげに取り残されていた。

ＺＩＧ・ＺＡＧに急な角度で建物の壁に取りつけられた非常梯子を伝って、彼は夢中でシイカを抱いたまま走り下りた。シイカの裾が梯子の釘にひっかかって、ビリビリと裂けて了った。見下した往来には、無数の人があちこちと、虫のように蠢いていた。裂かれた裾の下にはっきりと意識される彼女の肢の曲線を、溶けて了うように固く腕に抱きしめ乍ら、彼は夢中で人混みの中へ飛び下りた。

――裾が破けて了ったわ。私はもうあなたのものね。

橋の袂でシイカが云った。

4

暗闇の中で伝書鳩がけたたましい羽搏きをし続けた。

彼はじいっと眠られない夜を、シイカの事を考え明すのだった。彼はシイカとそれから二三人の男が交って、一緒にポオカアをやった晩の事を考えていた。自分の手札をかくし、お互いに他人の手札に探りを入れるようなこの骨牌のゲームには、絶対に無表情な、仮面のような、平気で嘘をつける顔付が必要だった。この特別の顔付をPoker-faceと云っていた。――シイカがこんな巧みなポオカア・フェスを作れるとは、彼は実際びっくりして了ったのだった。

お互いに信じ合い、恋し合っている男女が、一遍このポオカアのゲームをして見るがいい。忍びこんだメフィストの笑いのように、暗い疑惑の戦慄が、男の全身に沁みて行くであろうから。

あの仮面の下の彼女。何んと巧みな白々しい彼女のポオカア・フェス！――橋の向うの彼女を知ろうとする激しい欲望が、嵐のように彼を襲って来たのは、あの晩からであった。勿論彼女は大勝ちで、マクラメの手提袋の中へ無雑作に紙幣束を押し込むと、晴やかに微笑み乍ら、白い腕をなよなよと彼の首に捲きつけたのだったが、彼は石のように無言のまま、彼女と別れて来たのだった。橋の所迄送って行く気力もなく、川岸へ出る露路の角で別れて了った。

シイカはちょっと振り返ると、訴えるような暗い眼差しを、ちらっと彼に投げかけたきり、くるりと向うを向いて、だらだらと下った露路の坂を、風に吹かれた秋の落葉のように下りて行った。……

彼はそっと起き上って蠟燭をつけた。真直ぐに立上って行く焔を凝視《みつめ》ているうちに、彼の眼の前に、大きな部屋が現れた。氷ったようなその部屋の中に、シイカと夫と彼等の子とが、何年も何年も口一つきかずに、各々憂鬱な眼差しを投げ合って坐っていた。――そうだ、ことに依ると彼女はもう結婚しているのではないかしら？

すると、今度は暗い露路に面した劇場の楽屋口が、その部屋の情景にかぶさってダブって来た。――そこをこっそり出て来るシイカの姿が現れた。ぐでんぐでんに酔払った紳士が、彼女を抱えるようにして自動車に乗せる。車はそのままいずれへともなく暗の中に消えて行く。……

彼の頭が段々いらだって来た。丁度仮装舞踏会のように、自分と踊っている女が、その無表情な仮面の下で、何を考えているのか。若しそっとその仮面を、いきなり外して見たならば、女の顔の上に、どんな淫蕩な多情が、章魚の肢のように揺れている事か。或いは又、どんな純情が、夢を見た赤子の唇のようにも無邪気に、蒼白く浮んでいる事か。シイカが橋を渡る迄決して外した事のない仮面が、仄の明りの中で、薄気味悪い無表情を示して、ほんのりと浮び上っていた。

彼は絶間ない幻聴に襲われた。幻聴の中では、彼の誠意を嗤うシイカの蝙蝠のような笑声を聞いた。かと思うと、何か悶々として彼に訴える、清らかな哀音を耳にした。

蠟涙が彼の心の影を浮べて、この部屋のたった一つの装飾の、銀製の蠟燭立てを伝って、音もなく流れて行った。彼の空想が唇のように乾いて了った頃、嗚咽がかすかに彼の咽喉につまって来た。

5

——私は、ただお金持の家に生れたと云うだけの事で、そりゃ不当な侮蔑を受けているのよ。私達が生活の事を考えるのは、もっと貧しい人達が贅沢の事を考えるのと同じように空想で、必然性がない事なのよ。それに、家名だとか、エチケットだとか、そう云う無意義な重荷を打ち壊す、強い意志を育ててくれる、何らの機会も環境も、私達には与えられていなかったの。私達が、持て余した一日を退屈と戦い乍ら、刺繍の針を動かしている事が、どんな消極的な罪悪であるかと云う事を、誰も教えてくれる人なんかありはしない。私達は自分でさえ迷惑に思っている歪められた幸運の為に、あらゆる他から同情を遮られているの。私、別に同情なんかされたくはないけど、ただ不当に憎まれたり、蔑まれたりしたくはないわ。

——君の家はそんなにお金持なの？

——ええ、そりゃお金持なのよ。銀行が取付けになる度に、お父さまの心臓はトラックに積まれた荷物のように飛び上るの。

——ほう。

——この間、一緒に女学校を出たお友達に会ったのよ。その方は学校を出ると直ぐ、或る社会問題の雑誌にお入りになって、その方で活動してらっしゃるの。私がやっぱりこの話を持ち出したら、笑い乍らこう云うの。自分達はキリストと違って、全ての人類を救おうとは思っていない。共通な悩みに悩んでいる同志を救うんだ、って。あなた方はあなた方同志で救い合ったらどう？　って。だから、私がそう云ったの。私達には自分だけを救う力さえありゃしない。そんなら亡んで了うがいい、ってそう云うのよ、その女は。それが自然の法則だ。自分達は自分達だけで血みどろだ、って。だから、私が共通な悩みって云えば、人間は、丁度地球自身と同じように、この世の中は、階級と云う大きな公転を続け乍ら、その中に、父子、兄弟、夫婦、朋友、その他あらゆる無数の私転関係の悩みが悩まれつつ動いて行くのじゃないの、って云うと、そんな小っぽけな悩みなんか踏み越えて行って了うんだ。自分達は小ブルジョア階級のあげる悲鳴なんかに対して、断然感傷的になっては居られない。だけど、あなたにはお友達甲斐に良い事を教えてあげるわ。——恋をしなさい。あなた方が恋をすれば、それこそ、あらゆる倦怠と閑暇を利用して、清らかに恋し合えるじゃないの。あらゆる悩みなんか、皆んなその中に熔かしこんで了うようにね。そこへ行くと自分達は主義の仕事が精力の九割を割いている。後の一割でしか恋愛に力を別たれない。だから、自分達は一人の恋人なんかを守り続けてはいられない。それに一人の恋人を守ると云うことは、一つの偶像を作る事だ。一つの概念を作る事だ。それは主義の最大の敵だ。だから、……そんな事を云うのよ。私、何んだか、心の在所が解らないような、頼りない気がして来て、……

——君はそんなに悩み事があるの？

——私は母が違うの。ほんとのお母さんは私が二つの時に死んで了ったの。

——え？

——私は何んとも思っていないのに、今のお継母さんは、私がまだ三つか四つの頃、まだ意識がやっと牛乳の罎から離れた頃から、もう、自分を見る眼付きの中に、限りない憎悪の光が宿っているって、そう云っては父を困らしたんですって。お継母さんはこう云うのよ。つまり私を生んだ母親が、生前、自分の夫が愛情を感ずるあらゆる女性に対して懐いていた憎悪の感情が、私の身体の中に、蒼白い潜在意識となって潜んでいて、それがまだあどけない私の瞳の底に、無意識的に、暗の中の黒猫の眼のように光っているんだ、ってそう云うのよ。私が何かにつけて、物事を僻んでいやしないかと、しょっちゅうそれを向うで僻んでいるの。父は継母に気兼ねして、私の事は何んにも口に出して云わないの。継母は早く私を不幸な結婚に追いやって了おうとしているの。そしてどんな男が私を一番不幸にするか、それはよく知っているのよ。継母は自分を苦しめた私を、私はちょっともお継母さんを苦しめた事なんかありはしないのに、私が自分より幸福になる事をひどく嫌がっているらしいの。そんなに迄人間は人間を憎しめるものかしら。……中で、私を一番不幸にしそうなのは、或る銀行家の息子なの。ヴァイオリンが上手で、困った事に私を愛しているのよ。この間、仲人の人が是非その男のヴァイオリンを聞けと云って、私に電話口で聞かせるのよ。お継母さんがどうしても聞けって云うんですもの。後でお継母さんが出て、大変結構ですね、今、娘が大変喜んで居りました、なんて云うの。私その次に会った時、この間の軍隊行進曲《マーチ》は随分良かったわね、ってそ云ってやったわ。ほんとはマスネエの逝く春を惜しむ悲歌《エレジィ》を弾いたんだったけど。皮肉って云や、そりゃ皮肉なのよ、その人は。いつだったか一緒に芝居へ行こうと思ったら、髭も剃っていないの。そう云ってやったら、済した顔をして、いや一遍剃ったんですが、あなたのお化粧を待っているうちに、又伸びて了ったんですよ。どうも近代の男は、女が他の男の為に化粧しているのを、ぽかんとして待っていなければならない義務があるんですからね、全く、……って、こうなのよ。女を軽蔑することが自慢なんでしょう。軽蔑病にかかっているのよ。何んでも他のものを軽蔑しさえすれば、それで自分が偉くなったような気がするのね。近代の一番悪い世紀病にとっつかれているんだわ。今度会ったら紹介して上げるわね。

——君は、その人と結婚するつもり？

シイカは突然黙って了った。

——君は、その男が好きなんじゃないの？

シイカはじっと下唇を噛んでいた。一歩毎に震動が唇に痛く響いて行った。

——え？

彼が追っかけるように訊いた。

——ええ、好きかも知れないわ。あなたは私達の結婚式に何を送って下さること？

突然彼女がポロポロと涙を零した。

彼の突き詰めた空想の糸が、そこでぽつりと切れて了い、彼女の姿は又、橋の向うの靄の中に消えて了った。彼の頭の中には疑心と憂鬱と焦慮と情熱が、まるでコクテイル・シェークのように攪き廻された。彼は何をしでかすか解らない自分に、監視の眼を見張り出した。

川沿いの並木道が長く続いていた。二人の別れる橋の灯が、遠く靄の中に霞んでいた。街燈の光りを浴びた蒼白いシイカのポオカア・フェスが、かすかに微笑んだ。

——今日の話は皆んな嘘よ。私のお父さんはお金持でもなければ何んでもないの。私はほんとは女優なの。

——女優？

——まあ、驚いたの。嘘よ。私は女優じゃないわ。女が瞬間に考えついた素晴しい無邪気な空想を、一々ほんとに頭に刻みこんでいたら、あなたは今に狂人になって了ってよ。

——僕はもう狂人です。こら、この通り。

彼はそう云い乍ら、クルリと振り向いて、女と反対の方へどんどん、後ろも見ずに馳け出して行って了った。

シイカはそれを暫く見送ってから、深い溜息をして、無表情な顔を懶げに立て直すと、憂鬱詩人レナウのついた一本の杖のように、とぼとぼと橋の方へ向って歩き出した。

彼女の唇をかすかに漏れて来る吐息と共に、落葉を踏む跫音のように、……

君は幸あふれ、
われは、なみだあふる。

6

いつもの果物屋で、彼がもう三十分も待ち呆けを喰わされていた時、電話が彼にかかって来た。

——あなた？　御免なさい。私、今日はそっちへ行けないのよ。……どうかしたの？

——いいえ。

——だって黙って了って、……怒ってるの？

——今日の君の声はなんて冷たいのかしら。

——だって、雪が電線に重たく積っているんですもの。

——どこにいるの、今？

——帝劇に居るの。あなた、いらっしゃらない事？……この間話したあの人と一緒なのよ。紹介して上げるわ。……今晩はチァイコフスキイよ。オニエギン、……

——オニエギン？

——ええ。……来ない？

——行きます。

その時彼は電話を通して、低い男の笑声を聞いた。彼は受話機をかけるといきなり帽子を握った。頰っぺたをはたかれたハルレキンのような顔をして、彼は頭の中の積木細工が、不意に崩れて行くかすかな音を聞いた。

街には雪が蒼白く積っていた。街を長く走っている電線に、無数の感情がこんがらかって軋んで行く気味の悪い響が、この人通りの少い裏通りに轟々と響いていた。彼は耳を掩うように深く外套の襟を立てて、前屈みに蹌踉いて行った。眼筋が働きを止めて了った視界の中に、重なり合った男の足跡、女の足跡。ここにも感情が縺れ合ったまま、冷え切った燃えさしのように棄てられてあった。

いきなり街が明るく光り出した。劇場の飾燈が、雪解けの靄に七色の虹を反射させていた。入口にシイカの顔が微笑んでいた。鶸色の紋織の羽織に、鶴の模様が一面に絞り染めになっていた。彼女の後ろに身長の高い紳士が、エチケットの本のように、淑やかに立っていた。

二階の正面に三人は並んで腰をかけた。シイカを真中に。……彼は又頭の中の積木細工を一生懸命で積み始めた。

幕が開いた。チャイコフスキイの朗らかに憂鬱な曲が、静かにオーケストラ・ボックスを漏れて来た。指揮者のバトンが彼の胸をコトン、コトン！　と叩いた。

舞台一面の雪である。その中にたった二つの黒い点、オニエギンとレンスキイが、真黒な二羽の鴉のように、不吉な嘴を向き合せていた。

彼は万年筆をとり出すと、プログラムの端へ急いで書きつけた。

（失礼ですが、あなたはシイカをほんとに愛しておいでですか？）

プログラムはそっと対手の男の手に渡された。男はちょっと顔を近寄せて、すかすようにしてそれを読んでから、同じように万年筆をとりだした。

(シイカは愛されない事が愛された事なのです。)

——まあ、何？　二人で何を陰謀をたくらんでいるの？

シイカがクックッと笑った。プログラムは彼女の膝の上を右へ左へ動いた。

(そんな無意義なパラドックスで僕を愚弄しないで下さい。僕は奮慨しているんですよ。)

(僕の方が余っ程奮慨してるんですよ。)

(あなたはシイカを幸福にしてやれると思ってますか。)

(シイカを幸福に出来るのは、僕でもなければ、又あなたでもありません。幸福は彼女の側へ近づくと皆んな仮面を冠って了うのです。)

(あなたからシイカの事を説明して頂くのは、お断りし度いと思うのですが。)

(あなたも亦、彼女を愛している一人なのですか。)

——うるさいわよ。

シイカがいきなりプログラムを丸めて了った。舞台の上では轟然たる一発の銃声。レンスキイの身体が枯木のように雪の中に倒れ伏した。

——立て！

いきなり彼が呶鳴った。対手の男はぎくとして、筋を引いた蛙の肢のように立上った。シイカはオペラグラスを膝の上に落した。彼はいきなり男の腰を力任かせに突いた。男の身体はゆらゆらと蹌踉めいたと思ったら、そのまま欄干を越えて、どさりと一階の客席の真中に墜落して了った。わーっ！　と云う叫び声。一時に立上る観客の頭、無数の瞳が上を見上げた。舞台では、今死んだ筈のレンスキイがむっくりと飛び上った。音楽がはたと止った。客席のシャンドリエに燈火が入った。叫び声！

シャンドリエの光が大きく彼の眼の中で揺れ始めた。いきなり力強い腕が彼の肩を摑んだ。ピントの外れた彼の瞳の中に、真蒼なシイカの顔が浮んでいた。広く瞠いた瞳の中から、彼女の感情が皆んな消えて行って了ったように、無表情な彼女の顔。白々しい仮面のような彼女の顔。――彼はただ、彼女が、今、観客席の床の上に一箇所の斑点のように、圧しつぶされて了ったあの男に対して、何んらの感情も持ってはいなかった事を知った。そして、彼女の為に人を殺したこの自分に対して、憎悪さえも感じていない彼女を見た。

7

街路樹の新芽が眼に見えて青くなり、都会の空に香わしい春の匂いが漂って来た。松の花粉を浴びた女学生の一群が、故もなく興奮し切って、大きな邸宅の塀の下を、明るく笑い乍ら帰って行った。もう春だわね、と云ってそのうちの一人が、ダルクローズのように思い切って両手を上げ、深呼吸をした拍子に、空中に幾万となく数知れず浮游していた蚊を、鼻の中に吸いこんで了った。彼女は顰め面をして鼻を鳴らし始めた。明るい陽差しが、軒に出された風露草《グラニャ》の植木鉢に、恵み多い光りの箭をそそいでいた。

取調べは二月程かかった。スプリング・スーツに着更えた予審判事は、彼の犯行に特種の興味を感じていたので、今朝も早くから、友人の若い医学士と一緒に、極く懇談的な自由な取調べや、智能調査、精神鑑定を行った。以下に書きつけられた会話筆記は、その中から適宜に取り出した断片的の覚書である。

問。被告は感情に何かひどい刺戟を受けた事はないか？

答。橋の向うの彼女を知ろうとする激しい慾求が、日夜私の感情をいらだたせていました。

問。それを知ったら、被告は幸福になれると確信していたのか？

答。却って不幸になるに違いないと思っていました。

問。人間は自分を不幸にする事の為に、努力するものではないと思うが。

答。不確実の幸福は確実な不幸より、もっと不幸であろうと思います。

問。被告の知っている範囲で、その女はどんな性格を持っていたか？

答。巧みなポオカア・フェスが出来る女でした。だが、それは意識的な悪意から来るのではないのです。彼女は瞬間以外の自分の性格、生活に対しては、何んらの実在性を感じないのです。彼女は自分の唇の紅がついたハンケチさえ、私の手もとに残す事を恐れていました。だから、彼女が素晴らしい嘘をつくとしても、それは彼女自身にとっては確実なイメエジなのです。彼女が自分を女優だと云う時、事実彼女は、どこかの舞台の上で、華やかな花束に囲まれた事があるのです。令嬢だと云えば、彼女は寝床も上げた事のない懶い良家の子女なのです。それが彼女の強い主観なのです。

問。そう解っていれば、被告は何もいらいら彼女を探ることはなかったではないか。

答。人間は他人の主観の中に、決して安息していられるものではありません。あらゆる事実に冷やかな客観性を与えたがるものなのです。太陽が地球の廻りを巡っている事実だけでは満足しないのです。自分の眼を飛行機に乗せたがるのです。

問。その女は、被告の所謂橋の向うの彼女に就いて、多く語った事があるか？

答。よく喋る事もあります。ですが、それは今云った通り、恐らくはその瞬間に彼女の空想に映じた、限りない嘘言の連りだったと思います。若しこっちから推理的に質問を続けて行けば、彼女は直ぐと、水を離れた貝のように口を噤んで了うのです。一時間でも二時間でも、まるで彼女は、鍵のかかった抽斗のように黙りこんでいるのです。

問。そんな時、被告はどんな態度をとるのか？

答。黙って爪を剪っていたり、百人一首の歌を一つ一つ想い出して見たり、……それに私は工場のような女が嫌いなのです。

問。被告は自分自身の精神状態に就いて、異常を認めるような気のした事はないか？

答。私を狂人だと思う人があったなら、その人は、ガリレオを罵ったピザの学徒のような議りを受けるでしょう。

問。被告は、女が被告以外の男を愛している事実にぶつかって、それで激したのか。

答。反対です。私は彼女が何人の恋人を持とうと、何人の男に失恋を感じようと、そんな事は構いません。何故ならば彼女が私と会っている瞬間、彼女はいつも私を愛していたのですから。そして、瞬間以外の彼女は、彼女にとって実在しないのですから。ただ、彼女が愛している男ではなく、彼女を愛している男が、私以外にあると云うことが、堪えられない心の重荷なのです。

問。被告が突き落した男が、彼女を愛していたと云う事は、どうして解ったか？

答。それは、彼が丁度私と同じように、私が彼女を愛しているかどうかを気にしたからです。

問。彼女の貞操観念に対して被告はどう云う解釈を下すか。

答。若し彼女が貞操を守るとしたら、それは善悪の批判からではなく、一種の潔癖、買い立てのハンケチを汚すまいとする気持からなのです。持っているものを壊すまいとする慾望からです。彼女にとって、貞操は一つの切子硝子《カットグラス》の菓子皿なのです。何んかの拍子に、ひょっと落して破って了えば、もうその破片に対して何んの未練もないのです。……それに彼女は、精神と肉体を完全に遊離する術を知っています。だから、例え彼女が、私はあなたのものよ、と云った所で、それが彼女の純情だとは云えないのです。彼女は最も嫌悪する男に、手易く身を任せたかも知れません。そして又、最も愛する男と無人島にいて、清らかな交際を続けて行くかも知れません。

問。判決が下れば、監獄は橋の向うにあるのだが、被告は控訴する口実を考えているか？

答。私は喜んで橋を渡って行きましょう。私はそこで静かに観音経を読みましょう。それから、心行くまで、シイカの幻を愛し続けましょう。

問。何か願い事はないか？

答。彼女に私の形見として、私の部屋にある鳩の籠を渡してやって下さい。それから、彼女に早くお嫁に行くようにすすめて下さい。彼女の幸福を遮る者があったなら、私は脱獄をして、何人でも人殺しをしてやると、そう云っていた事を伝えて下さい。

問。若し何年かの後、出獄して来て、そして街でひょっこり、彼女が仇し男の子供を連れているのに出遇ったら、被告はどうするか。

答。私はその時、ウォタア・ロオリイ卿のように叮嚀にお辞儀をしようと思います。それからしゃっとこ立ちをして街を歩いてやろうかと思っています。

問。被告のその気持は諦めと云う思想なのか。

答。いいえ違います。私は彼女をまだ初恋のように恋しています。彼女は私のたった一人の恋人です。外国の話しにこんなのがあります。二人の相愛の恋人が、山登りをして、女が足を滑らせ、底知れぬ氷河の割目に落ちこんで了ったのです。男は無限の憂愁と誠意を黒い衣に包んで、その氷河の尽きる山の麓の寒村に、小屋を立てて、一生をそこで暮したと云う事です。氷河は一日三尺位の速力で、目に見えず流れているのだそうです。男がそこに、昔のままの十八の少女の姿をした彼女を発見する迄には、少なくも三四十年の永い歳月が要るのです。その間、女の幻を懐いて、嵐の夜もじっと山合いの小屋の中に、彼女を待ち続けたと云うのです。例えシイカが、百人の恋人を港のように巡りつつ、愛する術を忘れた寂寥を忘れに、この人生の氷河の下を流れて行っても、私はいつ迄もいつ迄も、彼女の為に最後の食卓を用意して、秋の落葉が窓を叩く、落漠たる孤独の小屋に、彼女をあてもなく待ち続けて行きましょう。

それから若い医学士は、被告の意識、学力、記憶力、聯想観念、注意力、判断力、感情興奮性等に関して、いろいろ細かい精神鑑定を行った。

女を一番愛した男は？　ショペンハウエル。Mの字のつく世界的音楽家は？　ムゥソルグスキイ、モツァルト、宮城道雄。断髪の美点は？　風吹けば動的美を表す。寝沈まった都会の夜を見ると何を聯想するか？　或る時は、鳴り止まったピアノを。或る時は、秋の空に、無数につるんでいる赤蜻蛉を。等々、………

8

シイカは川岸へ出るいつもの露路の坂を、ひとり下って行った。空には星が冷やかな無関心を象徴していた。彼女にはあの坂の向うの空に光っている北斗七星が、ああやって、いつもの通りの形を持している事が不自然だった。自分の身に今、これだけの気持の変化が起っているのに天体が昨日と同じ永劫の運行を続け、人生が又同じ歩みを歩んで行く事が、何故か彼女にとって、ひどく排他的な意地悪るさを感じさせた。彼女は今、自分が残して来た巷の上に、どんよりと感じられる都会のどよめきへ、ほのかな意識を移していた。

だが、彼女の気持に変化を与え、彼女を憂愁の闇でとざして了った事実と云うのは、劇場の二階から突き落されて、一枚の熊の毛皮のように圧しつぶされて了った、あのヴァイオリンを弾く銀行家の息子ではなかった。又、彼女の為に、殺人迄犯した男の純情でもなかった。

では？……

彼女が籠に入れられた一羽の伝書鳩を受け取り、彼に、さよなら、とつめたい一語を残してあのガランとした裁判所の入口から出て来た時、ホテルへ向うアスファルトの鋪道を、音もなく走って行った一台のダイアナであった。行き過ぎなりに、チラと見た男の顔。幸福を盛ったアラバスタアの盃のように輝かしく、角かくしをした美しい花嫁を側に坐らせて。……

彼女の行いがどうであろうと、彼女の食慾がどうであろうと、決して汚されはしない、たった一つの想い出が、暗い霧の中に遠ざかって行く哀愁であった。

心を唱う最後の歌を、せめて、自分を知らない誰かに聞いて貰い度い慾望が、彼女のか弱い肉体の中に、生を繋ぐ唯一本の銀の糸となって、シイカは小脇に抱えた籠の中の鳩に、優しい瞳を落したのだった。

9

一台の馬車が、朗かな朝の中を走って行った。中には彼ともう一人、女優のように華手なシャルムーズを着た女が坐っていた。馬車は大きな音を立て乍ら、橋を渡って揺れて行った。彼の心は奇妙と明るかった。橋の袂に立っている花売の少女が、不思議そうな顔をして、この可笑しな馬車を見送っていた。チュウリップとフリイジヤの匂いが、緑色の春の陽差しに溶けこんで、金網を張った小いさな窓から、爽かに流れこんで来た。

何もかもこれでいい。自分は一人の女を恋している。それでいい。それだけでいい。橋の向うへ行ったとて、この金網の小窓からは、何が一体見られよう。……

三階建の洋館が平屋の連りに変って行った。空地がそこここに見え出した。花園、並木、灰色の道。――たった一つのこの路が、長く長く馬車の行方に続いていた。その涯の所に突然大きな建物が、解らないものの中で一番解らないものの象徴のように、巍然として聳えていた。彼はそれを監獄だと信じていた。

やがて馬車は入口に近づいた。だが、門の表札には刑務所と云う字は見付からなかった。同乗の女がいきなり大声に笑い出した。年老った門番の老人が、悲しそうな顔をして、静かに門を開けた。錆びついた鉄の掛金がギイと鳴った。老人はやはりこの建物の中で、花瓶にさした一輪の椿の花のように死んで了った自分の娘の事を考えていた。男の手紙を枕の下に入れたまま、老人が臨終の枕頭へ行くと、とろんとした暗い瞳を動かして、その手を握り、男の名前を呼び続け乍ら死んで行った、まだ年若い彼のたった一人の娘の事を。最後に呼んだ名前が、親の自分の名ではなく、見も知らない男の名前だった悲しい事実を考えていた。

10

シイカは朝起きると、縁側へ出てぼんやりと空を眺めた。彼女はそれから、小筥の中からそっと取り出した一枚の紙片を、鳩の足に結えつけると、庭へ出て、一度強く鳩を胸に抱き締め乍ら、頬をつけてから手を離した。鳩は一遍グルリと空に環を描き、今度は急に南の方へ向って、糸の切れた紙鳶のように飛んで行った。

シイカは蓋を開けられた鳥籠を見た。彼女の春がそこから逃げて行って了ったのを感じた。彼女は青葉を固く嚙みしめ乍ら、芝生の上に身を投げ出して了った。彼女の瞳が涙よりも濡れて、明るい太陽が彼女の睫毛に、可憐な虹を描いていた。

新聞社の屋根でたった一人、紫色の仕事着を着た給仕の少女が、襟にさし忘れた縫針の先でぼんやり欄干を突っつき乍ら、お嫁入だとか、電気局だとか云う事を考えていた。見下した都会の底に、いろいろの形をした建物が、海の底の貝殻のように光っていた。

無数の伝書鳩の群れが、澄み切った青空の下に大きく環を描いて、新聞社の建物の上を散歩していた。その度に黒い影が窓硝子をかすめて行った。少女はふと、その群から離れて、一羽の鳩が、直ぐ側の欄干にとまっているのを見付けた。可愛い嘴を時々開き、真丸な目をぱちぱちさせながら、じっとそこにとまっていた。あすこの群の方へは這入らずに、まるで永い間里へやられていた里子のように、一羽しょんぼりと離れている様子が、少女には何か愛くるしく可憐しかった。彼女が近づいて行っても、鳩は逃げようともせずにじっとしていた。少女はふとその足の所に結えつけられている紙片に気がついた。

11

四月になったら、ふっくらと広い寝台を据え、黒い、九官鳥の籠を吊そうと思っています。

私は、寝台の上に腹這い、頬杖をつきながら、鳥に言葉を教えこもうとおもうのです。

君は幸あふれ、
われは、なみだあふる。

もしも彼女が、嘴の重みで、のめりそうになるほど嘲笑しても、私は、もう一度云い直そう。

さいわいは、あふるべきところにあふれ、
なみだ、また――

それでもガラガラわらったら、私はいっそあの皺枯れ声に、

あたしゃね、おっかさんがね、
お嫁入りにやるんだとさ、

と、おぼえさせようとおもっています。

12

明るい街を、碧い眼をした三人の尼さんが、真白の帽子、黒の法衣の裾をつまみ、黒い洋傘を日傘の代りにさして、ゆっくりと歩いて行った。穏やかな会話が微風のように彼女達の唇を漏れて来た。

——もう春ですわね。

——ほんとに。春になると、私はいつも故国の景色を想い出します。この異国に来てからもう七度の春が巡って来ました。

——どこの国も同んなじですわね、世界中。

——私の妹も、もう長い裾の洋服を着せられた事でしょう。

——カスタニイの並木路を、母とよく歩いて行ったものです。

——神様が、妹に、立派な恋人をお授け下さいますように！

——Amen!

——Amen!

(11に挿入した句章は作者F・Oの承諾に依る)

天文臺

稲垣足穂

稲垣足穂

（1900〜1977）

「一千一秒物語」一作だけで、永遠に名の残るファンタジイ作家。西洋・映画・飛行機・機械・天文・オブジェ・男色などに強いこだわりを示し、著書は大系づけてそれらを独特に思考して行く、哲学的で幻想的なものが多い。

天文臺

初出：「文藝時代」1927年3月号　金星堂

底本：『日本現代文學全集67 新感覺派文學集』講談社　1968年

「文藝時代」に創刊３年目から参加した、遅れて来た新感覚派であるタルホの、奇妙に可愛らしい作品である。「一千一秒物語」「星を賣る店」「チョコレット」などのタルホ的童話形式とは、少々異なる可愛らしさである。ファンタジイ的であるより、視覚的なことを言葉で丁寧に描き、読んでいる人の頭の中に、安定した像を出現させている。それが全く以て心地良いのだが、文章に句読点が少なく、誌面が文字でみっしりとしている。だから、文章に対する集中を途切らせると、たちまち意味が行方不明になってしまう。あげくにその内容が、壮大な天文学についてなので、内容と文章が、さらにややこしく頭の中でこんがらがり、宇宙の果てに置き去りにされたような、不思議な効果を上げている。だが、そんなとこまでも可愛らしい、孤高の新感覚派とでも言うべき短編小説である。

ほんとうを云えば地球をとりまく円天井は豪気に薄情に出来ているのさ

——ジュール　ラフォルグ

いつの若葉だったか、——それはもうずっと以前のことでした。私はトンコロピーピーと笛の音がきこえてくるような森や丘をひろげてくる夕月夜の路をとおして、Y氏という紳士と一しょに帰ってきたことがありました。あたまの上にお月さまがあるとは云え、それはベールのような雪にぼかされているから、上着をぬいだ私は自分のワイシャツと一しょにモーニングコートのつれの白いきちんとした胸を意識するだけのおぼつかなさでした。しかし、おひるすぎにまだかまだかと思いながらここをあるいて行ったような不機嫌はもうどこにもありませんでした。一つにそれはギラギラと木々の葉をてり反すお日さまがなかったのによりますが、またこんな夢見るような景色と溶け合う何云うともないかなしさが胸のうちに忍びこんできていたからにもよるのでした。それでだしぬけに年上の友だちに声をかけられたとき、私はびくっとしたほどでした。

それというのも、きょう私はその紳士にともなわれて、七つの尾をもつウィリアムス彗星とハイカラな輪をつけた土星にあこがれてこの郊外の天文台を訪れたのでしたが、赤い三角帽に緑いろの衣をつけた白ひげのおじいさんから魔法のようなかずかずの機械を見せてもらうかわりに、広大な土地にちらばったコンストラクショニズムの作品のようなものを見まわし、その一つの大きな鉄骨の屋根がゴトゴトとダイナモの力でひらくのを仰ぐと、次にはそこに大砲のようにのしかかった望遠鏡を支える地下五十フィートにも入った礎を見るために鉄の梯子を下りてゆきました。地球と同じ直径の円弧であるという筒のなかに入った水銀が正しくまんなかに泡をよせているのにおどろくと、またこの機械を入れた建物がお天気の模様によってのびちぢみするために別にこしらえられた火薬庫の堤のようなもののなかにあるコンクリートの部屋の窓へもひとみをすえました。加えて、ズボンのポケットに両手を入れたままそんなところを案内してくれるY氏のお友だちのTさんというのが、何でもないようなしずかな声で、自分が統計を取っている地球のゆがみを研究する学問は五百年くらい経たないと面白いところへはこないのだなどときかせるのでした。つまり、この日求めようとしたのに答えられたところを一口に云うなら、お日さまの黒点とて統計的には議論も出るが、まだ方程式には現わすことができぬからTさんたちには大して用のないものであり、火星の表面にある運河にしても、そう云われるとそれらしいものをみとめられぬではないが、しかもそれは写真には撮ることができないし、そんな好奇心の満足のかわりに、今日はもっとハッキリしたことでしなければならぬ研究に気づくべき時期であると云うのでした。あんな奇妙なふうのままに走りまわっていると思っていたホーキ星も、じつはお日さまのちかくにきたときだけ引力を受けていろんなかたちに変るものであり、またそれは大へんうすく地球には何らの影響も及ぼさぬから或る人たちをのけては相手にされていないものだというのでした。その上にこれだけはぜひ見ておくようにとY氏が口ぞえをしてくれた空間の色、――それはT氏は何もそんなことは云いませんでしたが、何か云い知れぬむらさきをした深いしずかな宇宙の色であるように私には想像されたのでしたが、これもあたりが青くぼやけてきてT氏がその望遠鏡室の鍵を取りに行ったときにはうっすらとかかっていた雲のためにのぞかれず、結局レンズ一ぱい絹ハンカチにつつんだ橙のようにはまったあばたのお月さまで満足するほかはなかったのでした。

しかし、その不思議な区劃からのがれて夜道をたどり出したときには、そんなふうにこの日を何だか見当はずれにさせたのは、おそらくはじめから自分のあたまのなかにあっていろんな夢を織り出す元にもなっていたものが、ほんとうの天文台ではいずこにも取扱われていないせいにあったろうということが私にはわかりかけていました。さきほどから私のあたまのなかには、T氏が長い廊下にあるドアをあけた青い傘のある灯のついた部屋でパンとハムとアルコールランプであたためたチョコレートをもてなしながら、T氏と交していた広大無辺の世界に関したというより他に私にはわからなかった対話のきれはしが、皎々とした別室の電燈の下に見た赤い本のページと一しょにうずまいていたからです。赤い本というのは、ホーキ星と云ってもぼやけた点のようなものしかうつっていない乾板や、数字ばかりのその説明書や、こんなに円いのにまだやりそくねのだというお日さまの模型である白いボールと一しょに見た厚い表紙の十五六冊でしたが、両手をのばしてひろげられるそのいずれのページも、一めんに引かれたゴバン目をうずめて灰をぶちまいたとしか思えぬ点々にまっくろなのです。こんな星の世界の図を造った天文学者がまたその仕事のみに一生を尽してしまったという云いそえをきかされたとき、私はただもう地上の砂粒も及びつかぬようなそんな星の数に、これも欄外をまっくろにした零のたくさんついた数字と共に何しれぬ気もちに見守るほかはなかったのでした。そして、この地球のそといずこをながめまわしても、まるで灰樽のなかにあるようにそんなすき間もなくぎっしりつまった星屑がおおうているということのもちつづけから起されてきたおそろしいような、しかも荘厳きわまりない題目のまえには、きょうあっけなかったお日さまや火星やかずかずの幽艶な物語をひめた星座なんかはもうどうでもいいことになりはじめ、しかもそれらをどうでもいいことにしかけているこの地球の上の自分ということに気づくと、私は世界のそとへとび出してトンボ反りを打ちたいようないらいらしさにおそわれてきたのです。けれども一方、そんな興奮を或るものしずけさにまでいたらずにおかないあたりの空気には、いつか星をかぞえるのは一たんその写真をぼかしてあとにのこった光度のつよいのだけを採るときかされた言葉を思い出していました。それは私にとってあんなにも星がつまっているものならTさんたちのどんな確実な仕事が行われてゆけよう、星はメチャクチャにあるけれどもそれはかぞえられるのだという思想を意味しました。もう一ぺん考えなおしたとき、吾々にとっては何の役にもたたぬはてのない宇宙ということは、吾々の気もちを承うのではなく、いかなる人のまえにもこう云うかぎりにおいてこれはほんとうであるということを断言するために、こんなさびしい郊外にふみ止まっているTさんたちの英雄的事業にならねばなりませんでした。そんなアイデアにほっとしたときこれも何か考えこんでいたらしい私の紳士が白い顔をふり向いたのでした。

「こんな一本だけがあるとする」

　人さし指で横に引かれたのと一しょに云いあたえられたさきは、ちょうど路につき出した木の枝の影をすかしたときなのでおぼえていないのです。

「――すると僕たちには直線の世界しかない。これがまがっていなくても、物尺が一本なのだからわからせることができないのだ。これがまがっているかどうかをきめるためには、これに垂直にまじわるもう一本を加えなければならぬ、この十字でもって」

　その人は今一本よこにえがくまねをしてつづけるのでした。「これではじめて曲線という世界がある。けれどもこれが平面にあればいいがもしよじれていたときには」

「蛇みたいに?」と私は云いました。

「そう、木に巻きついた蛇のようによじれていたならどうしても立体というものをもってこなければならぬ。x、y、いずれにも垂直にまじわるzさ。この三本からできた糸わくによってはじめて吾々のまえには球面というものができる。ところがこの球面の世界も……」

ちょっとつまってからつづいたのは「口で云うのは六つかしいが、さっきの曲線が蛇であったと同じようなわけにねじれていることがあるんだ。そこで図形にはできぬが、x、y、zのいずれにも垂直にまじわるz′というのを入れなければならぬことになってくる――」

どうやらそれはさっきTさんとの話にあったことのように思えてきていたのですが、そんなふうに手のひらでこしらえた球面がよじられると一しょに糸わく形のなかへさし入れられた不思議な第四番目に私はもう一つききたい気もちでした。

「ああこれはね」たずねるまえにその人はうなずくのでした。「僕たちがこれこれのことだときめて手をつけるでしょう、けれどもその仕事はどこかにはじめに思うていたのとはちがってしまう――そんなふうなことをさしているのだ。僕たちのあたまはまだこの第四番目の世界のことを知るように馴らされていないからね」

さきの論議をもう一ぺん自身に納得させようとしている人の思いつきのようにもあったのが、またほんとうにうかがい知られぬ世界にぞくすことのように考えられ、そこんとこはTさんたちにだってよくわかっていないのだろうし、自分がきき反したいようなこともふくめられているのかしれぬとすると、私はもうだまってうなずいてしまうほかはないのでした。

「ああ桐だ」だしぬけにY氏が云ったのは、幻燈にうつっているようなところをすぎて私たちの乗るステーションの青いシグナルの灯が見える方へまがりかかったときでした。

「そら、僕はあの花の匂いが大好きなんだ」

モーニングコートの紳士は細いステッキをふって首をあげましたが、暗いところにはそんな色も香りも私にはけはいすらなかったのです。ただそれとつづけてハンカチを出してメガネをぬぐうた人がついでに涙もふいたように思われ、何かきゅうにしんみりした気におそわれた私は、出そうとしてふるえそうになった声をおさえ忘れていたポケットの紙巻をさぐったのでした。……

モル博士と、その町

石野重道

石野重道

（１９００〜１９４４）

佐藤春夫門下。稲垣足穂と交流があり、ファンタジイ色溢れる詩・童話を精力的に執筆。稲垣足穂装幀・佐藤春夫序文の『彩色ある夢』を１９２３年に自費出版している。

モル博士と、その町

初出：『彩色ある夢』富士印刷株式會社出版部　1923年

底本：『彩色ある夢』東都　我刊我書房　2019年

この作家については、近年までまるで知らなかった。2019年に、唯一の作品集である『彩色ある夢』を同人覆刻する話があり、縁あってそのカバーデザインを担当した。渡されたゲラを一読して驚愕してしまった。こんなに、稲垣足穂と似た肌触りの作家が存在していたなんて！　と。タルホの作風は唯一無二だとそれまで思っていたが（タルホの師匠である佐藤春夫が、タルホの小説に影響され、似たような作品を書いたことはあるが）まさかここまで、同様のクオリティで、微妙に何かが異なる小説が存在していたとは、本当に驚きであった。模倣と言うよりは、このような童話＆ファンタジイ的ジャンルが小さいながらも存在し、切磋琢磨し合っていたということなのだろうか。後年さらに、盛林堂ミステリアス文庫『不思議な宝石』、東都我刊我書房『ネクタイピン物語』が同人出版されている。

三角である、その周囲は七丁程のコンクリートで、あって、その上に七階建ての家がギッシリ建ち並んでいて、一つの町を作くって居る。窓は総て円く、屋根は平面の三角であって、所々、家の並んで居るに従った曲り曲った通路がある。

屋根の少し上には、円い大きな板が浮んでいて、其処から三角のブリキのオ月さんが、つり下げられてある。

此の三角のコンクリートの上の町のまんなかは、三角のひろ地があって、一角所に四角い小さな穴があけられてある。

ジョラル・モル博士は、セルジアンブルーの地に、ギンの三角が所々ついて居るネクタイを、短じかくたれて、腕に帽子をかかえて、黒く太い縁の大きな目鏡で、余りよくない服で、その家から出て来た男である。

向うから、黒い衣の処女が、蒼空のような瞳で、正面を見凝めて、いたって静に歩いて来た、モルは云うのである、アあなたは私の恋人ですね、そうして、モルは叮寧に会釈しつつ、処女が自分の言葉を気にも止めず、黙したまま更に大きくみひらいた目で、立ち止まるのを見つづけて居った。

ア、そうでしたか、

モルは、二三歩後も向かず過ぎると、処女も直立しつつ何ごとも言わなかったが、やがて胸から三角のハートが飛び出した、それは、やや空間にためらって居たが、処女のからだと共に全く消えてしまった。

博士は、その時ふり向いて

プロサービナ　と、恋人のその名を告んだのであったが、恋人は、いらえなかったのである。

博士は別に事もなさそうに歩いて居ったが　角の所迄来ると急に引きかえして、四角い穴のあるそばにやって来て、頭を物思いに下げて歩んでいると、

周囲の七階の家々の窓から、一つ、七つ、四つと、径一尺程の白いものが煙のように飛び出してきてモル博士の前の、コンクリートのひろ場に集まった、そうして一つずつ、コンクリートの中には入ってしまった、丁度庭石は、周囲のコンクリートらのなかで、無造作な丸味をもっているが、今群集は、モル博士の演説をきくためにそのように多く集まったのである。四角の穴に全身を入れて、頭と手とそうして、口を外に出したジョラル・モル博士は、庭石の群集に話しかける。

御集まり下された紳士並びに淑女諸子！　今、私は、持ち切れない満足を諸子に分ち、同時に、そのことは御一同にも今迄になかった満足であろうと、私の心に知って、御聞かせ致すのであります。

昨夜私は、蒼い服の少年に会いました。その少年は西の海の果てに、住まっていると云う、夜の小児の一人であって、私に三角の函をくれたのでありました。

その函の蓋を開くと、なかに、昔の太陽と、三ヶ月が映ったのであります、そうして太陽は直ぐ消えてしまい、三ヶ月は、キイロの砂になって形をこぼしてしまったのです。

さて、紳士淑女諸子！　人間の運命も又、その如く、三角の函に映るのだと、私は確信したのであります。そうして御集りの方々は、運命！　人間の運命を見極めるその函を、喜こんで、御実験下されることと思います――

ジョラル・モル博士は、双腕を上下に為つつ斯く云い終て、外に出た、コンクリートの中から演説を、不可思議にも拝聴して居た群集は、――ジョラル・モル博士の後から、彼の書斎へ従いて行くのである。

窓際に四角い卓があって、上に三角の函が置いてある。博士の書斎の前に群集がおる。書物が少し見えて、博士は頭を窓の外につき出して。そうして三角の函を指しつつ、手をもみつつ

さて、御集りの方々！

――此の函は、どなたにてもあれ、此の前に立って、蓋を御開き下されば、此のうちに、明

かに御自分の運命を、御知りになるのであります、と云いつつ群集の中を、求める顔付きで見まわしつつ、黙した。

大理石の白い処女が、黒と白の縞のスカートで窓ぎわに来た。ジョラル・モルは、うれしき表情を見せて、その処女が、人々をかき分けて窓ぎわに近よるのを見つづけて居たのであった。

処女は蓋を開いた、そうして、双頬に両手を離さないで、そのうちを凝視している――蒼空よりも白く、限りなき空漠の内を、併し、その処女の未来が、青い衣服に、頭の白い崇高い一老婦として現れた、そうしてその姿は、処女を、淋しく眺めているのであった。

ひとりの青年が、嵐の中に困っている髪のような頭で、現れた。

そうして、白い骸骨がつき立って居るのを見たのであった。

ジョラル・モル博士は、蓋を閉じた、で云うのには、紳士、淑女諸子、夜も更けてまいりました、申すに及ばず、諸子は、実験によって、此の函の好果は、十分御認めのことと信じます、――モル博士は、なお云いつづけようとした時、青い光が一杯に、博士の家と群集の上にさした、そうして同じ時に、三角の函は静に、ないように、消えてしまった。

バーの中は、無造作なテーブルが三つ四つで、七八脚の椅子がある、いる人々は、アトッパーズを飲んでいる、三角の器具の上に、
ボール紙で作くったオードブル、初めから何も入れていない食器、ガラスがのっけてある、スープを前に置いて、生きている。煙草の煙が部屋を一杯、タバコの煙色にしている為めに、燈火はドコにあるのか、見当らない。

その人々はやがて、アトッパアズに酔って、目が三角のようになって、全身は無神経と、無感覚になって、丁度温い石が歩くように外を歩き出して家に、は入ってしまった。

大理石の白い頬の処女は、眠りたくもないのであろうか町を歩いて居る、そうして処女は、頭の外は初めからブリキ製である青年に恋をしているのだ、その青年は長い髪に、さまざまの木の葉を知らぬ間にくっつけて、又長いマントをきて居た、そうしてその青年と処女は今、町ですれ合ったのであったが、どうしたのであったろうか、一言も交えなかった。

その寝所には、円い窓があって、伏床はゆがんでおった。嵐の中の頭と云った青年は、ねむっている——

大理石の白い処女は、ベッドに腰をおろして、円い窓を何となく眺めていた時に――

三角の白い虚空が現れて、若さと、からだとを、老婦人と、骸骨に変える――、

三人の少女が、アメリカンピンクの帽子をきて、白く、ふち取ったセルジアンブルーの上衣に、ネズミの長靴を軽く穿いて、丁度三匹の胡蝶のように三つの家からとび出して、三角のひろ地で、踊りながら歌を、空気にまきつづける、まわりの家々からは、人々がポコンポコンと眺めている。その時、ジョラル・モル博士は、重い書本を抱いてやって来た、それから曲り角のテイラーに、入った、――そうして、モル博士は、新しい装いに外に出て三人の踊り手は、と云ったように、頸をかしげていたが、コンクリートの上に、三つのネズミの靴が、彫りもののように残されてあるのを見るのであった、丸い窓の頭もなかった、そうして博士の新しいまといは、はげて古くなっているのであった。

まんまるい、しかも、すこし黒い所の残こった頭の老人が、その頭から先に歩いて来る。モル博士は、帽子をとって腕にかかえて叮寧に、

や、と云っても老人は同じ調子なので、再び　や、と、挨拶を、した、ジョラル・モル博士は、少し怪疑な面付きに、老人の前に進んで頭を突くと、ポン　と、ボール紙の破れる音がして老人は立止まった。

その頭はボール紙だった、そうして今、博士が、此の老人を告びもどすために、僅かばかり突いたので、老いたボール紙が破れたのであった。

博士は忙いで自分の室にかえって、一片のボール紙とのりを持って来て、その頭をつくろって、再び叮寧に頭を下げて、何かに気づいたように、通路のバーバーに入った。

そこには、ブリキ製の青年が髪を切ってもらっていた。

やがて青年は元のまんまの頭で、出かけるのを博士は見た、刈り取るはさみの下から同じく髪が生うるのであったから、

ジョラル・モル博士は、書斎に様々の書物にとり囲まれて、そうして古びた一書に、異様な目をはらって、のぞき込んでいるようである。しかも数多き此の書斎の書は、何も書いてない白紙である。

物質の弾道

岡田三郎

岡田三郎

（1890〜1954）1921年にパリに渡航し、そこで得た見聞と体験を元にして、新鮮な短編コントを発表。次第に長編小説も書き始めるが、やがて恋愛をテーマにした大衆小説に傾倒し、人気作家となる。その美貌故に女性には人気があり、恋愛スキャンダルも起こしている。

物質の彈道

初出：不明

底本：『新興藝術派叢書　物質の彈道』新潮社　1930年

新興芸術派、つまりはモダニズム文学であるが、新感覚派の文学的テイストが風俗化したものと言えば、なんとなく伝わるだろうか。はたまた、永井荷風＋新感覚派などと喩えても良いかもしれない。タイトルはわりと意味ありげで、文章もスカし、ペダンチックに横文字が横溢しているが、カフェーや爛れたような恋愛の話が多く、扇情的な内容に伏字が彩りを添えていたりする。つまりは昭和初期と寝た文学なのである。それらは確かに賞味期限切れの感があるが、時代に埋もれてしまったのを、改めて掘り起こしてみると、逆にそこに新鮮さを感じてしまうのである。カフェーの、やたらと伝法で進歩的過ぎる女給が主人公のお話であるが、そこに鮮やかに花開いている、昭和初期の景色と雰囲気は、決して行くことの出来ぬ時代に迷い込むための、文章的タイムカプセルである。

名前をきくと、彼女はミチルと答えた。

顴骨が張って、顋が尖って、額はなめらかで、鼻筋がとおって、そうして顔全体の皮膚はぬめぬめしく蒼白で、――グレコの絵にある女のようだ。違うところは眼だ。彼女の黒瞳には猫の眼のような野生的の輝きがあった。白眼は蛋白石のような半透明の玻璃光を持っていた。

「ミチルって、どんな字をあてるんだい？」

客が重ねて訊ねる場合、若しも彼女が、十数日来郊外の家に置きざりにしてある男に、――愛着執心は全然無ではあるが、――可哀そうな奴だと、いささかの憐れみ心でも起しかけている時とか、或はまた、海を越えた北の北の生れ故郷の平野の吹雪の風景に淡いノスタルジーでも感じさせられている時ならば、ミチルとは片仮名でミチルと書くのだと、心素直に答えもした。が、心荒くれて不平つのれば、キャッシュ・レジスターの蔭にマダムの顔のないのを見すまし、スタンドに立ちはだかって年下のバア・テンダーを脅迫してウィスキーを呷る習慣を持つ彼女であった。そう云う酒精《アルコール》注入後の状態にあっては客に接する場合は、自然応待も異らざるを得なかった。

左の食指と中指を立てて形よく反りしなわせ、その尖端にスプレンディッドを軽く挟んで吸うのが彼女の装飾的ポーズであった。ボックスに客と対坐し、右脚を左脚の上に載せ、その膝頭に左腕の臂をついて猫背になり、顎をつきだし、下唇を受口のように白堊の天井へ煙を細く長く吐くのだ。

顔が蒼白なために、唇の紅《ルージュ》はきわだって、妖婦型女性を思わせた。酒精《アルコール》によって、蛋白石的白眼に多少の充血を来し、客に対する凝視は燃えると形容してもよかった。こう云う場合の彼女の役割を一層濃厚に助長するのは、カルメンならば額にはりつける新月形の髪輪と同じ形の髪輪が、彼女の左の耳朶と顴骨との間にへばりついてあることだ。練油《ポマード》で漆黒に光る髪毛のクェッチョン・マークが蒼白の頰に逆倒しているのだ。

ミチルと云う名にはどんな文字をあてはめようと、大きにお世話だとでも云わんばかりの露骨な嘲笑が、客の顔に直射されることもあった。時には鼻先でふふんと笑って小馬鹿にするように彼女は云い放った。「三千留《ルーブル》さ！」

とんちんかんな客は、その意味を了解し得なかった。が、機敏な揚足どりを喜ぶ客は進んで彼女に挑戦した。

「慾ばっていやがるなあ！……いっそのこと、十万留《ルーブル》としたらどうだい？」

「へへん」と小鼻をふくらましながら、口を歪めて冷嘲するのがミチルの癖であった。「おれの事を慾ばっているなんて、じゃ、君はなんだい？　助平じゃねえか、トマルだなんて、……女ととまる事ばかり考えてらあ、はははは。」

「おめえこそ、年中待合どまりばかりしてるから、それでトマルってつけた方が、看板になっていいだろうと、……」

「御親切様、それには及ばないよ。そんな看板あげないたって、憚りながら、あっしが誰とでも、——どこでもだよ、——一緒にとまる事は皆さんが先刻御承知なんだよ。それを知らない奴は阿呆さ。十時過ぎ銀座の裏通へお面をさらせる人間じゃないや！」

こうしたミチルの伝法に辟易するものは、そこであっさりと笑って敗亡し、負け嫌いのものは論争を継続した。そうして多くの場合、論争は露骨なエロティックの主題にまで波及して漸次議論熱は緩和され、妥協苟合の空気に談笑して最後は疲労に終るのが常であった。

あながちミチル一人にとどまらなかった。九人の女のうち約半数は初等科だが、残余は相当語るに足るものであった。

彫刻家のモデルに雇われたことのある馨子は、婦人帽の前庇がぴんと上へまくれたような形の紅唇を性癖で絶えず舌なめずりしながら、熱心に彼女の肉体美を初会の客に必ず吹聴した。殊に脚が自慢のはなはだしいものであった。レヴィユー全盛で、脚線美が巷間姦しい時代だ。馨子は言葉の説明にあきたりなくって、××××××××、×××××××××、×××××××××××××××××××××××にひたった。

京子というのがいた。睫毛はながく、黒瞳がちで、頬肉がたぷたぷと、口元にしまりのない彼女は、客の要求には殆ど全部的に××を与え、膝にものれば、××の××××××に進出して来る、硬く、然し脂ぎってねばねばしい××の熱した神経的の巧緻な運動に××××××××××。

姉妹の女がいた。銀子は姉で、真弓は妹だ。銀子は口数少く、上品ぶっても、狐のような隠険な狡猾さは、ちらと人を見る細光りの眼にも知れた。真弓は快活な陽性の断髪娘だ。銀子ならば耳元で小声に囁くような隠しごとを、真弓は持前のメッゾソプラノで華やかに語った。時には膝の出る短小のスカートで、パンツなしの洋装のこともあった。そうして彼女は、スタンドの前に立って、衆人環視のなかに××××××××××××××××××××××。拒むように見せかけて上体を後へ後へとしなわせ、断髪をゆるがせ、顔をのけぞらしながら。

客のなかにも変種はあった。

硝子《ガラス》を食う男があった。彼はいつも濃厚な紺地のレンコートにバンドを締め、鍔の垂れた黒の中折帽で、酒気を帯び、ふらふら足を危うげに踏みしめながら、蝙蝠の如く夕暮時、まだ客のたてこまない時分を見はからってやって来た。

ドアを排してよろめきこむ彼の屈み加減な姿を認めると、初等科の女達は勿論のこと、他の優等生ですら、ミチル以外の女はみんな、互に眼ひき袖ひき、嫌悪と不安の表情で顔をしかめあっては警戒した。番にあたった女こそ災難だ。人身御供のように身を縮め、怖る怖る彼のボックスに進んで行くのだ。

強度の酒精分《アルコール》を含有するカクテルのグラスが、五つぐらい空盧《から》になって彼の前に並ぶ頃から、彼は一つずつグラスを噛りはじめた。両臂を張り、蟇のようにテーブルに押しかぶさって、漏斗状のカクテル・グラスの縁を、かりッ、かりッと、脳神経が揉錐で刺されるようにうずく異様の音響で噛り砕くのだが、漸次に、唇、舌端に傷をうけて、血はにじみだす。——三つ目にもなれば、血は顎までも垂れる、——五つを完全に貪りつくせば、唾液はことごとく鮮血、鼻の先、頬、手指みな血まみれ、顎まで垂れた血線は、わざと顔を仰向けるためにいよいよ咽喉仏までくだって、ソフトカラーを真紅に染める。

女達は勿論遠ざかって、そばにはいない。元来彼は、憂鬱なる沈黙家で、ただ一人飲み、ただ一人グラスを噛るのだ。が、所期の目的を達し終った頃に、今までどんよりと曇っていた眼からは、たちまちに生き生きとした爛光を発し、暗かった顔は秋の朝のように徐々に晴朗となり、催情的の微笑がその唇辺に浮びあがるのだ。

人肉を貪食したあとのような血みどろの口を歪めて笑う怪奇な人間に、彼は変化していた。彼は××××××××あった。その彼が、偶然の機会に、硝子《ガラス》を貪り噛り、それによる口傷出血の刺戟と味覚とで、はからずも、別種の、強烈にして陶酔的な×××の×××れることを発見したのだ。

常例として彼は女を呼び、握手を強要した。女達も不快を感じながら、その握手には必ず高価の報酬が伴うので、応ずることになっていた。それは単純の握手ではなかった。女の手を×××××××××、その癲癇狂的に顫動する指先で、×××××××掌の中央を快速に××しては××××しむのだ。その間彼は、自分で演奏する纖細低調の音楽に耳を寄せるかの如く頭を傾け、眼をかたく閉じているのだが、陶酔のあまり、時には彼の指先は盲目的に女の前腕から××××××することもあった。この場合、彼の欲望を最も快適に満足させるのは京子であった。従って彼女は、誰よりも多くの報酬を得ることが出来た。

或時のこと、彼はついに真弓に接吻を要求した。彼は顫える指先で、五枚の紙幣を真弓の眼前に数えて見せた。

真弓は悩ましい眼で、彼の手中にある紙幣と、彼の血まみれの顔とを見くらべてから、ハンケチを彼につきつけた。

「いいわ。口のまわりを綺麗に拭いたら、×××××。」

彼は希望と期待の興奮でぶるぶる痙攣する手にハンケチを取るなり早く、既に乾きかけている血痕を力強く拭いはじめた。が、拭い清められた唇から、新たに血はまた止めどなく流れだした。真弓は断髪を横にゆるがした。

「おお、いや！　×××××！」

横っ飛びに彼女は女達の腰かけている窓下へ行って、先輩のミチルに訴えた。

「へん、案外潔癖なんだね。血ぐらいなんだい！」ミチルは立ちあがって、まともに真弓をたしなめた。

「だが、云っとくがね、五十円なんて半端なめくされ金で、うんて云っちゃ沽券にかかわるよ。なんに限らずね。」

左足を出すと腰部と臀部とが左にすうっと揺れ、右足を出すとそいつが右にすうっと揺れる、――そう云う特徴のある歩きぶりで、ミチルは緩々とボックスに進んで行った。そうしてテーブルの両端に手をついて、彼の上に××××××。

「どう？……あたしじゃ？……だけど、倍額でなくっちゃ、いやよ。」

男は薄気味わるくにやりと笑って、例の痙攣する手で紙幣を摑みだすと、あわただしく数えて要求額をミチルの手に握らせた。

「そ、そのかわ、かわり、……」と、彼は片頰をひきつらして、烈しく吃りながら云いだした。彼にも要求があった。嚙りのこりのグラスをもう一度嚙って、もっと出血を促したところで、それを拭かずにやってくれと云うのだ。

眉間に皺をよせ、凄い上眼づかいでじっと考えていたミチルは、握っていた紙幣を帯の間へぐっと深く入れると決然うなずいた。

そう云う不時の多額な収入が有った場合、ミチルはきまって一日二日の休養をマダムに申出た、またどこからともなく電報が来て、そのために勤めを休むこともあった。時には一週間も続いて欠勤した。

多少の教養があって、積極的で、俠気があって、そうしてエロティックな分子を濃厚に持っているミチルは、音楽家、小説家、映画俳優等の常連の興味を、ことごとく自分一身に蒐めることに成功した。だから、ドアを排してはいるそれらの客が、一見して、グリーンの照明に鮮かに浮く大植木鉢のヒマラヤ杉の蔭かどこかに、蒼白い顔貌に黒瞳をじっと瞠って微笑で迎えるミチルの姿を認め得なかったなら、失望するのも当然であった。彼等はミチルを三日見なければ、多くは足を絶った。

マダムはまだ商売にも経験はあさく、年も若いし、それに美貌が自慢で、常連の客と見ればキャッシュ・レジスターの蔭からちょんちょんと出て来ては女達をおしのけ、独占的に振舞った。女達は蔭で、マダムは嫉妬ぶかいと非難した。事実に於てマダムは嫉妬ぶかかった。殊にミチルに対して最もひどかった。が、ミチルが一週間やすんで、そのために大事な常連がぱったり姿を見せなくなった時には、さすがのマダムも折れて、自身で郊外のミチルの家まで出かけて行った。

戸をあけてはいると、玄関横の襖があいたままで、もう昼すぎだと云うのに夜具の裾が見えていた。マダムは或場面を想像して躊躇したが、思いきって案内を乞うた。

力のない空咳をして、床から人の起きあがる気配がした。やがて出て来たのは、首をまげて鴨居をくぐるほど背の高い青年であった。顔は土け色で、頬は痩せこけ、眼窩は深く落窪んでいた。

マダムは来意を告げた。上体を真直にしていては倒れでもするように、青年は両手を畳についで前屈みになっていたが、聞いているうちにだんだん顔をもたげ、マダムを無言裡に叱責するかの如く、その大きな眼で物凄く彼女を睨みあげた。

「僕は電報なんかうった覚えはありません。誰かそれは外の男からでしょう。この通り、僕は病気で寝たきりなんです。だから、時には帰って来てくれてもいいだろうと思って、手紙を何度もやるんですが、一度だって返事さえよこさないんです。友人にも行ってもらうんですが、いつも忙しい忙しいで、ただお金をことづかって来るだけで、……一体そんなに忙しいんですか、あなたのところは？」

青年の激越な態度にマダムは辟易して、逃げてでも帰りたい気持であった。

「最初は通いでいいと云う条件じゃなかったですか？　どうして住込みになったんです？それも、あれ一人が住込みなんだそうですね。マダムが是非そうしてくれと頼むので、嫌だけれども仕方がないと云っていましたが、本当ですか？」

「是非にと頼んだ訳じゃないんですのよ。住込みでもいいとミチルさんが云うので、それでは、看板すぎ二時三時までお客がしょっちゅうあるんですからね、――殊にミチルさん目当の常連が多いんです、――ですから、……でも、あなたも御承諾なさったんじゃありませんの？」

「承諾なんか与えるものですか。そんな所はよしてしまえと云ったくらいなんです。息の絶えかけている病人じゃありませんか、僕は。此頃は小春日和で、どうやら命は保っていますが、冬枯れの季節にはいって御覧なさい。僕はおそろしいんです。」

彼はがっくりと項垂れた。その煽りで一遍に額に乱れかぶさる長髪の異形にマダムは顔をひそめながら、帰りの口上を思案した。

「ミチルさんによく云っておきますわ。なんなら、今度一緒に連れて来て上げましょうか？」

青年は然し顔もあげずに、絶望的に頭を揺りうごかした。

「駄目なんです、もう。本当を云えば、僕はあれに、何も要求する権利はないんです。僕はむしろ、あの女によって生命と生活を支えられていることを恥じなければならないんです。あの女からの物質的援助を断然拒絶すべきなんです。あの女は僕を、最初から少しも愛してなんかいなかったんですからね。それを知ったのは、極く最近です。あの女自身の口から宣言されたんです。そう云う宣言を与えながら、物質的援助だけは継続してるんです。つまり、僕を物質的に支配して、奴隷にしようとしているんです。……」

つぎつぎに語りつづける青年の長物語に、マダムは無下に帰ることも出来なかった。


店にはすでに灯ははいっていた。マダムは疲れた身体をキャッシュ・レジスター前の高い腰掛におろし、片側の壁にもたれて額をおさえながら、すぐ横手でカクテルシェーカーを勢よく上下に振り動かしているバア・テンダーの動作を、物憂げに眺めていた。

あの青年との二時間に近い対談によって、マダムは物の見方が変ったような気がした。彼女の眼前にあって客を相手に、或は陽気な談笑で、或はコケティッシュな姿態で働き動いている女達のそれぞれの生活に対する、今までの単純な判断はくつがえされた。勿論その単純な判断に置き換えらるべき新たな確然たる判断を、マダムは僅か三四時間の間に獲得したのではなかった。ただ、少くとも、彼女は懐疑的にならざるを得なかったのだ。

「ミチルはどうしたい？」

のっそりとスタンドへ来ておしかぶさりながら、マダムに問いかける客も五人や六人ではなかった。

「ええ、今日行って見ましたのよ。そうしたら風をひいたと云って、寝ていましたわ。もういいようですけれど、あと一日二日休んで大事をとった方がいいと思いまして……」

そんなふうにマダムはとりなしておいた。

翌日の昼すぎ、ちょうどマダムが、コック場につづく茶の間の上り框に腰をかけて、コック達と雑談をかわしているところへ、裏口から、ついぞ見たこともない臙脂色の錦紗の羽織でミチルが帰って来た。それだけでも、マダムの反感を煽るに十分であった。まして、いつも蒼白く、顎先の鋭いミチルの痩顔が、一段と憔悴して、連日連夜の恋愛享楽が、咄嗟の間にマダムに想像されて、汚物をでも見せつけられたように渋面をつくった。

「随分顔色が悪いじゃないの。どうしたのさ、一体？」

「すみません。胃痙攣を起しちゃったんです。」

「ウィスキーだね？」

「ええ、一本からにしちゃったの。そうしたら、とても吐いちゃって、おしまいには血までよ。」

「一人で？」

「いいえ、近所にいる青年達と。でも、みんな男の癖にからっきし意気地がないって、ありゃしないのよ。だもんだから、ミチルさんのお手並拝見さしてあげようとばかりに……」

「ちょいと、こちらへおいで。」

話なかばにマダムは上へあがって、奥の化粧部屋へ行った。ついて来たミチルに後の襖をしめさせ、鏡台の前に膝をつきつけんばかりに対坐した。

いくらかつれて険のあるマダムの眼は、一層きつく光った。

「どうしてお前さんは、そんな見えすいた嘘を云うの？　昨日お前さんのうちへ行って来たんですよ。」

ミチルは口先を尖らして、眼をくるくるさせた。

「困るわ、マダムにあんな所へ行かれちゃ。」

「そうでしょうよ。あんな病人をおきざりにして、好きな人と遊びまわっているお前さんの不人情さ加減が解るからね。」

「不人情さ加減て、じゃマダムは、あの人とあたしとの関係知ってるんですか？」

「横浜時代からの関係だって云うじゃないの。何もかも残らず聞いたんだよ。お前さんがちゃぶやにいたことも。」

「ちゃぶやにいたっていいじゃないの！」

「誰もいけないとは云いやしませんよ。ただね、そう云う深い関係のある人を、——然も大病人じゃないの。まるで骨と皮ばかりだよ。もっと親切に面倒見てやるのが人情だろうと思うのさ。看病のためと云うなら、一週間やすもうと十日やすもうと、誰も文句は云いやしないんだからね。それを、看病どころか、遊びまわってお酒を飲んで、胃痙攣を起すなんて……罰よ。」

「マダムは随分単純ねえ。一方の話だけを聞いて、それで以てすぐ全体を批評するのは片手落だと思うわ。もともと恋愛関係ではじまった関係じゃないんですよ。あの人は横浜で、つまらない職人みたいなことをやっていたのよ。洋画をやりたいと云うの。それじゃ、あたしが勉強さしてあげようと云う事になって、東京へ来て、うちを持って、ああやって洋画の勉強してるうちに、だんだんからだが悪くなったのよ。医者にはかけているし、女中もちゃんとつけてやってあるし、それでも文句があるかしら?」

「だってお前さん、夫婦じゃないの?　そんな情愛のない話ってないよ。」

「だから恋愛関係じゃないって、はじめからことわったじゃありませんか。」

「恋愛でないにしても、夫婦関係があるんだもの。」

「夫婦関係と云えば夫婦関係のようなものですけれど、何でもないと思うわ。そう云う関係があるからと云って、何もお互に生活上束縛しあう必要はない筈よ。あの人が要求するから、これも恩恵と思って、あたしちっとも興味なんかないんだけど、応じているのよ。そいつがまた、あの病人と来ては×いんでね。一つはそれで、あたしあの家を出たの。」

「以前一緒に暮らしていた人があったんだってね?」

「ええ、あってよ。」

「その人とまた会ってるんじゃないかって、昨日云っていてよ。」

「ふん、お馬鹿さんだね！　あたしを捨てて行った奴のあとなんか、執念ぶかく追いまわるような女だか女でないか、そう云う判断もつかないような間抜なのよ、あの人は。それをまた真にうけるマダムもマダムだと思うわ。マダムなんか、まるで世間知らずのお嬢さんよ。よくまあ思いきって、こんな商売はじめたものねえ。今にだんだんと、世間の凄いところがマダムの前に現れて来るわ。あたしの胸のなかだって、こうすっぱり切り裂いて見せたら、マダムの思いがけない事ばかりで、きっと肝をつぶすと思うわ。」

五つも年下のミチルにすっかり毒気をぬかれた形で、マダムは沈黙した。


全市的連日の祝典で、街々は提灯と国旗と造花の装飾を施され、夜の酒場はジャズ音楽の跳梁をほしいままにした。

高価な接吻を買って以来、あの、硝子《ガラス》を食う男は、夕暮時に限らず、深夜にもたびたび蹌踉としてやって来た。多くの場合、彼はボックスの壁寄りの隅に背をまるめてじっと項垂れ、思案と沈黙に時をすごした。ミチルが来て言葉をかけると、にわかに眼を輝かし、生き生きとした表情で応ずるのだが、彼女が去ると再び頭をさげて死人の如き沈黙に陥った。

或夜、祝典宴会の流れらしい七八人の青年紳士が、手に手に小旗を打振り、口笛のジャズを合奏しながら威勢よくはいって来た。そうしてスタンド前の空場で、彼等は喧噪なダンスをはじめた。石畳に靴の擦れる雑音は人々の神経をみだした。乾ききった微粒の塵埃は空気を濁して人々の味覚をそこなった。そちこちの席から舌打やら嘲罵やらが起ったが、彼等の一団の耳にははいるべくもなかった。

硝子《ガラス》を食う男は物憂そうに眼を開いて、彼等の狂態を眺めやっていると、指揮者格のつもりで、椅子の上に乗って小旗を振っていた男が、はずみでその小旗を振り飛ばしたところが、そいつが彼のテーブルに飛んで来て、カクテルのグラスをひっくり返した。彼はびくりと眉を動かしたが、小旗をとって二つに折るなり、窓から抛り出しておいて、そのまま眼を閉じた。

間もなく彼のテーブルは、ぐらと揺れた。薄眼をひらいて見ると、彼等の一組が、踊りながら故意に腰をテーブルにぶっつけているのだ。その一人は、さっき椅子にあがって小旗を振りまわしていた奴だ。

硝子《ガラス》を食う男は、席からゆッと立ちあがると、ボックスを一跨ぎに出て、相手とまともに顔をあわした。彼は唇をひきつらし、歯ぎしりしていた。

罵倒してやろうと焦れば焦るほど吃って、唇がただわなわな震えるだけであった。咄嗟に彼は相手の顎を拳でつきあげた。同時に彼も横合から腰を蹴られた。乱闘がはじまった。テーブルは倒れ、椅子は振りあげられ、硝子《ガラス》は割れた。

その乱闘のなかへ、ミチルは下唇を噛みながら馬のような鼻息で、頭がこわれ袖がちぎれるのも構わず、ぐいぐいと割ってはいった。そうして、摑みあっている二人の間へ自分のからだを捩じこんだ。

「およしよ、見っともないじゃないか！　なんだ君達は、たった一人の人間を相手に七人も八人もで総がかりになるなんて。やるなら一人と一人でやれゃいいんだ。それに、こんな場所でやられちゃ、はたが迷惑だよ。表へ出ておやり！」

「向うが先に手出しをしたんだ！」

「きまってらあね。誰だって手出しがしたくならあ。こんな所でダンスなんかされたんじゃ、誰だってむかっ腹が立つよ。君達がいけねえんだ。喧嘩の種は君達が蒔いたんだから、擲られた奴は擲られ損だと思ったがいいさ。……ふふん、なんにしても可哀そうな連中さね、ダンスホールに行くお金を持たないなんて！」

「何を！」

「何をじゃないや。そう云われてくやしかったら、酒場へ来てダンスなんかしないがいいんだ！」

　コック場の男達やマダムが出て来て、いきり立った者もなだめられ、ようやく騒ぎもおさまった時には、硝子《ガラス》を食う男とミチルの姿は酒場に見えなかった。

　ミチルは彼を扶けて建築中のビルディングの足場が組んである暗い横町をよろめきながら行った。彼は全身の重さをミチルにゆだねて、ともすれば躓きそうであったが、とうとう盛土のところでぐったり膝をついてしまった。ミチルも仕方なしにそこへしゃがんだ。

「どうしたのよ？　そんなにひどくやられたの？　医者へ行きましょうか？」

「いや、大丈夫だ。興奮したあとは、いつも、こうなんだ。肉体的の、疲労じゃない。精神的に、駄目になっちゃうんだ。」

「じゃ、暫くじっとしていれゃいいの？」

「ううん、アルコール！」

「じゃ、どこかへ行って飲みましょうよ。」

「いや、今夜は帰る。通りまで、連れてってくれ。タキシーを拾うから。……だが、君は、ぶたれやしなかった？」

「いいえ。……でも、あんた随分無鉄砲ね。たった一人でもって、いきなり、……あたし、胸がすうっとしたわ。あんたをあんな人じゃないと思っていた。」

「行こう？　立たしてくれ！」

が、ミチルはいきなり彼を強く抱きしめた。彼は息もつけない苦しさで、ミチルの狂気じみた接吻の間じゅう、咽喉の奥でうなりつづけていた。


病気療養の名で、ミチルは酒場をしりぞいた。二人のバア・テンダーのうち、若い方の、父親を養っていると云う実直なのが、暇を貰って出ていった。女達にも変化はあった。銀子と真弓の姉妹は同日に去った。つづいて脚線美自慢の馨子もいなくなった。

ミチルが、反対側の銀座裏に酒場を開いたと云う噂は、間もなくマダムの耳にはいった。金主は硝子《ガラス》を食う男らしいとのことであった。若いバア・テンダーと女三人、みんなミチルにひっこぬかれたと知った時には、マダムは眼をつりあげてくやしがった。常連はばったり足を絶った。

そこへ或日のこと、長髪の病人が、胸を曲げ、ステッキに縋ってやって来た。キャッシュ・レジスターの蔭からそれを見たマダムは、ちりけもとがぞくぞく寒くなった。

瞬きもしない、気味わるく据った眼で、彼は一人一人女達の顔をじろじろ見まわしてから、最後にマダムを見つけて、老人のように下駄をひきずりながらスタンドへ行った。

「ミチルはいませんか？」

「もういません、暇をもらって出て行きましたよ。」

そっけないマダムの挨拶に、彼は歯をくいしばった。

「どこへ行ったか知りませんか？」

「ミチルはとても不人情者よ。うちの女達やボーイをひっこぬいて行って、しゃあしゃあと酒場をはじめてるんですもの。あんたのような病人を捨てるくらいのことは、朝飯前だわ。教えてあげますから、そこへ行って、うんと恨みを云ってやんなさい。」

「僕はもうじき死ぬんだから、あいつを殺してから、自殺しようかとも思ってるんだが。」

ぶつぶつ云いながら、ミチルの酒場の所在をきいて出て行ったかと思うと、またスタンドへ戻って来た。

「やっぱり以前の男と一緒にいるらしいですよ。僕の友人が、こないだ池袋の方へ写生に行った時、あいつの姿を見かけたんだそうです。解らないように、そっと跡をつけて、その家を見届けて来てくれたんです。」

「じゃ、そこへ押しかけて行ったらいいじゃありませんか。男ですもの、それくらいの勇気がなくちゃ。」

「行くには行くつもりですがね、先ずあの女に会ってから、……でないと、女のいないところへ行ってもはじまりませんからね。ついでに、その男も殺してやろうかと思ってるんです。」

にやりと痴呆的な笑いを残して、彼は猫背で咳をしながら出て行った。

ミチルはまだ酒場に出ていなかった。大概夕方でなければ来ないと云うので、彼はそとへ出て太陽の高さを測定してから、大丈夫間にあうと見当をつけて電車に乗った。

が、彼がミチルの棲家に見出したものは、予想の男ではなかった。

目指す家の潜門をあけてはいると、庭に面した縁先に腰をかけているミチルとすぐに顔をあわした。同時に、彼女の背にもたれかかって、遊戯的にからだを揺っている男の子をも。まぎれもなく男がいるに違いないと、彼は勢こんで庭に闖入した。が、そこの茶の間に、火鉢をさしはさんでいるのは、老人と老女であった。老人はのびやかに煙管から煙を吐いていた。

男の姿の見えないのに彼はじりじりして、何か云いかけようとしたが、激しく咳こんで、縁側に腰をかけるなり、ステッキに額をのせて苦しみつづけた。

彼はミチルの冷酷な罵詈を耳にした。誰か男と同棲していると思って、やって来たのだろうと、ミチルは図星をさして嘲笑った。

「その子は誰の子だ？」彼は咳がおさまると、嗄れ声でつっかかった。

「誰の子でもない、あたしの子さ。」

「父親はどうした！」

「馬鹿だね。あたしはそいつに捨てられたんだよ。何度も云ったじゃないか。女の腐ったような事を、ねちねち何時までも云うもんじゃないわ。あそこにいるのが、あたしの伯父さん伯母さんさ。この子を育ててもらってるんだよ。」

「酒場は誰に出してもらったんだ？」

「うるさいね。誰に出してもらおうと、あたしの勝手さ。あたしは女の腕一つで、ここの家のかかりも出すんだし、お前さんにだってお金をかけてるんじゃないか。」

「僕はもうじきに死ぬんだから、今日は君を殺すつもりで来たんだよ。あそこのマダムにも、きっぱりそう云って来た。マダムも、それがいいって云ったぜ。」

「ふん、あんな世間知らずの女に、何が解るもんですか。こないだだって、この子が猩紅熱にかかって、駒込の病院に入院したのよ。一週間、あたし殆ど寝ずに看護したのよ。そうして、お店へ出て行って、お酒飲んで胃痙攣を起したんだって云うと、真にうけちゃって、病人をうっちゃらかしにして好きな人と遊びまわった罰だってさ。随分あまちゃんさね。お前さんだってそうだわ。」

二十分後には、ミチルと彼は停車場へ行く道を歩いていた。太陽は傾きかけて、冷い風が埃をまいて吹きつける度に、彼はこほんこほん咳をした。

「僕はもう死ぬよ。」

首をすっかり曲げて、彼は路に立ちどまった。

死ぬのも仕方がないと、ミチルは心で云った。男のために、不幸に陥ったミチルは、男性に対する報復の念を満足させようがために、今日まで物質の力で束縛し、彼の上に権力を振って来たのだと、よほど、最後の宣言をしてやろうかとも思ったが、そこまで冷酷にもなりきれなかった。

ムウヴィ・ファン

福井一

福井一（生没年不詳）「辻馬車」同人。経歴不明。藤澤桓夫とともに「辻馬車」の編集を担当している。

ムウヴィ・ファン

初出：「辻馬車」1925年3月号　波屋書房

底本：同上

ほどほどに新感覚派的でモダン文学的で、ちょっと平凡な私小説のようだが、油断していると最後の方で、ある一文に思いっきり足払いを食らわされ、見事に地面にスッ転ぶ感覚を味わうことになる。その一文が出現したことにより、物語にいきなりドライブがかかり、今までの退屈気味で平凡気味でちょっと暗い世界が、鮮やかに一変してしまうのだ。何か反則技のようであり、どんでん返しのミステリのようでもあり、新感覚派と関係も無い気がするが、とにかく爽快で素敵な味わいなのである。なので、この作家の作品をもっと読んでみたいと思うが、出自も消息も不明なので、それを叶えるには、どうやら貴重な同人誌「辻馬車」を探すしか、道はないようである。

灰色の空に広告塔の電飾《イルミネーション》が変に白っぽく冴返る厳寒の二月。電車の軋音、舗道に忙だしい下駄の空響、地上に這うれた様な空気の中に人影は徒らに暗くて、盛場とは云え、とても不健全な感じのする都会の黄昏だった。

常には滅多に鬱ぎ込んだ事のない槙一も、こんな晩には気持が鈍重になって来るのを覚えて、つとめて明るい場所を選って歩いていたが、突然足がすくみ、心臓が急調になって来るのを感じた。

女——射し込む活動小屋のけばけばしい軒明りをまともに顔に受けて、一人の女が無心に掛看板の写真を見ているのだった。

信じられる筈のないと云う心で、彼はおもむろに亡霊を見つめる様なまなざしを二三歩その方向に近づけた。

看板を見終ったらしく、女はそのまま歩き出した。槙一の足も独りでにその方向に動いた。最初に女を見た瞬間と同じ気持が、槙一の心でまだ分解し始めない中に、次の活動小屋にさしかかった女は、つと又掛看板の写真に吸いよせられてしまった。

裾の短い衣物、少し外輪の様に思える足許、そして引きしまった口、矢張り女は、富子だったのである。

富子だと判ると、身体の筋肉が引き締って来て、血の気のひいた様な頭の中に、槙一は憤激の炎が見る見る中に燃えさかって来るのを見た。続いて、たずねあぐねた猪が、今目前で戯れているのを発見した猟師の緊張と、引き上げた巨鯨の横腹に最初の庖丁を加ようとしている漁夫の得意との気持だった。

槙一は、満身の軽蔑と皮肉をその両足に籠めて、しっかりした足どりで女に近づいた。その時女は掛看板を離れて、切符を買いカーテンの彼方に姿を消した。

槙一も女と同じ色の切符を買った。

女の一つ置いて真後に席を占めた槙一は、スクリーンには目も呉れず、薄闇みに白い女の襟足を見つめながら、今はすっかり落ついてしまって図々しいとも何とも云い様のない、女の再来を呆れていた。

女——富子と云うのは、つい二ケ月程前まで約半年の間一つ家に住んでいた女であった。

七月の中頃のことである。女学校卒業後、例の震災後の大して感心しない流行にかぶれた形で、タイプライターを習得したが東京では就職口が無いため関西に来、それでも親が心配のあまり、友人の縁を辿って、槙一の同居している山田氏に監督を頼んで来たのであった。

切れ目の長い、釣り上った様な一見凄味を感ぜしめる眼尻や、キリッと引締めて、への字に曲げた口許に、成程、親許を離れて単身遠方へ出て来る様な勝気な女の気性が現われているのであった。

で、差し当って一と先ず山田家に同居すると云うのであった。

茲に於て槙一は自分の立場を考えねばならなかった。

元来槙一が山田家に同居している事については、全然理由がなかった。結婚してから四年にもなるのに未だ細君にそれらしい様子もなく、郊外に構えた家は家族二人には広すぎる儘に、時々遊びに来て泊ったりする中に、若さが醸す此の家の明るさに、実家の窮屈さが一段と目立って感じが悪くなって来て、勝手に二階を占めてしまったのが去年の正月である。

この中へ、若い女が入って来ると云うことに就いては、彼の存在が山田夫婦にある種の冒険を思わせはしないだろうかと、槙一は先ず気を兼ねた。そこで、こちらは、先方の気持を軽くする積りで云って見た。

『じゃ僕は家へ帰りましょうか？』

主人の禎三は、万事に無頓着と云う性質であった。しかし、いくら無頓着と云っても――と考えて口を聞いた槙一は、その無頓着が、どこまでも無頓着であるのに驚いた。

『どうして？　別に帰る必要はないじゃないか』

『けど、どうも――』と槙一はニヤニヤしながら頭を撫で上げた。

しかし細君の久子には、槙一の気持がよく判っていた。

『槙一さんは恥かしがってるのよ、きっと』、と自分の敏感を表現した。

禎三はやっと判ったと見えて、

『馬鹿だな、君は』と云って、即座に将来に対する対策を纏めてしまったと見えて、

『大丈夫だよ』と一足飛びに結論をつけてしまった。

斯うして槙一は、元々通り山田家の二階に居り、富子は隣りの四畳半に居ることになったのであった。

槙一自身も、も早や冒険も時にとっての、一興位の軽い気持になれた。

富子は文学にも趣味をもつと云い、活動写真は非常に好きであった。

槙一はそれは、近頃この種の女に有り勝ちの上滑りした苦々しい趣味だと思わぬでもなかったが、女は勤めの身で、金を持って居り、山田夫婦の前では一種の体裁の悪さを感じながらも、誘われる儘に貢いで貰う様な気になって、一週間に一度位の割合で活動の同伴をした。けれども槙一は、彼女と肩をならべて、歩く時、何時も変な圧迫を感じるのであった。彼は二十三であり彼女は二十二であった。

彼女は馴れるに従って、だんだん放縦の色を帯びて来た様に槙一は思った。活動は殆んど毎夜の事であり、従って帰りは毎夜遅くであった。

監督を頼まれている主人の禎三は、例の無責任な程の無頓着さで、富子の行動には、一言の批評をもしなかった。けれども細君の久子は、女だけに矢張り夫の責任の一半を自分に感じ、富子のことを苦々しく思い、それでも別に口へは出さなかったが、槙一にはそれがよく

判っていた。

秋分を一週間後に控えた九月の半頃過ぎだと云うのに、真夏にも劣らぬ蒸し暑い夜だった。禎三は遅くなると云って出かけ、富子は例によってまだ帰って来なかった。

十時は疾に過ぎていた。

『富子さん遅いこと』

電燈を頭の辺までつるし下げて、刺繍に凝っている細君は独言ちた。細君が淋しがらないために、階下へ降り、来て槙一は主人の机で原稿を書いていた。

『又活動でしょう』

槙一は幾分細君の気持に注ぎかける様に、答えた。

『困るわねえ』と細君は語尾をあげた。

富子に対して、あまりいい感じを持たず、さりとて別に反感を持って居ない槙一は、此の場合適当に調子を合わして置く外はなかった。

『斯う毎晩遅くなってはね』

『今晩、帰ったらあたし云ってやる積りよ』

槙一は、何でも思った事を卒直に口へ出してしまって、その他に皮肉もあてこすりも云わない、細君の美点とも云うべきものを、禎三も居ないこんな晩に持ち出されて、彼自身変な立場になったら、と案じている所へ富子は帰って来た。

『富子さん。どこへ行ってらしたの？』

『S——座』何気ない振りの富子の答。

『そうお、活動だけならいいでしょうけどね、あまり遅くなると危険ですから、活動は成りたけ、日曜になさいね』

『はい』彼女の答は槙一の予想より簡単で素直であった。が引き締めた例の唇の辺りがピクピクと微かに動いているのを槙一は見逃がさなかった。

富子は、その儘二階へ上ってしまった。

十分程おくれて、槙一が自分の室に入った時、富子は泣いていた。

槙一の驚いた事には、忍び泣きの声に混って襖の彼方から聞える布を裂く音だった。其の音は一種の凄味を帯びて蒸し暑い夜の空気を震わせた。

富子は、叱られた口惜しさにその寝衣を引きむしっているのだった。


そんな事があってから、富子は同じ家に住んで居ながらも細君には極めて執拗な反感をもっていた。そしてその性格をも幾分の投げやりの気味を加えて来た様にさえ思われた。

細君は例の単刀直入的な性格から、別に執拗な反感の尾を引く様なこともなく、只富子に対する見方について幾分方向を変えたに過ぎなかった。又富子のことについて別に夫の禎三に注意することもなかった。

槙一も、細君に味方する気持を持ちながらも、富子に対しての、彼の見解は元の儘であった。女同志の啀み合いを、客観する楽な立場を彼は享楽していた。

十一月になって、郊外の景色は俄に淋しくなった。秋の哀愁、そんなものの感受性が全然ないと云っていい槙一も、朧気ながら、そんなものを感じた。

富子は夜寝床へ入っては時々、泣いていた。これは少なからず槙一の悩みの種となった。そして、時々は、

『富子さん、お母さんが恋しくなったらしいね』とからかう積りで云って見たりした。しかし、そんな時、富子は尚更泣き声を立てるのだった。槙一も泣いている時には、その儘にして置くより仕方がなかった。彼自身非常な不愉快さを忍びながらも。

或る夜、それももう夜中をすぎていた。ユーカリの梢をかすめるらしい空っ風の響き、変な夢で目を醒ました槙一は、襖の向うで忍び泣く声を聞いた。静まり返った夜中の泣声を、彼は一寸懐しいとは思ったが、急に又不愉快になって来た。何時までもその声が耳について寝つかれなかった。

むらむらと湧き上がる憤激のあまり、はね起きた彼は、それでもそうっと襖を開けて、富子の枕許に坐った。

『おい、よせよ。寝られないじゃないか』

富子は答えなかった。泣き声を潜めた彼女は、急に爛々とその眸を輝かして床の上に起き上った。そして覆い被さる様に(以下二十七字欠)が槙一は無抵抗であった。そればかりか彼の気持も急に、(以下八十三字欠)

それから一週間あまり後、禎三は細君と共に、淳々と富子を説き、その反省を求めた。そ

の結果、富子は狂暴な態度で細君を罵り、禎三は遂に彼女に帰郷を勧めた。

富子は極度のヒステリィだった。

富子が帰郷して数日たって、富子から重い一通が禎三宛に来た。

槙一は蒼くなって、唇をふるわした。そして、細君は、たまらなくなって、泣き出してしまった。

禎三は、二人にはかまわずに、初めからそれを音読した。その間、槙一は時々禎三の表情をぬすんだ。信じるとも、信じないとも、禎三の表情は、それを明瞭にしない複雑な、不可解のものだった。それを音読する禎三の気持も判らなかったし、顔色一つかえずに、ニヤニヤ笑っている気持も判らなかった。

富子の手紙と云うのは、要するに、槙一と細君の久子との間に変な関係があると云うのだった。

読み終った禎三は、急に大声を挙げて笑い出した。細君は泣き続けていた。

槙一は、何う成って行くのか判らないままに、ポカンと弛んでしまった自分の顔面筋を引緊める術もなかった。

槙一とはそうした関係があり、そうした経緯のある富子であった。

只、富子がどうして、あの様なヒステリィになったのか判らなかった。

所で、富子は再び槙一の前に現われたのである。

彼女は無心にスクリーンに目を注いでいた。勿論、背後に槙一がいる事など知る筈もなかった。

若し彼が進んで行って、富子の肩をたたいたら、彼女は、槙一と細君とを譏謗した事に就いて、どんな態度で、又は言葉でその責任を示すであろうか。

唯、それだけだった。此の場合槙一が是非知り度いのは、彼が是非詰問したいのは。

禎三の気持が不可解で、絶えず、彼に見える時に圧迫を感ずる槙一の心は堪え難きまで重かった。

憎むべき女——槙一は女を見つめた。

と、急に泌々と、あの晩の光景が憶い出されて来た。

槙一が最初に考えていた冒険なるものは、その当然の過程をも経ないで、突嗟の間に敢行しられてしまった。

あの夜の女の気持？　それも考えて見ればそれが病的であればあるだけ、とても解し難いものだった。だとすると、分らぬことは尚外に沢山ある筈であり、そして、今すぐに判らすにも及ばないと思われて来た。

富子は尚も無心に前方を見つめていた。その襟足が薄闇の中にクッキリと白かった。

『その中にまたゆっくり会って話しましょう』

槙一は、実際間もなく、又富子に会えることを確信して、そこを出た。

むれた様な空気は低く地上を這っていて、さっきと同じ都会の冬空であるけれども、槙一の足取りは春風の様に軽く進んだ。

帰って来た山田の家では禎三も細君もまだ起きていた。

『今大変なものに出会って来ましたよ、富子に出会いました』

『まあ、ほんと？』此の時、一寸槙一は彼より二つ上だと云う細君の、まだ処女の様なあどけなさに恋をした。

『ほんとですとも。僕一時間程一緒にいたんですよ』

『まあ、又大阪へ来ているの？　何とも云ってやしなかった？　此の間のこと』

彼の恋人は、空を見上げた子供の様に瞳を輝かした。禎三が居なかったら、彼は、その下ぶくれの頬に接吻してやるのだがと思った。

『向うが気づかなかったから話はしませんでした』

『じゃ君はどこで一時間も――』

『活動の中で』

一寸間を措いて、

『フィルムからヒステリィを伝染された、ムウヴィ・ファンか』と云って、禎三は大きなあくびをした。

恋人のおどけた顰面は、槙一の肺臓から、一時に有ったたけの息を引っ張り出して、声帯は夜の空気を大きく震わせた。

『禎三がいなければ接吻してやるのだが』

皆の顔が晴れ晴れと輝き、禎三のあくびと一緒にすべての黒いものがけし飛ばされてしまって、今は全く健全な、室の空気を胸一杯吸い込みながら、彼はそう思った。

アスファルトを往く

片岡鐵兵

片岡鐵兵

（１８９４～１９４４）

新感覚派「文藝時代」の創刊から関わり、論客として活躍するが、後、プロレタリア作家に転身。そのため１９３２年に投獄の憂き目に遭い、獄中で「出獄したら世間から振り向かれもしないだろう」との覚悟を持って転向。以降は時局に乗った作家となる。

アスファルトを往く

初出：「中央公論」1930年5月号　中央公論社

底本：『世界大都會尖端ジヤズ文學 大東京インターナショナル』春陽堂　1930年

端的に言うと、詩と小説の中間のような作品ではあるが、モンタージュを駆使したカメラワーク的文章が、一本の繋がりを持つ小説を紡ぎ出していると言った方が、正確であろうか。片岡は新感覚派からプロレタリア文学に接近して行った作家だが、この作品には如実にその痕跡が顕れている。文章に込められた主義や主張はプロレタリア的だが、力強く表現される都会の風景は、なんとモダンなことか！　これはプロレタリア文学にとっても、新感覚派にとっても、牽制し合う二派がありえない融合を果たした点で、革命的な作品と言っても過言ではないだろう。

I

資本主義の行手は短く、アスファルトの道は長い——

皮膚をスリ剝く。血が吹き出る。その血がかたまり、固くなる。都会の皮膚を剝いで行く。剝いだ痕をかためる。アスファルトの色を見よ、冷酷な表情。血なまぐささ。

大東京の復興はアスファルトを煮る煙と共に伸びて行った。路面をいぶす煙が晴れて行く、その跡に、くっきりと肌を表わす幹線道路。それは消費と享楽の巷にも、又、生産と失業者の工場地帯にも、アスファルトの道路網は「公平」に、大都会の動脈を形成した。更らに、それは郊外八方に伸びて行きつつある。

幾多の利権、幾多の搾取、幾多の中間搾取の底に、無数の労働者が、土を掘り、石を運び、アスファルトを煮た。

自動車はすべる。トラックは軋る。断髪、モボ、恋人、菜葉服、スパイの眼、眼、眼。

飛行機の上から見よう。都会の層が、うるんだ空気の底に沈んで見える。建物の四角な頭、積み重なる屋根の流れに深く切れ込んだ縦横の幹線道路が、ヤケドの痕のように光っている。

今や、アスファルトは、東京と横浜とをつなぎ、大阪と神戸とを結んだ。

全日本の、一切の産業上、軍事上の重要地点が、この大動脈によって連結されるであろう。

全日本の、あらゆる車輛が××されるその日までに！

アスファルトの、大進軍！　壮大なる未来！　トランペットは響く、×車はつづく、絡繹と。

II

工場地帯のアスファルト。本所深川の、十三間道路だ。

工場から市場へ、生産品を満載したトラックが、狂気したように奔っている。

歩道では、労働者が行く。商人が行く。此所を歩いている人間は、みんな逞しい顔をしている。それは兎も角、のらくらしては暮らしていない人間の顔だ。生活している肩だ。

のらくらしている奴らを軽蔑している。そいつらを、ガンと一つ——いつでも凹ます事の出来そうな人間だ。

アスファルトの道は道だが、その癖、埃りっぽい。空は、いつも煤煙で曇っている。世界は灰色だ。空気も、鼻の穴も、肺の中も、胃の底も、灰色だ。

女工さんが出て来る。モスリン工場から、東洋紡績から。

彼女らは固い頬をしている。バサバサした髪を引っ詰めている。硬直したように腰から上を据えて、歩いている。

商店は、食べ物を売る店が多い。飯屋、氷屋、ライスカレーの立看板。銅張りの壁に金文字の看板――ところで本当は銅ではない。ブリキを銅色に塗って、家の正面に張っただけだ。食料品屋、三河屋だ。そしてすしやだ。

失業者が歩いて行く。剝っちょろけた半纏の自由労働者。仕事にあぶれて、物憂げな眼をチラとあげては、幸福そうな奴らに憎悪を投げるが、それも刹那だ。すぐ黙々と眼を伏せて、喘ぎながら歩いて行く。

アスファルトの道は、何と歩きにくいのだろう。仕事にあぶれた足には、地獄の道だ。

この埃っぽいアスファルトで、食事をしよう。一ぜん飯屋に入る。テーブルクロスのない木卓がある。清潔だ。土間もきれいだ。器量は悪くなく、然し、少しも淫猥でない少女が、飯を運んで呉れる。鰈の煮付、ほうれん草、鱈の汁、香の物、そんな物を注文する。主人の婆さんが、家庭的にいたわって呉れる。労働者たちは中々御馳走を喰べる。おいしいのだ。健康な味だ。払いは二十五銭。

労働者がいかに清潔好きであるかは、斯うした飯屋で一度喰べたら、誰にだってすぐ諒解されるだろう。

Ⅲ

そのアスファルトの道に、時折り、「フオンな」ビラが貼られている。

去年の四月から五月頃まで、この往来はいつも無数の×××で満たされていた。其所を通る電車の中、バスの乗場、交錯路、等々に、うすっぺらなスプリング・コオトを着た下品な紳士が、どんなに眼をギョロつかせていたことか。

此頃は、だいぶ、それが尠くなった。あんな所を、大物はめったにウロウロしてはいませんよ。

一九三〇年も、もうそろそろ五月一日を迎えようとしている。メーデーだ。労働祭だ。今年のメーデーは、きっと素晴らしいだろう。ところが、このメーデーの大示威行列は芝から越中島まで、殆どアスファルトを踏みつづけて進行するのだ。

あの日は、アスファルトの上を、労働者の十万の脚が踏みつけながら流れて行く、闘争のスロオガンと、組合旗とが、アスファルトの上を公然と翻りながら進んで行くのだ。

Ⅳ

自動車はすべる、アスファルト。

けれども、私共は考えよう。自動車をすべりやすくするためにのみ、巨大な費用をかけてあんな道を拵えたのだろうかと。

Ⅴ

私共は、参謀本部に行って訊いて見よう。

おお、アスファルト。

すずかけの並木はなげく。

VI

国家総動員、青年訓育所、思想善導、車輛××、これらの間に緊密なつながりがあるのは、今更ら云うまでもない。

然し、青訓とアスファルト。この二つの間に何かつながりがあるかと云えば、人は茫然とするに違いない。

然し、アスファルトを歩きながら、私は青訓の組織をきっと連想するのだ。こんな事を連想するのは、私の神経質だろうか？　イヤ断じてそうではない。

先ず、アスファルトの道があれば、必ずその近くに、鉄筋コンクリートの小学校がある事を記憶されたい。いつか、青訓の諸君は、このコンクリートの建物を見物させて貰えるだろう。その建物の上から、アスファルトの道路を見下せよ。

自動車はすべる。――

自動車がすべりやすい事は、他のあらゆる車のすべりやすい事を意味する。他のあらゆる車――××の車も、××の車も。

十三間道路、二十間道路、三十間道路。

国家総動員。

青訓。コンクリートの近代城砦の如き小学校。
おお、敵はアメリカか？　イギリスか？

Ⅶ

然し、海軍軍縮会議で七割説を固執する力のある日本は、めったにアメリカやイギリスの兵隊を、上陸させるような事はせぬ。アスファルトの道路は、あいつらとの戦争では、決して戦場にはならん！

Ⅷ

だが、春だ、
歩きたい誘惑だ。あたたかい日光は、アスファルトの上に輝いている。
銀座へ！　私たちは銀座を歩こう。美しき文化の花咲く銀座。星と月とを永遠に意識せぬ不夜の檻。私たちは、其所の歩道を埋める群衆の夥しさに実際びっくりするのである。そして世の中では、こんなに沢山の人が幸福なのだろうかと、考える。
銀座を歩いている人々は、実際たのしそうだ。彼らは自信がありそうに、歩道を踏んでいる。みんなが。「個人」を守りながら肩を聳かしている。で、そういう顔色から、此所を歩いている大多数が、「仕事」を持った人たちである事が察せられる。何らかの仕事を。或者はオフィスを持って、どうも事業がうまく行かぬのを心配しているのかも知れない。或者は、雇主にひどく搾取されていて、上役に重役ばかりが巧いことしやがると憤慨しているのかも知れない。けれども、彼らは、たしかにたのしそうだ。彼らは、第一、朝から晩まで働いて一円七十銭の日給を貰って、それで一家五人を養わなければならぬような身分ではない。どんなに月給が尠くても、会社で馬鹿にされていても、現代で、何らかの職業を持っていると云うことは、素晴らしい幸福なのだ。何所でも、彼所でも失業者がウヨウヨしている時、たとい四十円の月給にでも有りついているという事は！　斯る優越人種でみたされた銀座だ。

それ故、彼らはたのしそうだ。新橋から京橋まで、二つの橋の間の遊歩場。けれども、どんな享楽の巷の中に居ようとも、もしそこの歓ばしいどよめきから、「生活」を感じ出さないなら、それは低能だ。二つの橋の間の遊歩場は、たとえば刑務所の散歩場のようなものなのだ。囚人が青い空を眺めて呼吸するように銀座の遊歩者は、高度な消費文明の陳列窓を眺めて愉快になる。囚人は、重い鎖を曳きずっている。銀座の遊歩者が、生活の重い鎖を曳きずっていないと誰が云い得るのだ？

その証拠に、われわれ銀座を歩いて、一歩その外に出たら、われわれの楽しそうな顔色は、すぐ別な、落ちつきのない、無興味《プロザイク》な顔色になっちまうだろう。

それはさておき、春だ。私は今、銀座を歩いている。私は埃を吸い、光をくぐって、暖く疲れている。自動車はすべる、電車はきしる。街路樹は、春が来たのに、と嘆いている。

二つの大百貨店が、群る商店の中に聳えている。大群衆は、その巨大なビルディングの中に溢れている。工場のプロレタリアの手から今出て来たばかりの商品が、新鮮な匂いを散らしている。

新鮮な匂いから、私はそれらを生産する者を感じ、そして、それらを消費する者を、此所に殺到して来る群衆の中に見るのだ。

銀座、ここを華やかに飾る商品を生産した者は誰なのか？　私たちはそれら生産者の影すら此所で捜し出すことが出来るか。

然しながら、私たちは二つの巨大な百貨店と、それをつないで軒をならべた商店との間の、猛烈な争闘を見るだろう、大資本が空たかく誇りながら、もろもろの小商店を眼下に見くだしているその姿を、そのまま見るだろう。

華やかな商店の前に、みがかれたパカアドは停り、大ブルジョアの婦人が、傲然と爽やかな軒をくぐる。

飾窓の、高度な消費文化を誇る商品は、それらの大ブルジョアにのみ関係があるのだ。然も、銀座の銀座である所以は、街頭の日なたに、何万円の宝石や、何千円の毛皮が公然と曝されてある所に在る。云い換えるなら、大ブルジョアの消費生活に其所の華やかさが依存している。それにも拘らず、其所の歩道を埋めているのは、そうした高度の消費生活とは殆ど関係のない、中産階級、又は小ブル人士なのだ。

だが、これに何の不思議があろう。彼らはみんな味方なのだ。彼らは中産階級人同志――お互いに大ブルジョアに依存しているものとしての仲間を、此所でお互いに感じ合うために集るのだ。

仲間よ！

行交う群衆は、互いに親愛の眼を投げ合いながら、無言の挨拶をする。

IX

そこで、銀座を歩く群衆は、一つの点で溶け合っている。それは、彼らの外容や服装が悉く中産階級的美学で統一されている、という事だ。

そこを歩いている一人の女を見よう。はでな銘仙の絞り染めの羽織か錦紗の着物かの上に、白い春のショオルをまとっている。洋服でも、しっとりしたサロンに適わしいアフタヌーン・ドレスではない。又、夜そこを行く外套を剝いで見たまえ、私共はめったに彼女の白い肌と腕とを匂わせた夜会服を見出さないのだ。

多くの金を費さずに、きれいに調う服装は全く好もしい。然し、大ブルジョアの虚栄の市として光り輝く銀座に、斯る中産階級的統一の下に流れている群衆しか見ないという事は一つの悲劇だ。それは、大名がかくれていて家来が躍っていることだ。そこは大名の花園だ。踊っている家来は、自分の花園であるかのように幻想している！

アスファルトの道路を作る事を企てたのは大ブルジョアだ。これを、真の意味で利用するのは少数の彼らだ。群衆は、そこで踊るべく、自然に組織されている。そこで踊り得る光栄に酔って、群衆は、彼らの味方として組織されるの余儀なき身の上だ。ジャズで踊ってリキユルで更けて——彼ら支配階級のテサキとしての幸福が、銀座のアスファルトの上に在る。

X

銀座の有名なカフェに入って見よう。ここで、小ブルジョアの讃美する女給さんを見せて貰うが好い。そして、私たちは、きっとヘドを吐く。酔ってではない。醜さにあきれるからだ。紫組とか、紅組とか、ここでは無数の女給が、ブルジョア娘を真似て働いている。彼女らは日本中のあらゆるカフェの女給の中で最もイゴイスチックで、慾深かで、その底知れぬ無智と正比例した高度のゴウマンさを持っている。女給は芸妓の進化した姿だと誰か云っていたが、この野獣の巣のようなカフェの女給は、いちばんおくれた芸妓よりも文化の程度が低いではないか。

おお銀座、そこのアスファルトは目立たない。そこは少しも、現代文化の尖端ではない！

XI

アスファルトの路は、大東京の新しいメイン・ストリートを作った。われわれは、いわゆる金座通りに立とう。此所は、銀座にまさる金座であり得るか？　此所は落ちつきのない、中心のない大街路だ。用事を持った人が其所を通りすがりに歩いて行く。みんな用事を持っているのだ。みんな忙しいのだ。急がなければならない。この街を飾るための、資本がまだ出揃わないのだ。

ただ、白い明治座が、その大きな近代ルネサンスの建物と、昔風な芝居との矛盾を悩むようにどっしり据わっている。

私は、神田から上野へとつづくアスファルトの上を歩いている。聖橋の明るさは、白い石の反映だ。私は上野広小路で、眩暈に近いものを感じた。そこでは、成長してゆく大都会が感じられる。浅草公園の裏には、巨大な田舎がある。そこのアスファルトの上には、農村から来た失業者の、投げ捨てたバットの吸殻が、いつまでも細い煙を上げていた。更らに、私は芝にいた。お成門ちかく、いつでも砲砦に代るであろうコンクリートの建物が、警察署のマークを光らせていた。

これらの無数のアスファルトの大通りに、私は何を見たか?

私は見た、あかがね色に塗られた急造の商店を。表は、あかがね色に金文字を浮かせ、裏はあら壁と米材の露出。

そして私は見た、聳える鉄筋コンクリートの城砦、近代小学校の建物を。

XII

丸の内。

雨が降る。アスファルトは、黒く光る。建物は、白い遠景――

青い芝生にこそばゆく雨が降る。孤独なレインコートが、警視庁のオートバイと、すれちがいさまに、黒い洋傘を傾けた。

霞ケ関から、永田町へ、坂を滑り上る。

参謀本部の緑青の屋根にも、雨が降る。建築中の、あの宏大な議院の頂上に、働く人間が、小さく、小さく見える。

赤い煉瓦の司法省、海軍省、その他各省。ブルジョアの政治機関が積み重なっている。ここに、ブルジョアの大組織の、心臓がある！

それればかりではない。ここには、銀行集会所があり、電気クラブがあり、一切の大トラスト、大カルテルの頭脳がある。

高い建物の並ぶ一直線。舗石の日かげを、春の女が行く。恋人が歩く。邦楽座へ行くのだ。

丸ビル、東京駅、其所の広場は人間の海だ。

全日本のアスファルト道路網の中心は、ブルジョア組織の中心である丸の内だ。全身の動脈が心臓を中心とするように。

そして、ここから派生するあらゆるアスファルト道路は、やがて日本の全××、全××を結び付けるだろう。

XIII

麻布のアスファルト。

大学の制服をつけた男が歩いて行く。三四十間あとから、汚れた紳士が歩いて行く。

学生服の男が足をはやめると、汚れた紳士も足をはやめた。ゆるめると、後者も、やはりその歩調に合わせて歩く。あとを付けているのだ。学生は、こいつ、見込まれたな、と思った。往来で見込まれるのなら、きれいな娘さんに限るのだが、あんなオジさんじゃ、迷惑この上もない。

学生服の男は、しかし平気だ。逃げおおせるという自信がある。この辺の地理を、彼は実によく心得ていた。

彼は背ろを振り向いた。よごれた紳士は、治安維持法の外套を着て、こっちを見詰めながらやって来る。学生服は、横町を曲ろうとして、ひょいと帽子をとり、うしろのオジさんに、ぴょこんと頭を下げて見せた「はいちゃ」そして、すぐ、横町へ身をかくした。「泥棒！」今はまぎれもなく逮捕する者の意志をさらけ出して、汚れた紳士は疾風の如く駆け出した。

XIV

池袋のアスファルト道を、彼女は歩いていた。約束の時間がすこし過ぎるのだが、出会うべき男に出会わない。

場末の活動写真館が埃まみれに立っている。そこに近づく頃、くるりと廻れ右して、同じ歩道を歩いて行った。

彼は来ないのじゃあるまいか——ふと、そんな事を考えた。彼は来ない——彼は、摑まったのじゃあるまいか……

アスファルトの路面が、急に、彼女の脚を吸い付けるような感じがした。一歩も歩けなくなった。が、立止ってはいられない。

多くの同志が、いろいろの時にアスファルトの上で突然の絶望を感じた。彼女もその一人だ。

XV

夜、一瞬間、停電した。

長いアスファルトが、月の光りに青く濡れつつ、遠くつづいていた。

XVI

神戸、高取の鉄道工場へ×××に行った二人の男が、ひどく急いで来て、円タクを掴まえた。運転手は、二人の男のボロ洋服が、生々しい血と泥とによごれているのを見て、拒絶しようとした。が、その瞬間に、二人は車の中に飛び込んでいた。うしろから、ドスを擬して、「走れ！」と命令した。

神戸と大阪をつなぐ阪神大国道を、織るように行く無数の自動車や電車の中に、一台のタクシが狂気したように奔っていた。

そこのアスファルトは白っぽい、左手に六甲山がつづき、右手に遠く海が光っている。赤い屋根、宮殿のような住宅、松林――巨大な野球場のスタンドが、松林の彼方に聳えて見える。一切の風景は明るく、ゆたかだ。

狂気のように奔る円タクは、警官に咎められ、行手を遮られた。運転手はホッとした。恐しき脅迫者から、初めて遁れた、と思った。

が、二人の血まみれな××××は、疾くの昔に、車を捨てて姿をくらましていたのだ。

今年、××××の一場面。

XVII

おお、アスファルト！

其所は既に××だ。

其所は恋人の遊歩場だ。

其所は自動車の極楽だ。

其所は失業者の針の道だ。

私たちは、アスファルトを踏む。搾取された無数の労働者の、道路人夫の肌を感じる。

私たちは、アスファルトから、鞏固な×の××を感じる。

×は組織されてあるぞ！

私たちはアスファルトを歩きながら、日本中の車輌の××される日を思う。鉄筋コンクリートの小学校を見上げる。青訓を思う。

おお、アスファルトの上の、ビッグ・パレエド！　壮大な未来！

喜劇

石濱金作

石濱金作

（1899〜1968）

「文藝春秋」「文藝時代」同人として多くの作品を書く。文学的な作品だけでなく、探偵小説も多く執筆している。何故か単著はなく、アンソロジーに収録されることの多い作家である。

喜劇

初出：「文藝時代」1926年2月号　金星堂

底本：『日本現代文學全集67 新感覺派文學集』講談社　1968年

これが何故新感覚派なのか？　と思うような作品である。石濱は、一高生の時から川端康成と深く付き合い、初期の小説に登場するほどであった。つまりはかなりの文学好きであったことが、容易に想像されよう。『日本現代文學全集67 新感覺派文學集』（講談社）資料ページの一文には、保昌正夫により「同人のあいだでは、そのストレートな持ち味を評価されていた」とある。確かにストレートなのだが、そこかしこに妙と言うか、異常なおかしさが滲み出している。男の妄想だか真実だか判明しない、ボタンの掛け違い的想像の亢進が、すこぶる愉快なのである。ビリヤード・カラシ・蠟燭・裸体・堕胎・婦人病院の入院患者……これらをまとめて突きつけられても動じない、男の奥さんがなんともいじらしく可愛らしい。

球を突き乍ら、子供の話が出た。

一

しかし、それも、実は恭三が初めたものと云わねばならぬ、のであった。

彼は玉台の青い隅に立って、出来るだけ上半身を押延ばし、真ん中にある彼の玉を、一度向う側のクッションで切り返えして、更にそれをもう一方の他の隅にある赤玉に当ててゆこうとして、唾を呑んで右手のキューをスイと突いた。

玉は、ねらった最初のやつにも当らずに、まるで違った所でクッションをトンと突いて、そのまま静かに思わぬ方向へ転げて行った。

恭三は身内にゾッと寒気を感じた。そして、身体が精神もろとも力を失って、そのままそこへグッタリと倒れて了いそうになった。そういう中で、彼は云った。

「球は当らん。子供は縁側から落ちて腕を挫くし、実際俺は憂鬱だよ。実際憂鬱だ。実際。」

彼はそれを、半泣き面をして云った。実際彼は、そんな鳥渡した事からでも、気持が止め度もなく沈んできて泣きたくなる事が、よく起るのである。

「ア、そうだってね。この間Y君が来てその事聞きましたよ。その後どうなんですか。まだ悪いんですか。」

と、するとその時彼と一緒に居たK君が、幾分彼の気持を慰めるつもりででもあったのだろう、そんな事を云った。

「いやもういいんだ。もうすっかりいいんですよ。僕んとこの奴は恐ろしく頑強なんでね。いや、子供なんというものは、実際は実に強いものなんですね。それを大人が傍からウヨウヨと余計な事を云うものだから、その強い子供がみんな弱いものにされちまうんだ。僕なんか、僕なんか。」

と、恭三はその時妙な昂奮にかられて、こんな云わぬでもよい事を云い掛けたが、するとまた、こんどはそれがそれだけでは彼には止らぬものになって了ったらしかった。彼はまた続けた。

「僕なんか、僕なんか、今の子供がまだ腹にいた時、女房が頭からカラシをブッ掛けたんですよ。あの黄色いカラシをいっぱい湯にとかして、そいつを幾杯も幾杯も、女房は立て続けに一ト息に呑み込んだんですよ。その為めに女房は、その場で卒倒をしましたがね。まだ子供が二三ケ月の頃だったたですよ。女房がツワリに悩んでね、それにまだ子供なんか持ちたくなかったからですな。それでも子供なんて、一旦出来たとなると仲々そんなに容易くは死ぬもんじゃないんですな。」恭三は何の理由もなくそんな事を云い出したのであるが、すると彼は益々何かしら、そんな話が一層激しくしたくなってきたのであった。「なにしろ子供は腹の中で傘をかぶっていますからな。」と、彼はまた初めた。「いくら女房が頭からカラシをブッ掛けても、子供はちゃんと傘を持っていますからな。恐らくそんな事もあろうというので、子供は予め傘を用意しているのかも知れませんな。なにしろ女が、娘が、初めて罪を犯かして、その腹の中に赤ん坊が出来るんですからな、赤ん坊も仲々油断がなりませんよ。女は、娘は、一旦自分の犯かした罪の為めには、どんな事を仕出来すか分ったものじゃありませんからね。いや、これが僕の女性観ですよ。いくら表面は奇麗に堂々と結婚の式を挙げて男に嫁いだにしろ一旦相手のその男が、俺は子供なんて嫌いだ、と云い出したら、堂々たる花嫁さんも、亭主の為めには一体何を仕出来すか、知れたもんじゃありませんからな。しかし子供はちゃんと傘を持っています。だから、いくら女房がカラシを呑んでも、みんなそれは傘の上に落ちるんです。実際安全なものですな。それを知らずにそんなものを呑む女房の方が、余程馬鹿ですよ。

女房はそれから後、今でもカラシに似た匂いのものを嗅ぐと、すぐその場でグラグラと目まいを起こしますよ。えらいもんですな。今でも食卓で、何かの拍子に女房は時々目まいを起こし初めるんですよ。何も知らずにね。そんな時、よく調べてみると、お副菜の中に何かしらカラシに似た匂いのものが這入っているんですな。潜在意識的な恐怖なんですね。いや、嫌悪かな。——」

「しかし女房も亦暢気なものじゃありませんか。」と彼はまた続けた。「二年前に、自分がそんな事をしていながら、今ではそれを、すっかり忘れているんですよ。此間ね僕の家の庭に出来た唐辛子をとってきて、女房は楽しみにして、それを野菜の煮附けの中に入れたんです。実際楽しみにしてなんですよ。女などというものは、そんな事が嬉しいんですね。自分の家の庭に自分が作ったものを取ってきて、食卓にのせてそれを亭主に差出す、などという事が。

　その晩僕はそいつを食いましたがね、うまいんですな。野菜の煮附けが、カラシを少しれると品を生じますな。野菜がツンと匂って、そして舌がヒリと涼しくなるんで。あれはうまいものですな。君もやってみ給え。野菜とか、ガンモドキとかを煮る時に、青唐辛子をほんのちょっぴり入れるんですな。甘いですよ。甘いですよ。」恭三は更に続けた。

「ところがその晩、女房は食卓に坐ると同時に、急に目まいを起しましてね。その少し前から胸が悪るかったそうですがね、食卓に坐って亭主の顔を見ると同時に、急にグラグラッと目まいがしたんだそうですな。以前の自分が辛子を呑んだ時の事を思い出したんです。しかし、ねえ君、僕の顔を見ると同時に、それを思い出すなんか、実に皮肉じゃないですか。実に痛い、実に痛い皮肉ですな。いや、実際痛い、僕はいやになって了うですな。いや、嫌やになる位じゃない、女房が恐ろしくなって了いますな。いや、それでも子供は立派に生れるんですな。子供は強いものですよ。僕の子供なんか、自分が腹にいた時頭から辛子をブッ掛けられたのも知らずに、今ではあいつの小さい額に、子供らしい小賢しい理性を貯えてチョコチョコしていますよ。それに僕の子は仲々美貌ですぜ。あれは美少年になりますな。美少年に。それにねえ、僕はまだこんな事をしたんですよ――」

と恭三は、もはや何もかもブチマケて了いたい気持を心の中に感じたような顔付きで、その時球を突いていたWに呼び掛けた。

「W君！」

「四十七」

と、小娘のゲーム取りが、歌を唄うような声を出した。と思うと、また
「四十九」

「五十二」

「五十四、一本帰えり、四ツ」

「六ツ」

糞！　Wはいったい、いくつ突き続ける気なんだろう。

「九ツ」

「十二」

「六十四、三廻わし、六十七」

「僕はねえ、まだこんな事もしたんだよ。」

と恭三はこんどは、横に坐っているKにまた話し掛けた。

「夏だったがね、女房は六ケ月の腹を抱えていたんだ。そうなんです。六ケ月ですよ。いや、七ケ月かな。夜中にねえ、僕はひとりこっそりと起出して、家中の電燈をみんなすっかり消して了ってやったんだ。それから隣りの間へ行って、その間の真ん中に机を一つ持ち出しま

してね、僕はすっかり裸体になって、その前に蠟燭を一本ソボソボととぼしてね、そして目の前に一冊の本を置いて坐禅をくみましたよ。家中が真っ暗でね、蠟燭の火がユラユラ揺れて、裸体の瘠せそぼった僕の身体が、大きく気味悪く壁の横っ腹に映っていましたよ。うす暗くね。

するど、その時恰度、実際偶然は妙に偶然を偶然でなくするものですな、近所に火事がありましてね、それがすぐ近くなんですよ、近くだけれど僕の家には燃え付く心配はないのです。何故かって云えば、僕の家のすぐ前は大きな邸宅の庭でしてね、火事はその邸宅の向うの、鳥渡した広い坂道を越したあちら側なのでね、それに風がなかった、だから心配はなかったのですがね、その火事の火が前の邸宅の庭の立樹の向うで、真赤に、実際真赤に僕の部屋の窓硝子に映って、その為めに暗い部屋の中までが、妙に赤く明るくなっていましたよ。そこで僕は目の前に一本蠟燭を立てて、裸体で坐っていたんですがね。近所の騒しさで、突然、女房は隣りの間で目を覚ませましたよ。目を覚ませると同時に、女房はこの異状な光景を見たんですな。女房はキャッと叫びましたよ。そして、そのまま蒲団の上にへたばりましたよ。僕は落付いてその女房の所へ行って、

『心配せんでもいいよ。心配せんでもいいよ。火事は近くだが大丈夫だからね。びっくりするといけないよ。腹の子供が驚くからね。』

と、云って背をさすってやりましたよ。僕は実際、女房がその時可哀想だったですからな。けれども女房はそれでは安心しませんでしたよ。実際女房は、火事にも驚ろいたんでしょう

が、いや、それよりも実は、そんな真夜中に、僕が裸体で蠟燭をつけて坐っていたのに驚ろいたんですな。だから僕は云ってやったんです。

『僕は睡れなくってね、さっき起きて、暑いから裸体で本を読んでいたんだよ。すると停電なんだ。停電したものだから蠟燭をつけていたんだ。心配しなくてもいいよ。何も驚く事はないんだから。』

『火事は大丈夫？　うちじゃないの？　わたしうちが燃えているのかと思った。わたし今夢でもそんなことを見ていたようよ。うちが火事だのに、あなたはわたしを放っておいて、ひとり裸体で机に向って、わたしの方さえも見ないんですもの。わたしどうしようかと思った。』

そんな事を女房は云いましたよ。」

恭三は鳥渡話を止めて、球を突いているWの方を、その時ジッと見た。そして彼はいったい、いくつ突く気だろうと思った。すると、限りもなく、狭い台の上で、赤い玉と白い玉を、あちらへやったり、こちらへやったりしているWが、馬鹿に見えた。

「三十七」

「三十九」

「四十二」

Wは、いつも七十を突くのだが、その日は特別あたりがよかったのと、恭三が反対に当りがひどく悪かったので、恭三の数を減すのは恭三の気をそこねると考え、自ら自分を八十にし、九十にし、そしてとうとう百にしたのであった。しかし、Wが百なんて、恭三は初めから冗談にして、しかしそれでも、反対にコッピドクWを負かしてやったらかえって愉快だろう、と思ってやり出したのであった。恭三は六十がまだ二十三点しか当っていないのである。それだのにWは九十二を突いた。恭三はWを、あいつは鳥渡気が変なのだと思い乍ら、しかしまた実に妙に焦燥した。

「アッ！」

とWが叫んだ。

「四十二当り、おあと八点ゲーム。」

と、小娘が叫んだ。それはWに対する一つの失権宣言だ。

「ようし！」

と恭三が叫んだ。そして彼はキューを持って、青い海のような玉台の片隅に小さく集って止まっている紅と白との四つの玉を見つめて、それを頬笑み乍ら愛撫するように眺めた。彼は玉台の隅を、あちらこちらと廻り乍ら、身体を斜めにして、丁寧に優しく念を入れて、集った玉を、小さく柔く、散らさぬようにして突いた。

「三十四」

「三十六」

「三十八」

「三十一」

「三十三」

「三十五」

「ようし、ようし」

と、恭三はまた気をとりなおした。何、負けるものか！　彼はいつも一緒に突くWに対して、今日は特別な敵意を感じるのである。こまかく、こまかく、と彼は自身を警戒し乍ら、指とキューと腕と玉に対して震えるような熱心を含ませて玉を突いた。

「三十七」

「四十」

「四十三」

「四十六」

あと十四点！

「四十九」

「五十二、一本返えり、二ツ」

「四ツ」

糞！　小娘の声が可愛くなりやがった！

「六ツ、おあと、四点ゲーム」

「八ツ、当りゲーム」

「ワアッ！」

と、恭三はその時、突然喜んで大声を張り上げた。

——糞！　勝って了うぞ！

——有難い、有難い、

「失礼しますかな。」

球はクッションの青の片隅で白赤という順序で、少し離れて三角形の一角を開いていた。恭三は彼の球を後ろからキューで軽く押した。トン、トン、と二拍子打ってゲームがすんだ。

「や、失敬、失敬。」


その夕ぐれ、恭三とWとKとはS街交叉点の雑踏の中で別れた。WとKとは二人そこから場末の方へゆく電車に乗った。恭三はひとり東京の街の中心へ向うタクシーをつかまえた。恭三は何かしらひとり心が昂奮しているのであった。彼はこれからひとり街の中心へ行って、何をしようというのだろう。街にはそんな、彼の昂奮を満足させて呉れるものなんか何も有りはしない。いや街ばかりではない、大抵人間のいる所には何処だって、そんな一時の昂奮にかられた男を、満足させてくれるような所なんか有りはしないのだ。だからつまり、そんな一時の昂奮はしない方が、結局はその男の為めになる！　ましてその昂奮が、何の理由もない鳥渡した感情の激動性から起ったものであるならば！　しかし、それが恭三のいつも後悔と憂鬱とを持ち来す原因なのだ。一体彼は余りつまらぬ事に感情をつかいすぎる。恭三はその日、先刻彼が自分で話した陰鬱な話とその内容は、既にまるで忘れて了って、ただひとり小型のタクシーの中で、こんどは得意そうにウェストミンスターの煙をくゆらしていた。

Kは W に云った。

「H氏（恭三の事）は少し変じゃないか。一体先刻の話は大抵みな作り事なんだぜ。あんな事は実際ありゃしないのさ。只、あんな時に突然あんな事が云いたくなるのがH氏なんだね。自分で自分の感情を、益々虐げたくなる――」

二

恭三は、或る特殊な教育をする女の学校で、語学を教えている。そこの生徒は、皆非常に快活で恬淡で敏捷なので、それは恭三の気に入っていた。

学校のすぐ隣りは、或る大きな婦人科の病院である。そこの屋上庭園に立って、癒りかけた婦人科の患者が、時々非常に清々しい顔付で下に遊んでいる校庭の少女達を見惚れた。その光景は、更に恭三の気に入っていた。

看護婦は白い服を腕までまくって、露台で少女のテニスを見た。そして彼女は自分の現在を忘れた。

恭三は大体病院が好きである。そこの中にいると、彼は何かしら安心が出来るような気がする。例え、一朝どんな事が起っても――（この一朝どんな事が起っても……という考えが、昔から恭三にとっては奇妙な一つの恐迫観念を形作っていた。彼は時々、ふと生れて以来の自分に、突然何の理由もない奇妙な危険を感じて膚寒く焦立つ事がある。）――病院の中におりさえすれば、いつでも安心して自分を頼らせる事が出来ると、そんな気がして、彼は病院が好きなのであった。

恭三は、朝学校に行く時、そこへ行く或るゆるやかな坂を上り乍ら、洋杖《ステツキ》で活潑に地をはじき、足は大股に敷石を踏んだ。そして、耳は少女達の調子の高い快活な叫び声を憧れた。

冬であった。そして夜であった。

或る晩恭三の妻は子供を寝かせ乍ら、ついウトウトとして襟首に寒さを感じて立上った。妻君は子供の小さい蒲団の上に、幾枚も幾枚も蒲団をかぶせておいて、それから立って窓際に行き、そこから窓硝子を通して、月のない冷たい空を星を眺めた。

これは彼女の最近の癖である。彼女は、暗い空を眺め乍ら、故郷の山を想像した。彼女が故郷に居たのは、まだ幼い子供の時だったので、本統は彼女は故郷の山の姿を知らぬのであったが、それでも彼女はそれを実際知っているように考えて、その故郷の山を想像した。良人は学校の帰えりに、何処へ行くのか、いつも夕食をそとで食べて、夜半近くなってひとり影のように茫然と元気なく帰ってくるのである。彼女は結婚して二年だ。なんと長い二年！

玄関が開いたので、驚ろいて妻君が窓から離れると、帰ってきたのは良人であった。これは珍らしい事である。今晩はまだ八時近くだ。妻君は軽るい驚きの声を出したが、それはすぐ笑顔であった。彼女は良人の手から洋杖《ステツキ》と包みとを受取って、玄関の障子をひろびろと開いて、そこに立った。

良人はしかし妙に暗い顔付をしていた。これは良人の最近の癖である。妻君が夜になると、子供を寝かせておいて、ひとり窓際に立って暗い空を眺める、と同じく、彼は一歩閾に足を入れると、すぐこの暗い顔付をするのであった。

恭三は座敷に上って洋服を脱ぐと、そこに坐って、暫く茶を喫んだ。それから妻君に向って、もう夕食はすんだよ、と云った。それからまた暫く彼は黙って坐っていた。そしてこんどは立って自分の書斎に這入って行った。

——けれども妻君の心には明るみがあった。暫く立つと、良人は書斎で本を見ており、妻君は隣りの部屋で縫物を広ろげていた。そしてまた暫く経った。

良人の部屋から恭三が隣りの妻君に声を掛けた。

「おい、おい、時子。お前もこっちの部屋へ来て仕事をせんか。俺はひとりだと淋しくって仕様がない——」

これは実に珍らしい事である。妻君は襖の向うで

「はい？」

と答えて、良人の方へ顔を向けた。勿論襖は閉っているから、彼女はつまり顔を襖の紙に向けたのである。けれども彼女の顔で、目は愛らしかった。彼女は実は、良人を見ているつもりなのである。

「こっちへおいでよ。ここで火鉢の側で、俺の横で、黙って仕事をしていて呉れ。その方が俺は、落付いて本が読める気持がする。」

恭三は昔、独身だった頃、よくこういう夢を空想した。時子を、（時子はまだその時彼の

妻君ではなく、彼の恋人であった。）自分の横に坐らせて、小さい部屋で湯をチンチンと静かに沸らせて、自分は机に向い乍ら時子のかすかな匂いに気持を和やかせる、そして一心に勉強をする！

恭三は云った。

「もう少しこっちへ寄って。もう少し後ろへすだって。そこ、そう、お前の半身が上だけそこの障子のガラスにうつるようにして。そして、少し俯向き加減に。だが、お前の頬は余程可愛らしい柔か味を失って了ったなア。」

妻君は云われる所に何度も坐り直して、それから膝に縫物をとり上げた。そして心で、良人にまだこんな優しみがのこっていたのか、とひそかに満足の意を表した。そして彼女は云った。

「あなただって同じ事ですわ。まアなんて青いお顔でしょう。わたしが心を奪われたあなたは、こんな青いお顔ではなかったことよ。」

「エヘン。」

と良人は云った。そして恭三は割合上機嫌だったのである。――それだのに、その時突然、恭三の心にはまた不思議な心理転換が行われて了った。恭三は見る見る額が曇ってきた。彼は傍にいる妻君を忘れた。そして机の上におっかぶせるように頭を投げ出した。彼はふと自分をふり返ったのである。

恭三は此頃学校でペーターのルネッサンスを読んでいる。その文章の清冽さとその品風の清々しさとは、恭三にペーターが一生独身であった事を強く顧みさせた。そして、休暇のある毎に北フランスや伊太利に旅行をし、その他はオックスフォードとロンドンで只一人、友達と二三の学生とを相手にして、酒も嗜まず煙草も喫まず静かに集中した一生を送った彼が、恭三には羨ましかった。自分は年若くして妻を持ち、その上に子供まで持って、生活は無用の感情の激動に乱され、球を突きタクシーを走らせ、いったい自分は何をしているのであろう、と、恭三はその時彼の単純なモノメニアにまた犯され出したのである。

「おい、お前はこうして僕と一緒に坐っていて、矢っ張り今でも幸福かい？」

と、恭三は突然彼の傍の妻君に呼び掛けた。呼び掛けておいて、彼はまた一層彼のモノメニアを激しくした。

「俺はこれで立派な精神病患者なんだぞ。モノメニアというんだ。モノメニア、俺はモノメニアなんだ。俺はねえ、学校の隣りにある大きな病院が今のところ一番好きなんだ。尤もあそこは婦人病の病院だから、俺なんかは入れてくれないだろうが、それでも俺は、病院を見ているると心が落付くんだ。安心だからな。お前は今俺が此処で、突然発狂して苦しみ出しても、どうもようして呉れんだろう。ところが病院ではいつでもちゃんと手当てをして呉れるんだ。俺は学校で教場で快活な娘達に語学を教え乍ら、時々窓から向うの病院の窓を眺めるんだ。病気の癒りかけた婦人というものは、実に清々しい顔付をしているものだなア。実に新鮮だ。実に新鮮だ。ああ、俺もいっそ病院に這入ろうかな。早く病院に這入って早くあいうように癒って清々しい新鮮な顔付がしてみたいなあ。」

「なにを云ってらっしゃるんです。あなたは病人じゃないじゃありませんか。尤もお顔の色は青いけれど。ええ青いわ、青いわ。菜っ葉のように青いわ。青いけれどもあなたは病人じゃないじゃありませんか。そんな病人が婦人科の病院へ這入っていったら、それこそあなた、本統の精神病者になって了うわ。あなたは誰か此頃わたしの他に、好きな方でも出来たのじゃない。病院の癒りかけの患者？　それとも看護婦さん？　あら、それともあなたの教えてらっしゃる美しいお嬢さん達？」

「何を云ってるんだ。お前も心にもない事を云っている。お前も少し精神病の傾向があるぞ。モノメニアの傾向が。そういうなのを医学上からモノメニアというのだ。自分の心にもない、ほんの今まで考えた事さえもない事を、突然何かの調子でひどく熱心に喋舌り出すのを。――俺はねえ、今日WとKと球を撞き乍ら、あいつを、あの隣りに寝ている小僧を、あいつがまだお前の腹にいた時お前が堕胎さそうとした事を、みんな喋舌って了ったんだ。お前が辛子を呑んだ事も。お前が卒倒した事も。それから俺が夜中に電燈を消して、蠟燭をつけて裸でお前をおどかした事も。玉屋の他の客は皆びっくりしていたよ。奇妙な客だったからなア俺は。力を込めて、ねらいを定めて、全身で突いた玉が見当を誤まったので、俺の心が突然妙にディグレイドして了ったんだ。俺は余計な事を云って了った。――」

そして恭三は実に実に暗い顔付をした。けれども妻君は、その時反対に、実に実に驚ろいた意外な表情をしたのである。

「え？　なんですって？　わたしが子供を堕胎さそうとした？　あなたは何を云ってらっし

やるの?」

「ほら、お前が黄色い粉をいっぱい湯にとかして、一ト息にグッと呑んでそのまま卒倒しただろう、あの事さ。此頃でもお前はまだカラシの匂いをかぐと急に目まいがするじゃないか。」

「カラシ?　カラシはカライわね。誰だってカラシを口に入れれば、ツンと鼻をつかれて一時は鳥渡目をふさぐわね。」

「うん、そうなんだ。お前はそいつが大ゲサだったんだ。お前は子供を堕胎すのが大体嫌だったんだろう。だから、あんな真似をして、俺をおどかしたんだろう?　女はみなそうなんだ。子供が出来ると、そいつが宝なんだ。そいつを男の面のさきにブラブラとぶら下げて、そして大きな尻をふるんだ。すると男が無能力者になって、折角持っていた才能もすっかりなくして了う——」

「あなたもう今日はお休みになさらない。偶に早く帰っていらしったんだから、今日は宵のうちからゆっくりと二人で休みましょうよ。まア、この煙。毒ですわ。毒ですわ。あなたこの頃また煙草がひどくなりましたのねえ。一時止めていらっしたのに。わたしねえ、此頃あなたがいらっしゃらないと、ひとりで此処に、この窓際に立って、暗い空を眺めて、くにの山の姿を思い出そうとするのよ。あなたはあなたのお国の山を覚えていらっしゃる?」

「俺の国には山はないよ。その代り海がある。しかし俺は今日、勉強をしようと思って早く帰ってきたんだ。俺はいつも夜晩いだろう。あれは学校が引けてから図書館へ行って、本を読んで来るんだ。それでなければ、友人と球を撞く。球を撞くのは、俺には一つの精神集中策なんだ。それでなければ活動写真を見る。活動写真は芸術上のいろいろの事を最も端的に教えて呉れる。それでなければ街を散歩するんだ。賑やかな人の出盛った中を、たった一人で――」

「そして偶にはあなたの奥さんとたった二人きりで静かにいろいろの話をする。今日はその方の番なのね。こんな晩がもっと続いてくれるといいわ。そうするとわたしはとても幸福になるのよ。そして、とても若々しくなるのよ。恰度あなたが、最初にわたしを見染めて下すった時のように。」

しかし恭三はその時考えねばならぬ事が多かったのである。彼は妻君を相手にしなくなった。妻の事、子供の事、そして自分の事、それから自分の余りに感情的すぎる事、更に、事実にはちっともそんな事のなかった彼の堕胎の話、ああ何故彼はそんな有りもせぬ作り話をあの時喋舌らねばならなかったか、病院の事、学校の事、それから生徒の事……

「俺はねえ、もう学校を止そうかと思うよ。いや、学校だけじゃない、すべて人の為めに勤めをする事はもう一切止めて了おうかと思うよ。俺は考えなけりゃならぬ事が多いんだ。俺はお前と子供と三人切りで、もう一切外界との交渉を去って暮らしてみようかと思うよ。」

「何故ですの。何故また急にそんな事をお云い出しになるの。何か学校に嫌やな事がお出来になったの。」

と、妻君は急にその時あらたまった表情の顔で恭三を見た。

「いや、何も嫌やな事はありはしないさ。学校に行っていれば、暢気でいいさ。だけど俺はもう止そうかと思うよ。余りやりたい事でもないからね。」

「あらそう。わたしはまた、あなたがあの学校は好いて行ってらっしゃるのだと思ってましたわ。——だけど一体、あなたは、では、どんな事がおしになりたいの。どんな事ならやってもいいとお思いになるの。」

「俺は別段やりたいと思う事はないさ。いや、そうじゃない。やりたい事は実に多いんだ。多すぎる位なんだ。多すぎるものだから、一体何からやり初めたらいいのかわからないんだよ。」

「まア大変！」

と、妻君はその時また声を新らしくして仰山に笑ってみせたが、かと思うと急に沁み沁みとして
「ではわたしが教えて上げましょうか、何を一番におやりになったらいいか。つまりあなたのモノメニアをお止めになるのね。そうよ。それが一番いいわ。」

恭三は黙って立って次の間へ行った。そしてそこに、幾枚もの蒲団を重ねられて睡っている子供の枕元へ坐って、静かに子供の白い額へキスをした。

三

その晩、恭三は妻君をさきへ寝かせてから、夜半ひとり机に向っていると、ふと沙翁のマクベスのダンカン王の殺される日の場景が目に浮んできた。そしてその夜しきりに鳴いたと

いう不吉な鴉の声も、恭三の耳に聞こえるような気がした。

「カア、カア――カア、カア――」

と、恭三は声を出して、それの鳴声の真似をした。それから後は、こんどは隣りの間に向って、寝ている妻君をまた起こす言葉を掛けた。

「おいおい、時子、お前はもう睡ったのか。」

「ええ、睡りましたわ。だけど起きようと思えば、いつでも起きられる事よ。わたしの睡りはそんな風な睡りなの。睡っていて起きている。起きていて睡っている。だからいつでも大事があったら起こして頂戴。」

「うん。大事があったら起こすよ。しかし大事がなかったら、なるべく穏かに睡るんだね。お前は今日俺が喋舌った事を何んと思う。いや、俺ばかりじゃない。お前の喋舌った事も。俺達はいったい何を喋舌ったのだ。皆不用の事ばかりさ。俺は今日球屋で馬鹿な事を喋舌って、損をした。しかし今晩お前は得をしたろう。俺と暫くでも一緒に話が出来て。」


……………………………………

……………………………………

……………………………

……………………………

…………………

…………

東京一九三〇年物語

窪川いね子

窪川いね子

（1904〜1998）

窪川鶴次郎と結婚していた時の佐多稲子の旧名。カフェーの女給などを経て、詩情が滲み出るプロレタリア作家として活動。非合法時代の日本共産党にも入党する。戦後は民主化運動・婦人運動・社会運動にも貢献。

東京一九三〇年物語

初出：不明

底本：『世界大都會尖端ジヤズ文學　大東京インターナシヨナル』春陽堂　1930年

プロレタリア系作品であるが、窪川の詩情に敏感な独特な視線が、従来のプロレタリア小説とは、一線を画す奇妙な美しさを醸し出している。冒頭のレポ（秘密通信を届けるメッセンジャー）の少女が、通信を届けるために東京内をあちらこちらと移動するシーンは、堪らないほど甘美である。ここを読むと、何故かいつも、森田芳光監督のメジャーデビュー映画『の・ようなもの』のラスト近くで、修業中の落語家が、夜通し東京の街を歩き、心中で過ぎ去る光景をナレーションしながら、朝の浅草にたどり着くシーンを思い出してしまうのだ。そして小説はその後も、共産党メンバーの活動を追いつつ、東京の風景を描写して行く。タイトルの通り、この小説の主人公は、東京という有象無象の人間を飲み込んでいる、大都会なのである。

うえの、うえのう、お忘れもの、無いように。

★

電車から降りた人々の頭の上で、拡声器がグロテスクに怒鳴っていた。靴や、フェルト草履や、下駄や、雑然たる足音がホームから階段へ、階段から出口へ流れた。コンクリートで固めた天井の上を電車が通った。薄暗い壁に婦人雑誌のポスターの色が目立っていた。四つばかり並べて立ててある覗き眼鏡を大きくしたような自働出札器の、まだ新しい青い色が何かそぐわないバラックのような感じだ。その反対側に、物置き場のように引っ込んだ待合所では、無骨な木の腰掛けにぼんやり腰掛けている自由労働者らしい男の姿が、立てばつかえるような低い天井の明り窓から射す光の中に、埃を被ったようなにぶい色で浮き上っていた。出入口の右側の壁に、一間半四方位の画面いっぱいに金色の獅子が顔を突き出しているのは動物園の道しるべではなく、歯磨の看板だ。

乗客は出入口を出るとたちまち四方の雑閙に融け込んでしまう。ガードを右にくぐれば石垣に添って公園だ。左は浅草に向い、地下鉄道の飾り賑やかな入口がもの欲しげに人を呼んでいる。正面は市電の線路を越えてガードの両側から横町が先へ続いていた。

上野駅を出た一人の少女が、高架線に添ってその横町へ入って行った。片側に三四軒ある旅館の重々しい日本家屋は、森閑と洗いきよめてあったが、高架線の下は見世物小屋の裏口のように荒れ、セメント樽が転がっていた。少女のうしろに結んだ兵児帯のまつ黄色い房が、その間を揺れて行った。

少女はそのうちに山下の三橋へ出る横町の角へ来ると、持っていた風呂敷包から封書をひとつ出して、そこのポストに投函した。そばやの出前持ちの自転車が傍らをすり抜けた。カフェーの女たちが湯道具を持って、白粉の匂いを撒きながら通り過ぎた。しんこやの車の周りに立っていた子供たちの一人が「あたいも」と声を上げた。

薄日だった太陽が幕を上げるように鮮明になっていって、風呂敷を包みながら歩く少女のセルの袖口の蔭でニッケルの時計が反射した。少女は電車通りへ出ないで、古着屋の並んだ裏通りを先へ進んだ。

軒並みに両側に続く古着やのウインドウには、派手な色の女ものが痛ましいきらびやかさで袖をひろげている。此処では軽やかな美しい絹の著物もそれを身につける彼女たちの、媚びとあがきを滲み透らせて重苦しい。

少女はその通りを軽やかに歩いた。少女はそれらの着物が目につきもしなかったし、必要でもなかった。縮緬や錦紗の着物の吊り下がった中で、少女の黄色いメリンスの帯が新鮮であった。

少女は広小路へ出て、そこの停留場に立って松坂屋を見上げた。そして少女はこの無数に窓のある巨大な建物が倒れたら、広小路の通りはすっかりふさがってしまうだろうと考えた。しかしそのあとで倒れるなどという連想をしたことがおかしくなった。それはしっかりと大地にふん張っている。そしてこんどはその巨大な塔に忙しく出入する沢山の人間が労役に忙しい蟻のように感じられた。

「お待ち遠さま、大塚ゆきでございます」

女車掌の声に拾い上げられるように円太郎に乗り込んだ少女は、間もなく自動車がエンジンの圧力を増して切通しの坂を上ると、いそいで市電の切符を一枚出した。そして彼女は本郷三丁目で降りた。

大学前の石畳の通りでは学生たちが靴音を踏みしめて通った。低い男の話し声が少女とすれ違ってゆく。軒先きにポスターが風に舞っている本屋の店先きでは、重そうにズックの鞄を抱えた一高の学生が立読みしていた。

少女は街路樹の蔭に赤いポストを見つけると、また風呂敷包の中から封書を一つ取り出して投函した。彼女は次の停留場から三田行きの市電に乗り込んだ。

少女は風呂敷包を小脇にはさんで、入口に近い窓から外を眺めている。初夏の陽を浴びた往来を豆腐屋がラッパを吹いて通る。子供が三輪車に乗って遊んでいる。少女は須田町で一応降りようとしてそのまま三越前まで乗った。青バスや、円太郎や、円タクや、自転車や、この通りへ来ると急に往来の目まぐるしさが増していた。彼女はその間を抜けて三越の中へ入って行った。大理石か何かの立派な床や柱、高い天井、金色ずくめのエレベーターの扉。商品がむしろ安っぽい程だ。少女は一階だけをぐるぐるとあてもなく歩いてから外へ出て、日本橋へ向った。途中でポストを見つけると、少女はまたこんども風呂敷から一通だけ手紙を出して投函した。少女はその包から手紙を出す時だけ細かな注意を手先きに払うらしかった。いつもその包の中には取り出した一通だけしか入っていないかのようだった。しかし少女はもう三通の手紙を投函した。しかもみんな違った区であった。日本橋通りを京橋方面へ向いて歩いて行く少女は、まだ幾通の手紙を出そうというのか。

少女はまだ風呂敷の中に八通の手紙を持っていた。少女は、それをみんな違った場所から投函しなければならなかった。それは郵便局に於てただちょっとの疑問を起させてはならないからであった。少女は日本共産党××委員会のレポーターであったからだった。

少女は、京橋の手前へ来て、ふっと顔の表情をこわばらした。そしてつと、その顔を傍のウインドウの硝子《ガラス》板へくっつけるようにして中を覗き込んだ。しかし向うからやって来た背広服の男が少女を見つけた。

「おや、村山君じゃないか、どこへ行くの」

「え？」と少女は顔を上げた。「銀座へ買物に来たの」

「この頃兄さん無事かね」

「無事よ。この間差入れに行ったわ。さよなら」

「さよなら」

男は少女の不愛想にちょいと苦笑いしてあとを見送った。

銀座通りは初夏の真昼時だ。派手な洋傘や、軽そうな洋服や、奥さんやお嬢さんや、男や女が歩いていた。その間に交って歩く少女に誰も気づきはしない。自分たちの傍で、少女とスパイの暗黙の闘いのあったことなど尚お更知るはずがなかった。

少女は銀座通りを歩きながら男が自分を尾行ていないことを確かめてから、また一通をポストに投げ入れた。

★

「橋本さんは病気で寝てるの」

「病気で？　どうしたの」

奥から出てきた背の高い娘の顔を見上げて、男はそのまま上り口へ腰をおろしてしまう。ポケットから敷島の袋を取り出しながら組合せる足の先に、短靴が光っている。娘が迷惑そうな表情をありありと現わして次の部屋との間の敷居にしゃがんだ。

煙草を喫みながら男が何だかんだと、娘が今までいた職場のことを聞き出そうとする。

「やめちゃったもの、あとのことどうなったか知るもんですか」

「そんなことないだろう」

「ほんとさ」そう言ってはッはッはと笑う。

彼女は東京乗合自動車の車掌だった。彼女も、病気で寝ている橋本も、先日のストライキで馘首されたのだ。馘首者の復職要求及び、その他数項目の要求のもとに、争議はじりじりと続いていた。資本家側では、その中の所謂共産党系を洗い立ててそれにつながる一つの糸を摑もうとしている。そしてこの裏町の長屋の一隅に住まっている二人の女のところへも毎日のようにスパイがやってくる。

次の間から橋本という当の女の声がする。

「いいかげんで帰んなさいよ、何もありゃしないよ。頭が痛くて仕様がない」

「今、帰るよ」男はそう言ってから、奥へ向うように、「この忙しいのにほんとに病気かい」

「ああ、永年の疲れが出たんでしょう。馘首になって」

そのあと何か聞きたげにからみつく男の言葉に、橋本はまた黙ってしまう。とうとう男はばつの悪げな捨科白を残して立ち上った。「じゃ、さよなら」

入口のガラス戸の閉まる音を聞いて、橋本が顔を出した。「ちく生、暇どらせやがって」

見ると彼女は、丸まげに結っていて、厚ぼったい顔が長屋のおかみさんに早変りしている。

「ちょっと、彼奴どっちへ帰るか見て来てくんないか。そのあとで私出掛けるからさ」

「よし」

そそくさと背の高いのが出て行く。橋本は急いで帯を締めなおして腕時計を巻いた。

スパイの帰った道を聞いてから橋本は、遅くなっちゃったと言いながら家を出る。彼女は角のみつ豆やの女房などに、変った姿を見られて噂を立てられないように、途中の家と家の間を通って大通りへ出た。

二十分ののち、彼女は道玄坂を右側を見て歩いていた。角から最初のそばやだ。

「いらっしゃい」

のれんをくぐると、奥に一人盛りを食べている男。

「あらっ!」と彼女は驚いたような風をした。「まあ、しばらくですね」

「やあ、しばらく」

絽の羽織をきた若い男だ。

二人はそばを食べながら四方山の話をした。店を出る時は二人一緒だった。そしてその時橋本は、来た時には持っていなかった風呂敷包を片手に抱いていた。それは男が持っていたのだ。

夕方の道玄坂は勤人の帰りや、夜店の店開きの支度で、混雑していた。古本屋が本を並べている。しゃつ屋が電燈を引っぱっている。バナナ屋が隣りの古道具屋と大きな声で話している。駅から帰ってくる男女の勤め人の中を、これから出かける酒場《バア》の女やダンサーが、人形のようにふん飾をほどこして視線を集めながら歩いてゆく。

その中に交っている絽の羽織の男と、丸髷の女。二人は間もなく道玄坂を人通り少ない横町へ曲って行った。

「これにも書いてありますがね」橋本は紙切れを手早く渡してから話し出す。

外へ出てから二人の話しぶりはまるっきり違っていた。橋本はまるで男のような口調で話している。

それは争議に於けるダラ幹一派の陰謀に就いてであった。

裏通りはまた夕方の支度におかみさんたちが忙しい。薄赤い夕陽を浴びて騒いでいる子供たちの声が町一杯にひろがる。二人はその中を話しながら歩いて行った。

その夜橋本は、浅草近い或る町へ姿を表わした。町は町内の祭だった。祭礼と書いた日の丸のちょうちんが軒毎に下げられ、どこからとなく太鼓の音が流れていた。ドンドンドン、カッカッカッ。

それは東京市中どこの祭礼でも同じ太鼓の音だ。元禄時代からでも続いているのだろうというような感じを抱かせる伝統的な音だ。通りは提燈の灯で明るい。人の話が高々と聞える。神社のある方角に向って人々が往き来する。小さな万燈を持った男の子、揃いのゆかたに新しいメリンスの赤い帯の目立つ女の子。

橋本はそれらの人混みを分けて急いだ。軒先きに吊した提燈の数が裏通りから路地へだんだんまばらになって、路地の奥では、子供にでもせがまれたらしく、玩具の提燈を申訳に下げたのがある。

橋本はその路地の中を一度往き来して見てから、その中の一軒の戸を開けた。

「ごめんなさい」

「はい」

若い女の声がして、まだ仕事着も脱がないでいる婦人車掌が出て来た。

「お祭だね」

上りながら言う橋本の先に立って奥に入りながら、その婦人車掌が答えた。「ああ、うるさくて、うるさくて、ドンドコドコ」

橋本が坐りながら訊いた。

「どうだい、ここ、あぶなくない？」

「うん、たいがい大丈夫だと思うけど。まだ一ぺんも来ないもの」

そう言って橋本の丸髷を見て、やっぱりおかしいというようにくすッと笑う。

橋本は自分の頭のことなど忘れてしまっているように、いよいよその髪の形がそぐわないように、小声ではあるが力強い言葉で話し出して、風呂敷を開けた。インキの匂いがぷんとして、ニュースとビラが出て来た。仕事着の車掌さんが先ず職場の報告をし始めた。

ドンドンドン、カッカッカッ。車で曳っぱっているらしく表通りでは太鼓の音が近くなってくる。

★

ここはある病院の一室だ。二間位の巾で横に長い部屋の中に寝台が五つ並べてある。廊下に面して扉《ドア》が部屋の両端にあり、反対側は窓になっていて、窓下には寝台の枕元に一つずつ、小さな戸棚がおいてある。

ここはこの病院の三等室だった。左側の寝台で、もう起きてトランプの一人遊びなどしている中年の男は、市内にちょっとした店を持っている時計屋だ。その次に氷嚢を頭にのせている痩せたおかみさんの亭主は株屋だった。三人目にいる若い男は、田舎の医者の息子だということで、一ヶ月許り前に入院してもう大分元気になっている。肺が悪く、一時はとても助かる見込みのない容体だった。あとの寝台二つは空いていた。

一人一人に看護婦がついている。時々見舞人が来る。身寄りの者は何かと世話をやいて行き、その他の人は果物や菓子折などを持って来る。

原田というその若い男の処へは、そんな見舞人は来なかった。田舎の親が入院の時来て万端世話をして帰ったあとは、知り合だという小母さんが一人やって来るだけだった。

それらの見舞人は一二時間ののちには帰ってゆくが、一日中原田に付きっきりの男がある。二人いて一日交替だ。看護人では勿論ないし、話し相手に附いているわけでもない。原田の枕元の窓際に腰をかけて本を読んだり、退屈そうに看護婦と話したりしていた。

それは原田を看視している所轄の高等係りだった。原田は治安維持法で起訴され、病気保釈中の男であった。

「僕らだって、今は食えないから、こんな商売をしているんだが、一日も早く止めたいと思っているんですよ。こんな社会がいいとは決して思ってやしないんですよ。あんたたち、ましっかりやってください」

若い二人の刑事は、原田の身体が快くなって来ると、こんなお世辞もいうのだった。原田の万一の行動は、自分たちの首にかかっていた。

原田は、株屋や時計屋とも冗談口をきき合った。一人の看護婦が「私のお父さんが知っているので、ここの署の署長さんも、高等主任さんも、私は知っている」と自慢した。この看護婦は、自分がみんなのからかいの的になっていることを知らなかった。

「ほう、そりゃいいや」と株屋が笑いながら唆かすように言った。「じゃあ、原田さんなんか、ひとつ紹介状を貰っとくといいや。何かの時に役に立つだろう」

「そりゃ紹介状があれば、あんただって扱いが違いますからね」と時計屋があとをつづける。

「そうだ、僕、紹介状貰っとこうかな。署長さんや高等主任なら、たいしたもんだ。いずれ御厄介になりますからね」

と、原田がばつを合せる。ここでは、彼の共産党員だということが軽口の材料にものぼされる。

「何しろ、ひどくやられてね」

彼はそう、日常茶飯事のように、急に、喀血するまでにやられた自分の拷問の話を、刑事の前でも構わずに看護婦たちにして聞かせたりもした。

彼はもう大分身体がいいので、いよいよ明後日は郷里へ帰されることになった。東京では民間療養は免されなかったのだ。本人に意志が無くても外部から誘い出しに来るからいけないという理由だった。

「なんだ、三日や四日余けいに働いたって仕様がないじゃないですか。一緒に帰りましょう」

原田は、同じ国へ帰るという一人の看護婦を掴まえて、みんなの前で盛んに誘いをかけている。「国へ帰ったらひとつ遊びに来て下さい」

その日原田の所へ一人のお婆さんが見舞いに来た。彼が寝込みをおそわれた時の宿のお婆さんだ。

「あの真面目なお人が……」とその時は吃驚したお婆さんだ。

「いや、どうも御心配や御迷惑をかけました」

原田は、老婆の痛ましげな表情でくどくどいう見舞いの言葉に感謝して頭を下げた。

「僕も、身体をすっかり壊しましたから、今度はひとつ田舎に帰って、ゆっくり養生しますよ。早く嫁さんでも貰って、家で納まるのもいいですな」

「えええ、その方がいいですとも」

お婆さんがうなずく。

お婆さんは原田が許しを得て出した端書で、お婆さんの家にあった荷物の残りの後始末の相談に来たのだ。婆さんなので、看視の刑事も面会をゆるした。

「お婆さんにひとつ、寿司をおごろうかな。いや、金は持っていますよ」

原田は蟇口を開いて笑った。

病人の夕食といっしょにお婆さんは寿司をたべた。刑事がどこへ行ったのか、席を外して帰って来ない。

原田は夕方の雑鬧は年寄にあぶないからと言って看護婦に自動車を呼ばせた。

「門口まで送りましょう」二三人の看護婦と一緒に玄関へ出た。「どうも、ありがとうございました」

原田は下足の下駄を突っかけながらお婆さんに礼を言った。「まあ、くれぐれもお身体を大事にして……」お婆さんは、自動車に乗った。両方で頭を下げて、車が動き出した。と、その車に、原田が手と足をかけた。「かまわずやってくれ給い」アッ、と看護婦たちが声を上げた。しかし看護婦たちにしても看視の巡査とは違う。運転手はまだ、何も知りはしないのだ。変に思いながらも、車をすべらせたまま、ステップに立っている彼のために扉《ドア》を開けてやった。

「お婆さん、済みません」頭を下げる原田を黙って見つめている、老婆の瞼が黄色く開き切って、たるんだ頬の皮膚がぴくぴくと吊れた。やがて老婆は悲しげにつぶやいた「どうしたことでしょう」

原田は老婆に笑いながら言うのだった。「逃げなければ損ですからね」

自動車はラッシュ・アワーで混み合う神保町の街を、多くの自動車に交って走った。

原田は、自動車が市ケ谷見付近くへ来ると、そこで一人降りた。「警察の調べには、この通りに言って下さい」そう言う時、原田の表情が初めて少し強くなっていた。

老婆は泪ぐんだ眼で、どてら着のままの原田のうしろ姿を見送った。

★

東京の北東にある王子町は工場街だ。火工廠、抄紙部、火薬製造所などの官営工場を初め、王子製紙、十條製紙、大日本人造肥料、東京セルロイド、東洋紡、フェルト等の大工場が王子の町の四方に黒煙を吐いていた。

兵器や弾丸の製造所である火工廠は、高台にある十条に、ぼう大な煉瓦塀を囲らし、門内の通路と塀に添うて桜の大木までが偽瞞策に利用されるため栄え、三方の街に向って開く厳めしい兵営式の三つの門から出入する従業員男女の数は、三千人と称されている。

ドドドドドッ、夜半の空気を重く慄わせて伝わる機関銃の陰にこもった響は、弾丸の検査だ。それはたいてい夜おそくか真夜中に行われる。

工場内からは一条の線路が下町にある豊島の貯弾場に通じ、出来上った弾丸はそこに貯蔵される。も一つの線路は十条の奥にある兵器廠に通じ、兵器はそこに運ばれる。

刑務所のようにセメントの塀の高い貯弾場に続いて火薬製造所の表門は田舎のお役所のようだ。そして裏へ廻るとそこはまっ黒な巨大な得体の知れぬ機械が空地に据えてあるのが外から見える。そしてやはりまっ黒ないくつかの建物。そこでは火薬がつくられる。「火薬」と、ただ人々はそれだけでぞっとした。

この工場内には非常に危険な作業場がある。ちょっとの温度の関係や、震動によってもすぐ爆発するのだ。爆発と同時に、天井がはね上られ、その場に働く人間は空に吹き上げられる。そして落ちて来た時はまっ黒に焼け、煙硝のため身体にはぼつぼつ海綿のように穴があいている。天井は、爆発と同時に、横へひろがるのを防ぐため、上へ吹き抜けるようにこしらえてあるのだ。被害を少なくするために、一人あたり一つの仕事場が、六畳位の小屋になっている。その小屋がいくつも並んでいるのだ。――そしてその場合人は必ず死ぬのだ。いつか、この工場からガスが漏れて、附近一帯の居住者は荷物をまとめ逃げ出したことがあった。丁度霧の濃い晩のように一間先さえも見えなくなり、それに鼻につんつんする臭気が、人々を不安にかり立てた。交番の黒板《ボールド》には「飴をなめるように」と白墨の字が走り書きに大きくくねっていた。

これと同じように、人造肥料の硫酸アンモニヤの空気は、その工場に働く者の身体を徐々に腐らせる。

沸騰している硫酸の溜池の縁を渡って歩く仕事の労働者、足をすべらしたと思う瞬間、音もなく落ちこんだ溜池の、その硫酸の上にすうっと、肉を離れた頭髪だけが浮び上って散り、そのまま、骨の一片だに残りはしなかった。この工場内に働く者の数、多い時は一万人を越えるのだった。此処では毒ガスの製造も出来るとか。

日頃は女子供の仕事のように言い、そしてそのためにべらぼうに賃金の安いセルロイド工場。このセルロイド工場からは、従業員が一人「某重大事件」で起訴された。

製紙工場は争議にそなえるため、製品を貯蔵し、東洋紡は女工さんを寄宿舎にかん詰めにし、フェルトの塀の周囲には変装したスパイが張り込んでいて、自転車で走り過ぎる酒屋の小僧まで呼び止めることがある。

左翼のオルガナイザーは、めし屋の牛丼の上で、同じ台の「仲間」の話に耳を済ます。そして背広のスパイがそれと同じ方法をやる。

製紙工場から出る白い粉を浮かして、王子製紙と抄紙部の裏を泡立ちながら流れる川にかかった橋を渡り、両工場の塀にはさまれて洞穴のような、埃っぽい道を抜けると、駅前の賑やかな電車通りへ出る。この通りはまるで労働者だけの道だ。「四」の日の地蔵堂の祭りの夜だけ外出の出来る紡績の女工さんも、この日はみんなこの通りを駅前の賑わいへ出てゆく。

夜の駅前の通りは賑やかだ。やきとんや、寿司や、支那そばなどの屋台が軒を並べている。風にひるがえるのれんの蔭に、赤いまぐろずしがのぞき、あぶらの焼ける煙といっしょにやきとんの匂いが往来にまでひろがる。あぶら滲みたのれんの下に男たちの足の間を、赤犬が拾いものをあさっている。

赤羽へ通ずる王子電車のカーブする響、あずきアイスや、モーターの音、いらっしゃいという掛け声。

明るい電燈の下に赤や青の吊り布の舞う呉服屋、古物を染め替えたメリンスの安売りだ。人絹の半襟は一枚十銭、ボール紙の立て札をして山と積まれ、布団屋の軒先きには八十銭の蚊帳が下がっている。店を見て歩く女工さんのかんざしのガラスの玉が店の電燈に光る。

幟と絵看板の賑やかな活動写真館の前には栗島すみ子の写真に人が寄っている。

少し離れた万歳館は日活だ。大人二十銭、そして十銭の割引時間から剣劇と新派と見られる。九時二十分になってから十分の休けい。終りは十一時までの勉強ぶりである。第一第三の土曜日など、割引から館内はたちまち職工さんと女工さんでいっぱいだ。熱気と人いきれのむんむんする中で、女工さんたちはメリンスの半巾帯を結んだ背中を延ばして、上気した顔を一生懸命人の頭の間にすかして、画面を見ている。身体を斜めにして、足を浮かして、彼女たちだけがその苦しさにも堪えられる。そしてわずか十銭の「お直り」の二階はがらんとしているのだ。二階は通りの商店のおかみさん達がのんびりと坐っているのだ。女工さんたちの賃金は、まる一日働きとおして五十銭の日給だ。彼女たちにとって、十銭で見られるものを、またその上十銭出して見ようなどとは考えられない。楽に見ようなんて！

一人の女工さんが、友達を連れてその万歳館の割引へ向って歩いていた。地面から大きな黒い煙突の立っている広っぱに添えた道にぽくぽくと土埃がたって、汗ばんだ足にからみついた。広っぱの手前から、万歳館の屋根の先にきらきら光っている赤と青の電燈が見えた。その下には、広っぱの縁に添って、此処にもめし屋や支那そば屋の灯が低く並び、そこからは流しのはやり歌の三味線が聞えた。二人の歩いている道は暗く、前に歩いている人の影が先へ進んでいるのが、こっちへ向って来るのか、じって見ていても分らない。ただその人の輪劃だけが、向い側からの遠灯に浮いて動いているのだった。

彼女は自分の工場の他の部の中に一人の「仲間」を見つけたのだ。彼女はお互いの親密を深めるためにその友達と今日は割引にゆこうというのである。

「あ、やっぱりこっちへ来るのね」

前の影を見て彼女が笑った。友達がそれに答えた。

「そんなに離れてもいないのに、分んないなんて変だね」

前から来たその男がすれ違いざまに気づいて、知らずに行き過ぎようとする彼女に声をかけた。

「よう」

「あら、杉本さんか」と彼女が笑った。

「こないだの、これ」と男が筆を持って書く恰好をした。「この次のに頼んだよ」

彼女はぽんと胸を打って、わざとおどけたように見栄を切った。「心得た」

そう言ってから、剣劇などでよくつかうその言葉に、二人の女工さんは声を上げて笑った。

この次の工場ニュースに、彼女は原稿を書くのであった。

・

王子の町には広っぱが多い。それは工場の所有地として空けてある原っぱであり、または一つの工場を中心に形づくられる一劃の街と街の間の空地である。それでこちらの町から原っぱへ出て、その原っぱの遠く向うにまた一劃の、マッチ箱のような長屋の並んだのが見える。

セメント建の廉売場があり、暗い家の駄菓子屋、バラックの五色あげ屋、さらしの袖無し肌着一枚のおかみさんがいる八百屋などがある。その中で、銭湯の煙突だけは立派だ。

王子の町には、所謂ルンペン・プロレタリヤは全くいないと言っていい。殆どこの町の工場へ通う労働者だ。そして昼間は長屋の中に、戸の閉まった家がかなりある。それは家中、親爺もお袋も娘も、工場へ働きにゆくのである。または男ばかり共同で住んでいる家だ。

そういう長屋の一隅で、或る夜秘かに労働者が集まる。

それらの労働者のうちの一人の家へスパイが笑顔で探りに来る。

「どうだい、この頃組合から人が来るかね」

或る時、これは四五十軒で一廓になっているひとつの長屋の片隅での出来ごとであった。一軒の家へ三人の刑事と二人の巡査が来て、夜明けに雨戸を叩いた。その家に同居していた一人の若者を捕まえに来たのだ。工場につとめているその家の主人も連れてゆかれた。主人はすぐ帰された。しかしその家には翌日になっても刑事が張っていた。若者は共産党員だとのことであった。

長屋のおかみさんたちは愛想のよかったその若者を好いていた。共産党員！　しかしその青年と一緒に考えると少しもこわくなかった。

「安井さんちにいた人は、なんだって？　共産党とかだって」

朝の井戸端でおかみさんたちが話した。

「真面目ないい人だったよ。ねぇ、そんな人じゃなかった」

「なんだって、共産党の人が、こんなとこに来たんだね」

そうは言ったものの、彼女たちは共産党そのものに対してもある気安さを感じていた。

その時だった。白絣のゆかたをきた、カンカン帽の若い男がその路地をこっちへやってくる。

「あら、あの人、安井さんちの人の友達だよ。今行くと捕まるよ」

「教えてやろうか」

「教えてやりよ」

おかみさんたちがみんな男の方へ顔を向けた。ひとりがせかせかと安井さんちの方角へ目を走らせた。

男はちょっと変に感じたらしく、歩調をゆるめた。

井戸端の連中の一人が自分の顔の前へ手を上げてせわしく振った。男がはっと顔をさし出してみんなの方へ寄って来た。またひとりが安井さんちの方へ目を走らせた。

ひとりが声をひそめてせっかちに言った。

「警察から来てますよ」

「そうですか、どうも」

男は口早やに礼を言って、さっそうと肩をそびやかすように、風を切って引き上げた。

★

六月近いある日の正午のことであった。

銀座の通りがいつもと違っていた。

交叉点にも各停留場にも、歩道を行く人の間にも、巡査の正帽とサーベルがいっぱいだ。

そしてこれもまた正服姿の市電の従業員たちがあっちにもこっちにも群をなして歩いていた。

気負い込んだ婦人車掌の姿が目立った。

それは四月のストライキに我々の要求を、市従業員の敵にあたる「市長の人格に信頼して一任」という大それた口実によって、幹部に争議を売られて以来、何らの解決なしに、しかも多くの馘首者を出して、憤懣に燃えつつ就業していた一般の従業員だった。更にこのダラク幹部に対抗して、反動的旧幹部が、電気局長との共謀の上、争議切崩しを行った謝礼は、労働課の椅子と金四万円なのであった。

その日は、電気局に馘首者の復職を要求して押しかけるべく、その参集地の一つとして銀座の松坂屋と松屋がえらばれたのだ。主として中休、公休の男女の従業員が、三々伍々連れ立って参集して来る。それを立ち止らせまいと巡査がやっきになって追い立てていた。

派手な着物をきた人形の立っている松屋と松坂屋のショウ・ウィンドの前にも、いつも物欲しげに覗いている女たちの代りに、あご紐の巡査が立ち、それに交って背広、中折の私服がきょろきょろと眼を光らしていた。買物に来た女たちは肩をすぼめ急いで百貨店の中へ入って行った。中には、そのおびただしい巡査の群や騒ぎにも気づかず、買物に夢中になっていそいそと入ってゆく鈍感な女もあった。両側の商店からは店員たちが事あれかしと外へ首を出しては仲間と話し合った。昼休みに事務所を出て来た若い勤人たちは、あちこちで行われる巡査と従業員との小ぜり合いを見つけてその方へ馳け出したり、いつ迄も立ち止ったりした。彼らは今日の事件を知っていたのだ。今朝の二三の新聞の三面に、二十六日正午を期し、市電当局に示威運動をなすべし、と東京交通労働組合から出した指令書の一部を載せた記事があったからだった。

その朝、組合首脳部のダラ幹二名は、警視庁へ、示威運動に対する諒解を求めに行ったのだ。そして左の回答を受けて引きさがった。

「絶対にこの運動を禁止する。強いて行う時は断乎弾圧する」

銀座の騒ぎと同時刻に、日比谷公園の初夏の陽を浴びて青葉のむせぶように匂う木の下でも、数百名の巡査によって、参集した従業員たちが散らされていた。

もう一つの集合地である東京駅前の広場は、正午すでに五百余名が参集せんとしていた。デモの追い散らしに監察官が自動車で乗り廻って指揮した。本庁の特高係りがステッキを突いて忙しげに歩いた。巡査と従業員の間には小ぜり合いが行われ、巡査はサーベルをガチャつかせながら馳けて歩いた。「帝都」の玄関口は混乱に陥っている。

丸ビルや、その他のビルディングの窓からは無数の頭が覗いていた。

組合側は市民に諒解を求めるべく、示威運動するに至った声明書のビラを撒いた。去る四月の大争議の際馘首された従業員の復職要求のためだ。柔かく浅みどりにそよぐ新緑の街路樹の蔭に撒かれたビラが白く光って舞った。

駅前からデモの出来なかった従業員が三々伍々電気局裏門に向って集合を始め、一時頃には五百余名が押しかけて、閉鎖されてあった裏門の前で警官隊との間に乱闘が演じられた。男と同じ怒号の言葉で婦人車掌の声も交った。仲間を検束しようとする巡査の尻を婦人車掌たちがうしろから力まかせに突っこくる。東京駅寄りの有楽町のガード附近には、すでに数百人の従業員が固まった。

　彼らの背後には大建築物の並び立つ丸の内の会社街、電気局を目の前に控えて従業員たちは敵地に乗り込んだ感じでたけり立った。裏門は打破られようとし、ダラ幹のそれを静止しようとする声は大衆の怒号に消された。

　供を引連れた金筋が手袋をはめた手を上げて怒鳴った。

「解散ッ！」

　その瞬間、巡査が一斉に従業員たちに押し寄せた。従業員の大集団はゴムのように撥ね返す。その中に一人目当てがつくと、四五人で一緒に襲い掛ってゆく。それを周囲の従業員たちが遮ろうとして乱闘になる。それは「官権の警備」ではなくて闘いだ。殴打された一人の従業員がその場に昏倒した。

　日比谷署は警戒に手薄を感じ、愛宕、麴町、堀留、築地、万世、西神田、本富士、表町、北紺屋、三田の各警察へ、非常出動の命令を発し、大警戒の準備をした。

　午後一時二十五分、大衆は刻々増加し、そのうちの一隊は、電気局の正門へ向ってときの声を上げて殺到し始めた。それを防ごうとして地を蹴って襲いかかる警官の中から、突然金筋が先頭に立ちふさがり、ピストル様のものを突きつけて発射した。

　すぐ前にいた女車掌は顔に水のとばしりをかけられたように感じたと同時に、目が強烈に痛み、見えなくなった。

「ああッ！」と女車掌の悲鳴！

発散したガスはみるみる従業員たちの目に滲みた。

「ちく生！」

従業員たちは一様に両手で顔を被うた。

前方にいた従業員たちは目をつぶされて、歩くことが出来ず、その場に、膝をついて突っ伏した。

婦人車掌の幾人かが、ハンカチで顔をおさえたまま、気を失ってガクッと地面へのめった。


四五日過ぎた。

車を降りた一人の婦人車掌が控室へ帰って来た。

「ああ、くたびれた。今日いやな野郎が居やがって」

そう言いながら大勢いる木の腰掛けに割り込んだ。

「いきなり十円札を出しやがんのさ。回数券でございますかって聞いたら、そうじゃねぇって言やがんの。しかも一区さ。車庫を出た許りでおつりがございませんがって言ったらね、つりがなくて商売が出来るかだとさ。両替屋じゃないって言ってやった」

「ほんとにいやな野郎がいるからね」

そう合槌を打つ朋輩の顔を見て、「大分いいね」

友達はええ、と言って顔へ手をやった。この間の催涙弾で、じかに薬品が顔にあたった連中は、そこだけ皮がむけた。

「実際、癪だったねぇ」

向うの方から、その時を思い出したように首を振る。

「だけど、これからいつでもあんなもの使うんだろうか。いやだな」

また他の女が言う。十円札の話をしたのがその方へ顔を向けた。

「いやなことあるもんか。あんなもの。催涙ガスなんて水鉄砲だ」

それについて一人の男が口を入れる。

「そうだ。催涙ガスなんてのは何でもないんだ。厭だの、こわいだのと思えば、それだけ催涙ガスの効果が大きくなるんだ。それだけおどかされたわけだからな」

「催涙ガスどころか」と、十円札の女がアジる。「我々の威力が大きくなればなる程、向うも真剣になるんだ。今に実弾が飛ぶようになるぞ」

「そうだッ！」と女の声。

「いったい催涙ガスなんて、何だろう。やっぱり毒ガスかしら」

「あれかい。おれ、調べたんだ。教えてやろうか」

ここの女たちは、国の言葉と、生活とがいっしょになって、おれと言う。

「催涙ガスはね、薬品なの」

そう言ってから、あとを思い出しながら言うようにゆっくりとつづける。

「臭化ベンジル。塩化アセト・フェノン。もひとつ、塩化ピクリン。どうだ知ってるだろう」

「あら、ほんとによく知ってるわね」

「うん、そしてこれは」彼女は少しおどけ気味に続けた。「これは多く粉末であるが、溶剤に溶かして、水鉄砲の上等見たいなピストルによって発射するのである」

「えらいこと知ってるね。早速じゃないか。誰に聞いたんだ」

男が本気になって尋ねた。彼女は笑い顔をその方へ向けた。

「え、あのね、私の叔父さんの家にね、薬学校の学生がいるんだよ。それに聞いたの」

彼女は尚おつづけて、催涙ガスの威力を茶化してしまうのだった。

これらの薬品は、多く粘膜を刺戟する性質を持っているので、粉が、眼瞼の裏に喰っついて粘膜を刺戟し、涙を流さすのだ。眼つぶしの灰と大して違いは無い。全く今後、催涙ピストルを突きつけられてもちっとも怖れる必要はないのだ。

「そーら、おしゃべりしていたら、乗車時間だ」

彼女はそれだけしゃべると、笑いながら腰掛けから立ち上った。

間もなく、彼女はもう丸の内へ向って疾走する車の中で、前に下げている鞄を片手で押え、腰をうしろの真鍮の棒にもたせて、車の動揺を両足で支えていた。

六月一日から七日までは、電気局に対する組合側の闘争週間だ。大衆の威力によってダラク幹部の指導を蹴っ飛ばし、完全な闘争週間にしなければならない。彼女たち従業員中の戦闘分子は何かにつけて大衆をアジプロすることを忘れなかった。

ダラクした首脳部をして、二十六日の示威運動の動員指令を出すべく余儀なくさせたのも、大衆の威力である。

彼女はさっき、催涙ガスの精しい説明をして、みんなを驚かした。

彼女は、叔父さんの家の下宿人に聞いたのだとごまかした。

彼女はそれを「組織の上部」から聞いたのであった。

ぐうっと自動車はカーブして、市電を追い抜こうとしている。彼女は窓から手を出して、
電車に先へ行く挨拶をした。反対側から青バスがすべってくる。

そうだこの四月の争議には、青バスも同情罷業をしたではないか。

彼女の眼は輝いた。

彼女は二三人しかいない車内を振り返ってさわやかに声をかけた。

「次は日本橋でございます。御降りはございませんか」

編者解説

小山力也

1　新感覚派の誕生と終焉

一九三〇（昭和五）年の「週刊朝日」正月号に、『文壇漫画　一九三〇年文壇行進曲（一刀研二）』という、文壇の様子を戯画化した一枚漫画が掲載されている。左には「文藝春秋」のビルが建ち、菊池寛・中村武羅夫・加藤武雄・青野季吉らが窓から覗いている。右端から下にかけ「戦旗」の旗の翻る鉄塔に連なるように、村山知義・藤森成吉・林房雄・小林多喜二・葉山嘉樹などのプロレタリア系作家が中央を取り巻いている。上空には江戸川乱歩・甲賀三郎・大下宇陀兒の乗る飛行機が旋回し、中央広場では大衆文学の白井喬二・吉川英治・大佛次郎・國枝史郎らが刀を振るっている。そこに左側から「女人藝術」の旗を掲げた中本たか子・岡本かの子・三宅やす子・長谷川時雨らが行進して来て、右側からは「モダニズム」とラッパに書かれた楽団がパレード。新居格が指揮を執り、浅原六朗・大宅壮一・岡田三郎・楢崎勤らが楽器を演奏しながら続いている。そして上空からは、風船部分に「新感覚派」と大きく書かれた気球が、川端康成・横光利一・中河與一・久野豊彦・池谷信三郎・龍膽寺雄（彼は風船の上にいる）を「形式主義」と書かれたカゴに乗せたまま大きく傾ぎ、作家が犇めく広場に着陸しようとしている。「戦旗」の鉄塔にぶら下がる村山知義が、こう叫んでいる。「ヤーイ、ボロ気球がおっこって来たぞ」。

「新感覚派」は、一九二四（大正十三）年十月に創刊された同人雑誌「文藝時代」を母体とした、〈新しい生活と新しい文藝〉を目指した新進作家集団である。同人のスタートメンバーは、伊藤貴麿・石濱金作・川端康成・加宮貴一・片岡鐵兵・横光利一・中河與一・今東光・佐佐木茂索・佐々木味津三・十一谷義三郎・菅忠雄・諏訪三郎・鈴木彦次郎。創刊号に発表された横光利一の「頭ならびに腹」は、特異な表現を散りばめた書き出しで、文壇にセンセーションを巻き起こした。新感覚派の名は、その創刊号に即座に反応した、千葉亀雄の文芸時評「新感覚派の誕生」の中で、「「文藝時代」派の人々の持つ感覚が、今日まで現はれたところの、どんなわが感覚藝術家よりも、ずっと新しい、語彙と詩とリズムの感覚に生きて居るものであることはもう議論がない」と書かれたことから、同人たちの意志と関係なく命名されてしまったものである。新感覚派は、既存のリアリティを重視して来た文学と一線を画し、その新しい芸術的な表現方法から、多くの若い文芸愛好家たちを熱狂させた。そして文壇や当時隆盛を誇っていたプロレタリア文学界と、論戦を激しく交わしながら、突き進んで行った。だが、すべての同人が新感覚派的作品を書くわけではないという足並みの乱れや、新奇な表現を求め続けたために形式主義の傾向が顕れたり、戦いつつも既存文壇とのしがらみ（「文藝時代」の同人は、元々そのほとんどが「文藝春秋」の同人でもあり、文藝春秋社創業者菊池寛のお世話になっていたのである）に囚われていたり、一部メンバーの左傾化などが起こり、その求心力を次第に失って行く。

「文藝時代」は一九二七（昭和二）年の五月号で終刊となり、以降作家たちは、新興芸術派（プロレタリア文学に対抗し、モダニズム芸術を信奉し美の芸術としての文学作品創作を目指す一派）や、新心理主義文学（精神分析学を元に、人間の深層心理を描く文芸スタイル）に吸収されて行くことになっていったのである。

しかし、新感覚派は「文藝時代」がなくなったからと言って、ここで突然終わったわけではなく、次第次第にそれぞれの作家が、各方面に時間をかけて溶け込んで行ったのであり、現に冒頭で説明したそれから三年後の一九三〇（昭和五）年の漫画にある通り、新感覚派の「ボロ気球がおっこ」ち始めているのだが、まだ厳然と文壇にその輪郭を残していたのである。また、一九三〇（昭和五）年に刊行された、新潮社の『新興藝術派叢書』と改造社の『新鋭文學叢書』は、当時のモダニズム文学を俯瞰出来るような好シリーズとなっており、すでにスタイルとして使い切られた感のある新感覚派の作家も、多く含まれている。このように彼等の文芸活動は決して無駄ではなく、例え新感覚派はなくなろうとも、その斬新な思考実験や〈新しい生活と新しい文藝〉という思いは、確実にモダニズム文学に受け継がれて行くこととなった。

2 都市と映画と文学

大正末期から昭和初期にかけて、閃光のように疾走した新感覚派は、何故生まれたのだろうか。ひとつには、都市の激変という理由が想像出来る。ここに収録された作家たちは、だいたい一九〇〇年前後の生まれで、つまりは明治の末期ということになる。東京を例とすれば、江戸の面影を色濃く残しつつも、次第に近代的都市化の進む中で、多くが青春時代を過ごしたであろう。都市化とは、効率良く、大量の人々を収容し、流れを作り、スピードアップさせることである。そしてそれは、一九二三（大正十二）年の関東大震災で、東京が灰燼と化したことで、皮肉にもさらに一層進むこととなる。それまでは、江戸の街の上に都市というレイヤーを無理矢理重ねて来ていたのが、一から効率化を考えた都市を造り上げることが出来るのである。自動車の走れる広い道路、上に伸びて行く鉄筋コンクリートの建築、都会を巡り郊外へと延伸する鉄道、社会活動の機能の中心への集約。そのどれもが新しい技術を取り入れ、たちまち人間の間尺と速度を追い抜いて行ったのだ。それは戸惑いつつも、非常に刺激的でスリリングで、エポックメイキングな体験であったろう。昨日の続きは今日なのだが、その昨日はたちまち置き去りにされ、明日という未来があっという間に今日に覆い被さって来る、目まぐるしい日常。これから文壇に打って出ようと意気込む新進作家が、その影響を受けたのは当然のことであり、新しい体験を新しい感覚で表現することにたどり着くのは、半ば必然であったろう。

またこの時代は、古い芸術に対する反発から、新しい芸術が次々と飛び出して来る時代でもあった。未来派・立体派・表現派・ダダイズム・象徴派・構成派……まさに百花繚乱であるが、横光は論評『感覚活動』の中で、「これらは總て自分は新感覺派に属するものとして認めてゐる」と書いている。同時代の、同時進行して行く芸術の革新運動を、若く血気盛んな新進作家たちが意識しないわけがない。一九二三（大正十二）年に結成された村山知義率いるダダイズム芸術集団「マヴォ」、一九二〇（大正九）年に結成され、震災復興建築にも関わることになる建築界の伝統を打ち破る若き獅子たち「分離派建築会」、絵画の延長である甘く抒情的「芸術写真」から機能的なスナップショット「新興写真」へと進化しつつある写真界、そんな風に周りが進化して行く時、それらに呼応するように、またはシンクロニシティとして展開するように、自分たちの文学の進化を望んだのは、至極当然のことと言える。

そしてこの大正末期は、映画に変化が起こり始めた時代でもある。その頃の日本での映画の扱いは、それまで「活動」と呼び慣わし、どちらかと言うと、大衆や子供の娯楽的位置づけであった。ところが、海外から次第に単なる娯楽作品を超えた、ストーリーを練り込み、様々な撮影法と演出を駆使し、編集に意を凝らした映画が公開されるようになって来ると、多くの識者が「映画」を芸術の一要素として捉えるように変化して行ったのである。好例はドイツの表現主義怪奇幻想映画『カリガリ博士』が挙げられよう（日本公開は一九二一（大正十）年）。新感覚派の比喩と文章は、非常に映像的である。まるで、冷たいカメラの視点で、スピードと事象の迸りを捉えているようだ。これには、尖端芸術としての地位を確保しつつあった、映画の影響が小さくないことがうかがえる。さらに収録された映画脚本『狂った一頁』からもわかるように、映画というメディアに自ら接近している事実がある。新感覚派は「新感覚派映画聯盟」を映画監督・衣笠貞之助とともに設立。中心人物は衣笠で、川端康成・片岡鐵兵・横光利一・岸田國士が良いシナリオを提供し、営利を二の次として、芸術的に傑出した映画を製作するのが主眼のグループである。一九二六（大正十五）年に『狂った一頁』を製作するが、これはサイレント芸術映画の頂点と言っても過言ではない、刺激的な作品となっている。モノクロ画面で展開する、幻想的できらびやかな悪夢のような映像は、皮肉にも、文学者が届きそうで届かなかった新感覚派の理想が、フィルムに定着しているかのようである。余談であるが、実は『狂った一頁』と、後に「衣笠映画聯盟」と名を変えて撮った同様の前衛映画『十字路』（昭和三年。衣笠貞之助監督・脚本）の間に、幻の二作目が存在している。それは江戸川乱歩の『屋根裏の散歩者』（後に警視庁の検閲を到底通過しないという理由から『踊る一寸法師』に変更される）で、衣笠が築土八幡時代の乱歩邸を訪れて撮影計画を語ったり、乱歩と新感覚派同人との会合も何度か開かれたとのこと。だが経済的な理由から、計画は流れてしまったそうである。乱歩と新感覚派……誠に奇妙な取り合わせであるが、双方乗り気だったと言うから興味深い。乱歩は主演するという噂まであった。完成していたら、最高の乱歩映画になっていたことは、間違いないであろう。大変に惜しいことをしたものだ。

このように、激しく急成長する都市に、新しい文化やテクノロジーが交錯し、芸術文化もそれに刺激され、進化を始めた瞬間が、大正末期~昭和初期なのだろう。新感覚派は、新しい感性を時代の潮流に乗せて爆発するかに見えたが、やがて求心力を失い、新たな時代の波に溶け込み、飲まれて行った。だがその次の波のひとつであるモダニズム文学も、爛れたような大輪の花を開かせた挙げ句、暗い影を落とし始めた戦争の予感に、押し潰されて行くのである。

参考文献

『日本現代文學全集67　新感覺派文學集』講談社
『新感覚派の文学世界』名著刊行会
『衣笠貞之助　狂った一頁／十字路』岩波ホール
『日本の近代文学』三好行雄　塙新書
『日本の写真 1930 年代展』神奈川県立近代美術館
『分離派建築会 100 年　建築は芸術か?』朝日新聞社
『探偵小説三十年』江戸川亂步　岩谷書店
『貼雑年譜』江戸川乱歩　講談社
『都市建築博覧・昭和篇』初田亨・大川三雄　住まいの図書館出版局

『不思議な宝石　石野重道童話集』石野重道　盛林堂ミステリアス文庫
『臨時増刊文藝　横光利一読本』河出書房
「落穂拾い通信　二〇一二年風花號」古書落穂舎
『わが子は殺人者』パトリック・クェンティン　大久保康雄訳　創元推理文庫